m

阅读之前 没有真相

午夜文库

阿加莎·克里斯蒂
侦探小说

阿加莎·克里斯蒂
Agatha Christie (1890—1976)

无可争议的侦探小说女王，侦探文学史上最伟大的作家之一。

阿加莎·克里斯蒂原名为阿加莎·玛丽·克拉丽莎·米勒，一八九〇年九月十五日生于英国德文郡托基的阿什菲尔德宅邸。她几乎没有接受过正规的教育，但酷爱阅读，尤其痴迷于歇洛克·福尔摩斯的故事。

第一次世界大战期间，阿加莎·克里斯蒂成了一名志愿者。战争结束后，她创作了自己的第一部侦探小说《斯泰尔斯庄园奇案》。几经周折，作品于一九二〇年正式出版，由此开启了克里斯蒂辉煌的创作生涯。一九二六年，《罗杰疑案》由哈珀柯林斯出版公司出版。这部作品一举奠定了阿加莎·克里斯蒂在侦探文学领域不可撼动的地位。之后，她又陆续出版了《东方快车谋杀案》《ABC谋杀案》《尼罗河上的惨案》《无人生还》《阳光下的罪恶》等脍炙人口的作品。时至今日，这些作品依然是世界侦探文学宝库里最宝贵的财富。根据她的小说改编而成的舞台剧《捕鼠器》，已经成为世界上公演场次最多的剧目；而在影视改编方面，《东方快车谋杀案》为英格丽·褒曼斩获奥斯卡大奖，《尼罗河上的惨案》更是成为几代人心目中的经典。

　　阿加莎·克里斯蒂的创作生涯持续了五十余年，总共创作了八十余部侦探小说。她的作品畅销全世界一百多个国家和地区，累计销量已经突破二十亿册。她创造的小胡子侦探波洛和老处女侦探马普尔小姐为读者津津乐道。阿加莎·克里斯蒂是柯南·道尔之后最伟大的侦探小说作家，是侦探文学黄金时代的开创者和集大成者。一九七一年，英国女王授予克里斯蒂爵士称号，以表彰其不朽的贡献。

　　一九七六年一月十二日，阿加莎·克里斯蒂逝世于英国牛津郡沃灵福德家中，被安葬于牛津郡的圣玛丽教堂墓园，享年八十五岁。

阿加莎·克里斯蒂 侦探作品年表

波洛系列

1920	The Mysterious Affair at Styles	《斯泰尔斯庄园奇案》
1923	Murder on the Links	《高尔夫球场命案》
1924	Poirot Investigates	《首相绑架案》
1926	The Murder of Roger Ackroyd	《罗杰疑案》
1927	The Big Four	《四魔头》
1928	The Mystery of the Blue Train	《蓝色列车之谜》
1932	Peril at End House	《悬崖山庄奇案》
1933	Lord Edgware Dies	《人性记录》
1934	Murder on the Orient Express	《东方快车谋杀案》
1935	Three-Act Tragedy	《三幕悲剧》
1935	Death in the Clouds	《云中命案》
1936	The ABC Murders	《ABC谋杀案》
1936	Murder in Mesopotamia	《古墓之谜》
1936	Cards on the Table	《底牌》
1937	Dumb Witness	《沉默的证人》
1937	Death on the Nile	《尼罗河上的惨案》
1937	Murder in the Mews	《幽巷谋杀案》
1938	Appointment with Death	《死亡约会》
1938	Hercule Poirot's Christmas	《波洛圣诞探案记》
1940	Sad Cypress	《H庄园的午餐》
1940	One, Two, Buckle My Shoe	《牙医谋杀案》
1941	Evil Under the Sun	《阳光下的罪恶》
1943	Five Little Pigs	《五只小猪》
1946	The Hollow	《空幻之屋》
1947	The Labours of Hercules	《赫尔克里·波洛的丰功伟绩》
1948	Taken at the Flood	《顺水推舟》
1952	Mrs. McGinty's Dead	《清洁女工之死》
1953	After the Funeral	《葬礼之后》
1955	Hickory Dickory Dock	《山核桃大街谋杀案》
1956	Dead Man's Folly	《弄假成真》
1959	Cat Among the Pigeons	《鸽群中的猫》
1960	The Adventure of the Christmas Pudding	《雪地上的女尸》

阿加莎·克里斯蒂 侦探作品年表

1963　The Clocks《怪钟疑案》
1966　Third Girl《第三个女郎》
1969　Hallowe'en Party《万圣节前夜的谋杀》
1972　Elephants Can Remember《大象的证词》
1974　Poirot's Early Stories《蒙面女人》
1975　Curtain—Poirot's Last Case《帷幕》

马普尔小姐系列

1930　The Murder at the Vicarage《寓所谜案》
1932　The Thirteen Problems《死亡草》
1942　The Body in the Library《藏书室女尸之谜》
1943　The Moving Finger《魔手》
1950　A Murder Is Announced《谋杀启事》
1952　They Do It with Mirrors《借镜杀人》
1953　A Pocket Full of Rye《黑麦奇案》
1957　4.50 from Paddington《命案目睹记》
1962　The Mirror Crack'd from Side to side《破镜谋杀案》
1964　A Caribbean Mystery《加勒比海之谜》
1965　At Bertram's Hotel《伯特伦旅馆》
1971　Nemesis《复仇女神》
1976　Sleeping Murder《沉睡谋杀案》
1979　Miss Marple's Final Cases《马普尔小姐最后的案件》

其他系列及非系列

1922　The Secret Adversary《暗藏杀机》
1924　The Man in the Brown Suit《褐衣男子》
1925　The Secret of Chimneys《烟囱别墅之谜》
1929　Partners in Crime《犯罪团伙》
1929　The Seven Dials Mystery《七面钟之谜》
1930　The Mysterious Mr. Quin《神秘的奎因先生》
1931　The Sittaford Mystery《斯塔福特疑案》
1933　The Witness for the Prosecution and Other Stories《控方证人》
1934　Why Didn't They Ask Evans?《悬崖上的谋杀》

阿加莎·克里斯蒂 侦探作品年表

1934　The Listerdale Mystery《金色的机遇》
1934　Parker Pyne Investigates《惊险的浪漫》
1939　Murder Is Easy《逆我者亡》
1939　And Then There Were None《无人生还》
1941　N or M?《桑苏西来客》
1944　Towards Zero《零点》
1945　Sparkling Cyanide《闪光的氰化物》
1945　Death Comes as the End《死亡终局》
1949　Crooked House《怪屋》
1950　Three Blind Mice and Other Stories《三只瞎老鼠》
1951　They Came to Baghdad《他们来到巴格达》
1954　Destination Unknown《地狱之旅》
1958　Ordeal by Innocence《奉命谋杀》
1961　The Pale Horse《灰马酒店》
1967　Endless Night《长夜》
1968　By the Pricking of My Thumbs《煦阳岭的疑云》
1970　Passenger to Frankfurt《天涯过客》
1973　Postern of Fate《命运之门》
1991　Problem at Pollensa Bay《神秘的第三者》
1997　While the Light Lasts《灯火阑珊》

出版前言

　　纵观世界侦探文学一百七十余年的历史，如果说有谁已经超脱了这一类型文学的类型化束缚，恐怕我们只能想起两个名字——一个是虚构的人物歇洛克·福尔摩斯，而另一个便是真实的作家阿加莎·克里斯蒂。

　　阿加莎·克里斯蒂以她个人独特的魅力创造着侦探文学史上无数的传奇：她的创作生涯长达五十余年，一生撰写了八十余部侦探小说，她开创了侦探小说史上最著名的"黄金时代"；她让阅读从贵族走入家庭，渗透到每个人的生活中；她的作品被翻译成一百多种文字，畅销全球一百五十余个国家，作品销量与《圣经》《莎士比亚戏剧集》同列世界畅销书前三名；她的《罗杰疑案》《无人生还》《东方快车谋杀案》《尼罗河上的惨案》都是侦探小说史上的经典，她是侦探小说女王，因在侦探小说领域的独特贡献而被册封为爵士；她是侦探小说的符号和象征。她本身就是传奇。沏一杯红茶，配一张躺椅，在暖暖的阳光下读阿加莎的小说是一种生活方式，是惬意的享受，也是一种态度。

　　午夜文库成立之初就试图引进阿加莎的作品，但几次都与版权擦肩而过。随着午夜文库的专业化和影响力日益增强，阿加莎·克里斯蒂的版权继承人和哈珀柯林斯出版公司主动要求将版权独家授予新星出版社，并将阿加莎系列侦探小说并入午夜文库。这是对我们长期以来执着于侦探小说出版的褒奖，是对我们的信任与鼓励，更是一种压力和责任。

新版阿加莎·克里斯蒂作品由专业的侦探小说翻译家以最权威的英文版本为底本，全新翻译，并加入双语作品年表和阿加莎·克里斯蒂家族独家授权的照片、手稿等资料，力求全景展现"侦探女王"的风采与魅力。使读者不仅欣赏到作家的巧妙构思、离奇桥段和睿智语言，而且能体味到浓郁的英伦风情。

阿加莎作品的出版是一项系统工程，规模庞大，我们将努力使之臻于完美。或存在疏漏之处，欢迎方家指正。

新星出版社
午夜文库编辑部

Agatha Christie

Over the next few years, we plan to celebrate two very important Agatha Christie anniversaries. In 2015, it is the 125th anniversary of her birth in Torquay, South Devon, England, and in 2020 it will be 100 years after her first book, THE MYSTERIOUS AFFAIR AT STYLES, featuring her famous detective, Hercule Poirot, was published. This is therefore a very appropriate moment to publish a new edition of her works, and I am delighted that HarperCollins has chosen to work with New Star on these new editions. New Star is China's top crime publisher, and has a strong and dedicated editorial staff and a continued passion for Agatha Christie, making them the ideal partner. It is the right time to make these classic books available in modern translations and so to bring Agatha Christie's books anew to her many fans in China, giving them a new reason to re-read these much-loved stories, as well as introducing them to a whole new audience. How delighted Agatha Christie would have been that her stories (as she called them) are still giving so much pleasure to so many people all over the world!

I think there are two very remarkable things about Agatha Christie's stories. The first is that they are so adaptable. It doesn't really matter which language they appear in, the stories and the plots still give the same thrill, still provide the same puzzles, and the characters still have the same attraction. Readers in China will I am sure enjoy Hercule Poirot and Miss Marple just as much as we do in England, and readers in China will still be transfixed by the surprises and horrors of AND THEN THERE WERE NONE, one of the great classics of 20th century detective fiction, as we are here.

Agatha Christie

The second is that the stories give a wonderful picture of England, particularly rural England, at the time Agatha Christie lived. She wrote books from 1920 until 1970 but it is sometimes hard to tell which part of her life each book was written in. Her characters and the life they lived were very much the same. The life we all live is changing very quickly these days but "the Agatha Christie world stays the same". Perhaps the Miss Marple stories provide the best example of this, and in some ways, THE BODY IN THE LIBRARY and NEMESIS are quite similar, despite the fact that thirty years elapsed between the time they were written.

Perhaps I might end by mentioning three Agatha Christies (other than the ones mentioned above) which I think demonstrate why she is so popular, even in the twenty-first century. The first is MURDER ON THE ORIENT EXPRESS, one of the most famous with one of the most ingenious and human plots. Read this on one of your long train journeys in China! Next is A MURDER IS ANNOUNCED, a Miss Marple which was her 50th book. It has my favourite murderer in it! And last is ENDLESS NIGHT a story about evil and how it affects three young people, written at the time when I knew her best, and understood how deeply she cared and sympathised with young people and the world they lived in.

Whichever are your favourites I hope you enjoy these stories that New Star are introducing to you again. I think it is a great publishing event.

Mathew Prichard
Grandson of Agatha Christie
Chairman of Agatha Christie Ltd

致中国读者
(午夜文库版阿加莎·克里斯蒂作品集序)

在未来的几年中,我们将要筹备两个非常重要的关于阿加莎·克里斯蒂的纪念日。二〇一五年是她的一百二十五岁生日——她于一八九〇年出生于英国的托基市,二〇二〇年则是她的处女作《斯泰尔斯庄园奇案》问世一百周年的日子,她笔下最著名的侦探赫尔克里·波洛就是在这本书中首次登场。因此,新星出版社为中国读者们推出全新版本的克里斯蒂作品正是恰逢其时,而且我很高兴哈珀柯林斯选择了新星来出版这一全新版本。新星出版社是中国最好的侦探小说出版机构,拥有强大而且专业的编辑团队,并且对阿加莎·克里斯蒂的作品极有热情,这使得他们成为我们最理想的合作伙伴。如今正是一个良机,可以将这些经典作品重新翻译为更现代、更权威的版本,带给她的中国书迷,让大家有理由重温这些备受喜爱的故事,同时也可以将它们介绍给新的读者。如果阿加莎·克里斯蒂知道她的小故事们(她这样称呼自己的这些作品)仍然能给世界上这么多人带来如此巨大的阅读享受,该有多么高兴啊!

我认为阿加莎·克里斯蒂的作品有两个非常重要的特征。首先它们是非常易于理解的。无论以哪种语言呈现,故事和情节都同样惊险刺激,呈现给读者的谜团都同样精彩,而书中人物的魅力也丝毫不受影响。我完全可以肯定,中国的读者能够像我们英国人一样充分享受赫尔克里·波洛和马普尔小姐带来的乐趣,中国读者也会和我们一样，读到二十世纪最伟大的侦探经典作品——比如《无人生还》——的时候，被震惊和恐惧牢牢钉在原地。

第二个特征是这些故事给我们展开了一幅英格兰的精彩画卷，特别是阿加莎·克里斯蒂那个年代的英国乡村。她的作品写于二十世纪二十年代至七十年代间，不过有时候很难说清楚每一本书是在她人生中的哪一段日子里写下的。她笔下的人物，以及他们的生活，多多少少都有些相似。如今，我们的生活瞬息万变，但"阿加莎·克里斯蒂的世界"依旧永恒。也许马普尔小姐的故事提供了最好的范例：《藏书室女尸之谜》与《复仇女神》看起来颇为相似，但实际上它们的创作年代竟然相差了三十年。

最后，我想提三本书，在我心目中（除了上面提过的几本之外）这几本最能说明克里斯蒂为什么能够一直受到大家的喜爱。首先是《东方快车谋杀案》，最著名，也是最机智巧妙、最有人性的一本。当你在中国乘火车长途旅行时，不妨拿出来读读吧！第二本是《谋杀启事》，一个马普尔小姐系列的故事，也是克里斯蒂的第五十本著作。这本书里的诡计是我个人最喜欢的。最后是《长夜》，一个关于邪恶如何影响三个年轻人生活的故事。这本书的写作时间正是我最了解她的时候。我能体会到她对年轻人以及他们生活的世界关心至深。

现在新星出版社重新将这些故事奉献给了读者。无论你最爱的是哪一本，我都希望你能感受到这份快乐。我相信这是出版界的一件盛事。

阿加莎·克里斯蒂外孙

阿加莎·克里斯蒂有限责任公司董事长

马修·普理查德

二〇一三年二月二十日

阿加莎·克里斯蒂侦探作品集 59

奉命谋杀
Ordeal By Innocence

[英] 阿加莎·克里斯蒂 著
周 力 译

新星出版社　NEW STAR PRESS

满怀深情与感激，献给比利·柯林斯[①]

我虽有义，自己的口要定我为有罪。
我因愁苦而惧怕，知道你必不以我为无辜。
　　——约伯（注：分别引自《圣经·旧约》约伯记 9:20 和 9:28）

[①]即小威廉·柯林斯，威廉·柯林斯出版公司（William Collins Sons and Co. Ltd.）的老板。阿加莎在一九二六年完成了与原本的合作公司博得利·黑德公司合约要求的五本小说，在柯林斯的帮助下与前公司解约，从而开始了与柯林斯出版公司长久的良好合作关系。初次在该公司出版的即是《罗杰疑案》一书。

第一章

1

他到达渡口的时候暮色已浓。

他本来可以提前很多的。事实上,是他自己一直在竭尽全力拖延。

先是和朋友们一起在"红码头"共进午餐,大家随意地东拉西扯、天南海北,交换着彼此共同友人的八卦,所有这一切只是意味着,面对不得不做的那件事,他内心里仍畏缩不前。朋友们邀他留下来喝茶,他接受了。然而最终时间还是到了,此刻他也知道,不能再拖了。

雇来的车等在外面,他离席与大家道了别,乘车沿着拥堵的海滨公路走了七英里,随后转向内陆,拐下了一条林间小道,最终来到河边的石头小码头。

那儿有一口大钟,他的司机猛力敲着钟,呼唤对岸的渡船。

"您不用我在这儿等着吧,先生?"

"不用,"亚瑟·卡尔加里说道,"我叫了一辆车,一个小时之内在对岸接我——拉我去德赖茅斯。"

司机接过车费和小费。他凝望着幽暗的河对岸,说道:"渡船过来了,先生。"

司机一边倒车一边轻声细语地说了声晚安，接着开上山坡走了。留下亚瑟·卡尔加里独自在码头上等候，陪伴他的只有满腹思绪以及对于即将面对的事情的一丝忧虑。这里的景色可真荒凉啊，他心想，感觉就像置身于苏格兰的湖区，与世隔绝。可其实几英里之外就有旅馆、商店、鸡尾酒吧以及"红码头"里喧闹的人群。他不禁思索起英格兰随处可见的这种令人惊奇的反差来，这已经不是第一次见了。

他听到了渡船缓缓靠近小码头时船桨荡起的轻柔水声。亚瑟·卡尔加里走下倾斜的坡道，等船夫用船钩稳住船身之后上了船。船夫是个老人，他给卡尔加里留下一种奇特的印象，仿佛他和他的船是属于彼此的，浑然一体，不可分割。

他们离岸的时候从海上吹来一阵冷风，树林沙沙作响。

"今天晚上凉飕飕的。"船夫说。

卡尔加里得体地给予了回应，并进一步赞同说今晚比昨天还冷。

他察觉到，或者说他觉得自己察觉到了船夫眼神中掩饰着的好奇心。来了个陌生人，一个在旅游旺季结束之后到来的陌生人。而且，这个陌生人还选了个不同寻常的时间渡河——对于去对岸码头边的咖啡馆喝下午茶来说有点儿太晚了。他身边没有行李，所以他也不是去过夜的。（卡尔加里自己也纳闷儿，为什么这么晚了才过来？难道真的是因为在潜意识里，他一直在设法延迟这一刻的到来吗？想把这件不得不做的事拖得越晚越好？）跨过卢比孔河[①]——河……河……他的思绪回到了另一条河——泰晤士河上。

[①]原文为 Crossing the Rubicon，英语中这个说法有孤注一掷，破釜沉舟，下定决心之意。典出公元前四十九年，恺撒不顾禁令，率兵渡过卢比孔河进入意大利，直抵罗马城的故事。

他当时正心不在焉地盯着它看（那不就是昨天的事吗？），接着他转过脸，再次看了看桌对面的男人。那双若有所思的眼睛里有些东西是他没办法搞懂的。有所保留，心里在想着什么，嘴上却不说……

我猜，他想，人们都学会了永远不把自己的内心所想表露出来。

当你真正开始着手干的时候，就会觉得整件事情挺让人别扭的。他必须做，非做不可——而且在那之后还得——忘掉它！

一想起昨天的那场谈话，卡尔加里就眉头紧锁。那个和蔼可亲、波澜不惊而又不置可否的声音说道："你铁了心要这么做吗，卡尔加里博士？"

他气哼哼地答道："那我还能怎么着啊？你肯定明白吧，也一定同意吧？这件事我可推脱不了。"

但他并未理解那双灰色眼睛里流露出的闪躲的神色，而且接下来对方的回答把他搞糊涂了。

"对于一个问题，你必须得全面看待——从各个角度去考虑。"

"以公平正义的观点来看，肯定只能从一个角度来考虑吧？"

一想到这分明就是卑鄙的暗示，想让他把这件事"掩盖"起来，他说话的时候气就不打一处来。

"从某种程度上来说，没错。不过你也知道，事情没那么简单。或者我们可以说……不仅仅是公平正义这么简单？"

"我不敢苟同。家庭总还是要考虑的。"

对方马上接口道："就是啊……哦，没错……确实如此。我正好考虑到他们了。"

这句话在卡尔加里看来根本就是胡扯！因为假如他正好考虑到他们的话——

但紧接着那个人又说了下去,声音依旧令人愉悦。

"这件事完全取决于你,卡尔加里博士。当然了,你觉得必须怎么做,就怎么做。"

小船在岸边的沙滩上停住了。他也已经下定了决心。

船夫操着柔和的西部口音说:"船费四便士,先生,还是说你还要回去?"

"不,"卡尔加里说,"不回去了。"(这话听起来是多么不吉利啊!)

他付了钱,然后问道:"你认识一栋叫艳阳角的房子吗?"

霎时间,那种好奇心不再加以掩饰了。老人的眼神中闪烁出浓厚的兴趣。

"哦,当然认识啦。就在那儿,沿着你右边的路走,透过那些树你刚好能看见。你爬上山,顺着右边那条路走,然后走那条穿过住宅区的新路,最后那栋就是——就在尽头。"

"谢谢你。"

"你说的是艳阳角吧,先生?是阿盖尔太太——"

"是的,是的。"卡尔加里连忙打断对方,他可不想讨论这件事,"艳阳角。"

船夫的嘴角微微扭曲,缓缓挤出一丝有点儿古怪的微笑,这让他突然之间看上去就像是古罗马神话中狡猾的牧神① 一般。

"就是她开始这么叫那栋房子的,那是在战争期间。当然了,那会儿房子刚刚盖好,还是个新房子呢,就是没起名字。然而盖房子的那块地方——那片长满了树的岬角——其实是叫毒蛇角的!但毒蛇角这个名字不对她的口味,反正不能当成她那栋房子

---

①古罗马神话中以半人半羊形象出现的神,常会一时兴起帮助或阻止人类的行为。

的名字。于是她就管那房子叫艳阳角了。只不过我们大伙儿还是管它叫毒蛇角。"

卡尔加里唐突地向他道了声谢，说了句晚安之后就开始向山上走去。所有人似乎都待在自己家里，不过他却想象着有一些眼睛正藏在这些小屋的窗子后面向外窥视；所有的眼睛都盯着他，并且知道他打算去哪儿。他们在窃窃私语，对彼此说道："他要去毒蛇角……"

毒蛇角。一个听上去令人毛骨悚然同时又无比贴切的名字……

比蛇的毒牙还要尖利……

他草草整理了一下自己的思绪。必须打起十二分的精神来，拿定主意究竟要说些什么……

2

卡尔加里走到这条漂亮的新路尽头，路两旁都是漂亮的新房子，每幢房子都带一个八分之一英亩的花园。有各种岩生植物、菊花、玫瑰、鼠尾草、天竺葵，每位主人都在展示着自己独特的园艺品味。

路的尽头有一扇大门，上面有哥特式字体的艳阳角字样。他打开大门走进去，走上一条短短的车道。那栋房子就在前方，是一栋盖得不错却缺乏特色的现代风格别墅，有山墙，有门廊。它同样可以矗立在任何上层阶级居住的城郊或者新兴开发区。在卡尔加里看来，这房子跟它周围的景致相比实在是一文不值。因为周围的景致真可以称得上壮丽。河流在岬角这里几乎拐了个一百八十度的急弯，两岸的山峰拔地而起，郁郁葱葱；左边河道上游方向还有一个转弯,远处是一片片草场和果园。

卡尔加里把这条河看了一番。他心想,应该在这里建一座城堡,一座看似不可能存在的、只会出现在荒诞可笑的童话故事中的城堡!那种用姜饼或者糖霜建造的城堡。而眼前的这栋房子显示出的是高雅、拘谨和中庸,不缺少金钱,却没有丝毫想象力。

当然,也不能为此去责难阿盖尔家的人。他们只是买下了这栋房子而已,房子并不是他们盖的。不过,终究还是他们或者他们中的一员(阿盖尔太太?)相中了它⋯⋯

卡尔加里自言自语道:"你不能再拖延了⋯⋯"接着就按响了门边的电铃。

他站在那里等待着。等够一段时间之后又按了一次。

他没听到里面传来脚步声,不过房门突然毫无预兆地打开了。

卡尔加里吓了一跳,往后退了一步。对于想象力已被过度激发的此时的他来说,眼前的一幕就好像是悲剧女神亲自站在那里挡住了去路一样。一张年轻的脸;可以说这张脸上写满了青春岁月的酸楚,而这段岁月的基调正是悲剧。他想,悲情面具就该永远是一副年轻的模样⋯⋯孑然无助,命中注定,伴随着厄运降临⋯⋯来自于未来⋯⋯

他收敛了一下心神,让理智重新登场,她是个爱尔兰人。深蓝色的眼睛,四周有暗色的阴影,乌黑上翘的头发,脑袋和颧骨都显示出一种凄楚的美⋯⋯

那女孩站在那里,年轻、警惕且带有敌意。

她问:"怎么?你想干什么?"

卡尔加里回答得循规蹈矩。

"阿盖尔先生在家吗?"

"在。不过他不见客。我是指他不见不认识的人。他不认识你，对吧？"

"对。他不认识我，但是——"

她开始准备关门。"那你最好写封信……"

"我很抱歉，但我很想见见他。你是……阿盖尔小姐吗？"

她不情不愿地承认了。

"没错，我是赫斯特·阿盖尔。不过我父亲他不见客，没有事先约好一律不见。你最好还是写信吧。"

"我走了很长一段路……"

然而她看起来不为所动。

"他们全都这么说。我还以为这种事情已经偃旗息鼓了呢。"她继续用指责的口吻说道，"我猜你是个记者吧？"

"不，不是，绝对不是。"

她心怀疑虑地打量着他，似乎并不相信。

"好吧，那你想要干什么呢？"

在她后面，就在她身后不远处的大厅里，卡尔加里看见了另一张脸。一张平板单调、其貌不扬的脸。如果非要形容的话，他会说那是一张像薄饼一样的脸，一张中年妇女的脸，灰黄色的卷发贴在她的头皮上。她看起来像是在那里徘徊等待，一个警觉的母夜叉。

"这件事跟你的兄弟有关，阿盖尔小姐。"

赫斯特·阿盖尔猛地吸了一口气，她不相信地说道："迈克尔？"

"不，是你弟弟杰克。"

她大声喊道："我就知道！我就知道你是为了杰奎①的事来

---

① 杰奎（Jacko）是杰克（Jack）的昵称。

的！你为什么就不能让我们安安静静地过日子呢？这一切都过去了，结束了！为什么还要没完没了的？"

"你永远不能说哪件事情真的结束了。"

"可这件事就是结束了！杰奎死了。你为什么不能放过他就算了？所有事情都过去了。假如你不是一个新闻记者，那我猜你可能是一个医生或者心理学家什么的。请你离开吧。我父亲不想被打扰，他很忙。"

她开始关门。匆忙之间，卡尔加里做了他本该先做的事情，他从口袋里掏出了那封信，把它猛地塞到她面前。

"我这儿有封信，马歇尔先生写的。"

女孩大吃一惊，将信将疑地捏住了信封，犹豫不决地说道："是伦敦的……马歇尔先生？"

这时，刚才一直藏在大厅隐蔽处的中年妇女突然加入进来。她用怀疑的眼光盯着卡尔加里，这让他不禁想起外国的那些修女们。当然，这本就是张修女的脸！这张脸需要配上一条崭新洁净的白头巾或随便什么这类东西，紧紧地包住脸庞，还有黑色的长袍和面纱。就是这张脸，在百般勉强地允许你进去，并且把你带去会客室或者见院长嬷嬷之前，要先透过厚重的大门上的那个小窗口满腹狐疑地打量你一番。她可不怎么像一位善于沉思冥想的修女，倒像是个修道院里的杂役。

她问："你从马歇尔先生那儿来？"这句话被她说得就像是在指责一样。

年轻女孩低头盯着自己手里的信封，接着她二话没说就转身跑上楼去。

卡尔加里依然站在门阶之上，承受着这个母夜叉兼杂役修女责难和怀疑的目光。

8

他搜肠刮肚，想要说点儿什么，却又实在想不出什么可说的。于是，他很明智地保持了沉默。

没一会儿，女孩冷淡而疏离的声音从楼上飘了下来。

"爸爸说让他上来。"

卡尔加里看着看门狗带着几分不情愿闪到了一旁，但她那怀疑的表情丝毫未变。他走过她身边，把帽子放在椅子上，然后登上楼梯，来到女孩站在那里等着他的地方。

屋子内部隐隐约约给他一种整洁的感觉。他心想，这里可以作为一所昂贵的私人疗养院。

女孩带着他沿一条走廊走，下了三级台阶，然后猛地打开一扇门，示意他进去。她在他身后走进房间，随后关上了门。

这是一间书房，卡尔加里满心愉悦地抬起头来。这个房间里的氛围和这栋宅子的其余部分迥然不同。这是一个男人待的房间，他既在这里工作也在这里放松休息。墙边排满了书，椅子很大，虽说有些破旧，但相当舒服。书桌上的纸张和其他桌子上散放的书籍虽然有点儿凌乱，却不会让人产生不快。他一眼就瞥见一个年轻女人正要从房间另一头的一扇门出去，那是个相当漂亮的女人。接着他的注意力就被起身过来迎接他的男人所吸引了，男人手上还拿着那封拆开了的信。

对于利奥·阿盖尔，卡尔加里的第一印象是他竟然如此瘦削，仿佛一眼就能看穿似的，让人几乎感觉不到他的存在。活像一个幽灵！他说话的声音虽然不够洪亮，但还算好听。

"你是卡尔加里博士？"他说，"请坐吧。"

卡尔加里坐了下来，接过一支烟。他的主人在他对面落了座。所有这一切都在不慌不忙之中进行，时间在这里似乎已无足轻重。利奥·阿盖尔开口说话的时候脸上浮现出一丝不易察觉的微笑，他毫无血色的手指同时轻轻地敲着那封信。

"马歇尔先生信上说你有很重要的消息要告诉我们，但他没有明确说是哪方面的。"他继续说下去，笑容愈加明显，"律师们总是那么小心谨慎，不想连累到自己，不是吗？"

此情此景让卡尔加里有些吃惊，因为坐在他对面的男人是个快乐的男人。这个男人所拥有的并非是通常可见的活泼开朗、热情奔放——而是那种深藏于他幽暗的内心深处，能令他自己感到满意的快乐。这是个不为外物所动，同时又对此心满意足的男人。卡尔加里不知道自己为什么会有这种感觉，但他确实为此感到惊讶。

卡尔加里说："你能见我真是太好了。"这是一句很机械的开场白，"我想和写信相比，还是我亲自来一趟更好一些。"他停顿了一下，接着突然焦虑不安地说道，"这事儿很难……非常非常难……"

"别急，慢慢说。"

利奥·阿盖尔依旧表现得礼貌而疏远。

他俯身向前，很显然是想用温文尔雅的方式来帮帮忙。

"既然你是带着马歇尔先生的这封信来的，我猜你此行的目的肯定和我那个不幸的儿子杰奎有关。啊，我是指杰克，杰奎是我们称呼他时叫的。"

卡尔加里本来精心准备好的说辞此刻都已不知所踪了。他坐在这儿，想着那个他不得不说出口的令人震惊的事实，又开始结巴起来了。

"这个实在是太难……"

接下来是片刻的沉默，随后利奥小心谨慎地说道："如果我先说出来能帮到你的话——我们其实很清楚，杰奎他……心理上不正常。你要告诉我们的事情应该不会让我们太吃惊。尽管发生了这么可怕的悲剧,但我仍旧百分之百相信,杰奎他并不该为他的行为负责。"

"他当然不应该。"说话的是赫斯特,卡尔加里被年轻女孩的声音吓了一跳,因为他一时忘记了她的存在。她就坐在他左后方一把椅子的扶手上,他一回头,她就急不可耐地向他凑近。

"杰奎一向都那么讨厌,"她悄声说道,"他就像个小男孩一样。我是说当他发脾气的时候,会随手抄起任何他能找到的家伙,照着你就打……"

"赫斯特、赫斯特……我亲爱的。"阿盖尔的声音听上去无比痛苦。

女孩大吃一惊,赶忙用手捂住了嘴。她满脸通红,言语之间突然显现出年轻人的局促不安。

"我很抱歉,"她说,"我的意思不是——我忘记了,我不该说这种话的……不该在他已经——我是想说,现在一切都过去了,而且……而且……"

"已经过去了。"阿盖尔说,"所有这些都已经是过去式了。我试着……我们全都试着,去把这个孩子当成一个病人来看待。他脑子里的哪根筋搭错了——我觉得这么表达最贴切。"他看着卡尔加里,问,"你同意吗?"

"不。"卡尔加里说。

片刻的沉寂。这句断然的否定让他的两位倾听者都有些震惊。这个字冲口而出,几乎带有爆炸性的威力。为了缓和这种效果,卡尔加里有些尴尬地说道:"我……我很抱歉。你看,你们其实还没明白。"

"哦!"阿盖尔似乎在思索斟酌,然后他转过脸冲着女儿说,

"赫斯特，我觉得你最好回避一下。"

"我才不走呢！我非听不可，我要知道这一切究竟是怎么回事儿。"

"听起来或许会让人不舒服……"

但赫斯特不耐烦地喊道："杰奎还干过什么别的可怕的事？知道了又有什么要紧呢？反正一切都过去了。"

卡尔加里马上说道："请相信我，你弟弟做的所有事情都没有任何问题——事实恰恰相反。"

"我没明白……"

这时，房间另一端的门开了，卡尔加里刚刚瞥见的那个年轻女子回到了房间里。此刻她身着出门时穿的外衣，手里拿着一个小公文包。

她对阿盖尔说道："我要走了，还有什么其他的事情吗？"

阿盖尔显现出瞬间的迟疑（卡尔加里心想，他是不是总是这么迟疑不决），接着把一只手搭在她的胳膊上，将她拉近。

"坐下，格温达。"他说，"这位是——呃……卡尔加里博士。这位是沃恩小姐，她是……她是——"他再一次顿下来，仿佛不知道该怎么说。"她这几年来一直是我的秘书。"接着又补上一句，"卡尔加里博士是来告诉我们……或者说是来问我们一些事情的。是关于杰奎的——"

"是来告诉你们一些事的。"卡尔加里打断他的话说道，"而且，虽说你们没有意识到，不过其实每时每刻你们都在给我制造困难，让我觉得越来越难以启齿。"

他们全都有些惊讶地看着他。而在格温达的眼睛里，卡尔加里看到了一闪而过的、像是表示理解的眼神，仿佛这一刻他和她已经结成了同盟。她对他说："没错，我知道阿盖尔一家人有多难打交道。"

卡尔加里心中暗想，她真是个漂亮迷人的女子——尽管不是那么年轻了，估计有三十七八岁。她体态丰腴，有一头乌黑的秀发和一双黑色的眼睛，浑身上下散发出健康与活力的气息。她给人留下的印象是既能干又聪明。

阿盖尔冷若冰霜地说道："我一点儿都没觉得我们在给你出难题，卡尔加里博士。这当然也不会是我们的本意。如果你可以开门见山的话……"

"是的，我明白。我刚才说的话还请多包涵。因为你一直在坚持——还有你的女儿——你们一直在强调说事情已经都了结了，过去了，结束了。但事情并没有了结。好像有谁说过这么一句话：'任何问题都未曾得以解决，直到——'"

"'直到它真正尘埃落定。'"沃恩小姐替他把话说完了，"吉卜林说的。"她还冲他鼓励地点点头，卡尔加里不由得对她心存感激。

"我马上就要言归正传了。"卡尔加里继续说道，"你们听完我不得不说的话之后，就会明白我的……我的为难之处了。此外还有我的苦恼和忧虑。首先，我必须说几件我自己的事。我是一名地球物理学家，最近参加了南极探险队，几周前才刚刚回到英格兰。"

"是海斯·本特利探险队吗？"格温达问。

他感激地向她转过头去。

"是的，正是海斯·本特利探险队。我告诉你们这个是为了交代一下我的背景，同时也是为了说明我已经有差不多两年时间不问……世事了。"

她继续帮他打圆场。

"你的意思是说,也包括谋杀案审判这样的事?"

"是的,沃恩小姐,我就是这个意思。"

他转向阿盖尔。

"如果我的话让你感到痛苦,还请见谅,但我必须要和你核对一下几个日期和时间。前年的十一月九日,傍晚六点钟左右,你的儿子,杰克·阿盖尔——对你们来说是杰奎——来这里和他母亲,也就是阿盖尔太太见面。"

"我太太,没错。"

"他告诉她他有麻烦了,需要钱。这种情况以前也发生过吗?"

"很多次。"利奥叹了口气说道。

"阿盖尔太太拒绝了。他开始出言不逊,威胁谩骂。最终他怒气冲冲地离开了,嘴里还大喊大叫着说他会回来的,让她'最好把钱准备好'。他说:'你不想让我去坐牢,对吧?'而她回答说:'我现在开始相信,也许对你来说这才是最好的选择。'"

利奥不自在地动了动身子。

"我太太和我为此事推心置腹地讨论过。我们……对这个孩子很不满意。我们已经一而再再而三地帮他解围脱困了,就是想要给他一个新的开始。在我们看来,或许一次监狱服刑带给他的震撼……那种历练……"他的话音逐渐变小,"不过还是请你往下说吧。"

卡尔加里继续说道:"那天晚上晚些时候,你太太死于非命。她是被一根拨火棍打倒在地的,拨火棍上有你儿子的指纹,而早些时候,你太太放在书桌抽屉里的一大笔钱不翼而飞。警方在德赖茅斯逮捕了你儿子,在他身上发现了钱,大部分是五英镑面额的钞票,其中一张上写着一个名字和一个地址,这也使得银行得以确认，这张正是当天早上他们付给阿盖尔太太的。他受到了指控，接受了审判。"卡尔加里停顿了一下，"判决是蓄意谋杀。"

终于说出口了——这个性命攸关的字眼。谋杀……这绝不是个余音绕梁的词；而是一个该被扼杀的词，一个被窗帘、书籍以及绒毛地毯吸收了的词……词语可以被扼杀，但行为不会……

"我从马歇尔先生，也就是辩方律师那儿了解到，你儿子被捕的时候申辩说自己是无辜的。虽然说不上信心十足，但也表现得轻松愉快。警方把谋杀发生的时间界定在七点到七点半之间，而他坚称自己有完美的不在场证明。杰克·阿盖尔说，在那段时间里，他搭上一辆便车前往德赖茅斯，车是快七点时，他在距离这里大约一英里外的、连接雷德敏和德赖茅斯的主路上搭上的。他不知道那辆车的牌子和车型——当时天色已暗——但那是一辆黑色或者深蓝色的轿车，司机是一个中年男子。警方竭尽全力去查找那辆车以及开车的男子，但没能找到可以证实他的供词的证据，而律师们相当确信这个男孩的说辞是他匆忙之间编出来的故事，而且编得不怎么高明……

"庭审时，辩方辩护的主旨是心理学家提供的证据，他们试图证明杰克·阿盖尔的精神状态一直不太稳定。法官本人对于这一说法有点吹毛求疵，这样做出的总结陈词显然对被告不利。于是杰克·阿盖尔被判终身监禁。服刑六个月后，他因肺炎死于狱中。"

卡尔加里停了下来，三双眼睛齐刷刷地盯着他。格温达·沃恩的眼里显露出兴趣和密切的关注，赫斯特的眼里依然是怀疑，利奥·阿盖尔的眼里看起来则是一片空白。

卡尔加里接着说道："你能确认我所陈述的事实都是正确的吗？"

"你所说的完全正确。"利奥说道,"尽管我依然不明白,有什么必要去重温这些我们正在努力忘掉的、令人痛苦的事实呢?"

"请原谅我。我不得不这么做。我想,你对判决没有什么异议吧?"

"我承认事实的确如你所说——换句话说,如果你不去深究这些事实背后的东西的话。说得难听一点,这就是一桩谋杀案。但如果你去深究,其实后面还有很多能用来为他开脱的话可说的。那孩子的精神状态不太稳定,然而很不幸,从法律层面上来说这件事没有得到认可。《麦克诺顿条例》[①]有些狭隘,并不能令人满意。我可以向你保证,卡尔加里博士,蕾切尔本人——我是指我已故的妻子——很可能会是第一个谅解并宽恕那个不幸的孩子的轻率行为的人。她是个思想极其进步的人文主义者,同时在心理学方面知识渊博。她应该是不会在道义上谴责他的。"

"她可是知道杰奎能有多讨厌的。"赫斯特说,"他一向那样——似乎就是难以自控。"

"所以你们大家,"卡尔加里不紧不慢地说道,"就没有丝毫的疑问?我是指对于他有罪这一点,毫不怀疑?"

赫斯特瞪大了眼睛。

"我们怎么可能会怀疑呢?他当然是有罪的。"

"并不是真正有罪。"利奥表示了异议,"我不喜欢那个词。"

"而且,那个词确实是不正确的。"卡尔加里深吸了一口气,"杰克·阿盖尔是……无辜的!"

[①]一八四三年,一个名叫麦克诺顿的英国公民把时任首相的秘书误认成首相而将其射杀,在审判中,辩方称其有精神疾病,最终被判无罪。之后英国法院就该事件做出回应,制订了赦免精神病人犯罪的条例,即《麦克诺顿条例》。

第二章

这句话本该是一石激起千层浪的,但正相反,完全像是在对牛弹琴。卡尔加里原本以为会面对困惑、夹杂着不解和难以置信的喜悦,以及迫不及待的提问……然而这些统统没有。有的似乎只是戒备与怀疑。格温达·沃恩紧锁双眉,赫斯特睁大了眼睛瞪着他。好吧,或许这些都是情理之中的,要想一下子理解这样一则声明,的确是挺难的。

利奥·阿盖尔迟疑不决地说道:"卡尔加里博士,你的意思是说你同意我的看法?你也觉得他不该为他的行为负责?"

"我的意思是,那不是他干的!你听不懂我的话吗,老兄?他没杀人。他不可能杀人。要不是最不同寻常和最不幸的情况刚好搅和在一起的话,他本来是可以证明自己的清白的。我本来也可以证明他是无辜的。"

"你?"

"我就是开那辆汽车的人。"

卡尔加里说得如此简单直白,以至于众人一时间都没能领会。结果,还没等他们回过神来,门开了,那个其貌不扬的女人昂首阔步地闯了进来。她说起话来单刀直入,直奔主题。

"我路过门外的时候正好听见了。这个男人说杰奎没有杀害阿盖尔太太。他为什么这么说?他是怎么知道的?"

她那张凶狠好斗的脸似乎瞬间皱了起来。

"我必须也听一下,"她凄然说道,"我可不能待在外面什么都不知道。"

"当然不能了,柯尔斯顿,你也是家里人。"利奥·阿盖尔为她做了介绍,"林德斯特伦小姐,卡尔加里博士。卡尔加里博士正说到最不可思议的事情。"

卡尔加里被柯尔斯顿这个苏格兰名字弄得有些迷惑。她的英语说得很好,但能听出一点点外国腔。

她用责备的口气跟他说话。

"你就不该到这儿来讲这些,让人徒增烦恼。他们已经经受过了苦难,而你现在又来说这些话烦他们。已经发生的事情,都是上帝的意旨。"

她说话时那种信口开河、沾沾自喜的样子让卡尔加里由衷地厌恶。他想,或许她就是那种生性残忍、喜欢幸灾乐祸的人吧。好啊,得彻底灭灭她的威风。

于是他迅速而冷冰冰地说道:"那天晚上差五分七点的时候,我开车经过从雷德敏到德赖茅斯的主路,捎上了一个竖起大拇指想要搭车的年轻人。我开车送他到了德赖茅斯。我们一路谈天说地。当时我想,他是个招人喜欢又可爱的年轻人。"

"杰奎很有魅力,"格温达说,"大家都觉得他挺招人喜欢的。就是他的脾气把他坑了。当然啦,他有点不那么正派。"接着她又若有所思地补充了一句,"不过外人不可能在很短的一段时间内发现。"

林德斯特伦小姐又把矛头指向了她。

"他人都已经死了,你不该这么说的。"

利奥·阿盖尔有些不耐烦地说:"请接着往下说吧,卡尔加里博士。可你那时为什么不站出来？"

"就是啊。"赫斯特的声音听上去有些上气不接下气，"为什么你要躲得远远的？报纸上还登过啊……广告什么的。你怎么能那么自私，那么讨厌——"

"赫斯特、赫斯特。"她的父亲制止了她，"卡尔加里博士还在给我们讲他的故事呢。"

卡尔加里直接冲着女孩说道："我非常理解你的感受。我也知道我自己是什么感受——知道我会一直保持怎样的感受……"他打起精神继续说道，"接着讲我的故事吧。那天晚上路上很堵，我在德赖茅斯城区中心放下这个我连名字都叫不上来的年轻人的时候，时间早就过了七点半。既然警方相当确定罪案发生的时间是在七点到七点半之间，那么按我的理解，可以彻底洗清他的嫌疑。"

"是啊，"赫斯特说，"可你——"

"请耐心听我说。为了让你们明白，我还得再往回说一点。当时我在德赖茅斯一个朋友的公寓里小住，那个朋友是一名海军，出海去了。他同时还把他私人车库里的车也借给我用了。十一月九日那一天，我本该回伦敦去的。但我决定坐晚上的火车回去，并打算用下午的时间去探望一位我们一家人都非常喜欢的老保姆，她住在德赖茅斯以西大约四十英里的珀尔加斯。我按计划行事。她虽然很老了，脑子还有点儿糊涂，但还是认出我来了，也很高兴见到我。用她自己的话来说，她还因为在报纸上读到我'要去南极'的消息而激动不已呢。我在那儿只待了很短的一段时间，也是为了不让她太累。回程时，我决定不沿着海岸走来时的路直接回德赖茅斯，而是往北去雷德敏看看坎农·皮斯马什，他的书房里有一些珍本书，包括一本关于航海的早期专著，书里有一段，我非常渴望抄下来。这位老先生拒绝安装电话，他把电话视为魔鬼的装置，和收音机、电视机、电影院里的管风琴以及喷气式飞机之类的是一路货色，所以我只能碰碰运气看他在不在家。不过我运气不好。他家门紧闭，很显然出去了。我在大教堂里逗留了一小会儿，然后就开车沿主路返回德赖茅斯，也就是走完了我这段三角形行程的最后一边。我给自己留下了充裕的时间回公寓去拿我的包，再把车开回车库，去赶我的火车。

"路上，就像我已经告诉你们的那样，我捎上了一个素不相识的搭车人。而在市中心把他放下之后，我继续执行自己的计划。到达车站以后，我手头还有些时间，于是我走出车站，来到大街上想要买烟。就在我穿过马路的时候，一辆货车突然从街角拐过来，车速很快，把我撞倒在地。

"根据过路人的说法，我爬起来了，显然毫发无损，行动也很正常。我说我什么事都没有，而且还要赶火车，就匆匆忙忙地回了车站。可当火车到达帕丁顿车站的时候我就不省人事了，后来被救护车送到了医院，在那儿我被确诊为脑震荡。很明显，这种延迟效应并不少见。

"几天以后，我恢复了清醒，但我一点都不记得那场车祸以及我要去伦敦的事情。我能想起来的最后一件事，是我去看望那个住在珀尔加斯的老保姆。在那之后则是一片空白。他们一再让我放心，告诉我这种事情司空见惯。而且我错过的生命中的那几个小时似乎也没有什么重要性可言。无论我自己还是其他任何人，都不知道命案发生的那天晚上我曾开车经过从雷德敏到德赖茅斯的那条路。

"当时距离我离开英国的日子已经没几天了。我待在医院里，绝对静养，看不到任何报纸。我走的时候是直接开车去了机场，然后飞到澳大利亚和探险队会合。关于我是否适合动身还曾有过一些疑虑，不过都被我否决了。我那时实在是太忙了，忙于做各种出发前的准备，同时心情很焦急，以至于对谋杀案这类的报道都没什么兴趣去关注。而且不管怎么说，嫌犯被逮捕之后，报道的热度在逐渐冷却，而等到这起案子开庭审判并且全面报道之时，我已经在去往南极的路上了。"

卡尔加里停顿了一下。其他人都在聚精会神地听他讲。

"我发现这件事是在大约一个月以前，也就是我刚刚返回英国的时候。我想找些旧报纸来包我的标本，我的女房东便从她的锅炉间里给我拿来一大堆。我把其中一份摊在桌上的时候看见上面有一张照片，是一个年轻人，那张脸非常眼熟。我尽力去回想我在哪儿见过他以及他是谁，可实在想不起来。但很奇怪的是，我记得和他有过一段对话，是关于鳗鱼的。鳗鱼一生的经历激发了他的兴趣，让他听得入了迷。但那是什么时候、在哪儿呢？我看了那篇报道，上面说这个年轻人叫杰克·阿盖尔，他被控犯有谋杀罪，我看到他告诉警方说一个开着黑色小轿车的男人让他搭了车。

"然后，倏忽之间，我失去的那段记忆一下子全都回来了。就是我，捎上了一个和照片中长得一模一样的年轻人，载着他到了德赖茅斯，把他放下后回了公寓——再之后就是步行过马路去买烟。货车撞倒我的那一刻我只能记起一点点，在那之后就什么都记不得了，直到我住进医院。我依然回忆不起来我去车站乘上去伦敦的火车的事情。我一遍又一遍地读那段报道。审判过去一年多了，那个案子几乎已被人遗忘。'一个年轻小伙子杀了他妈妈。'我的女房东还能依稀想起，'也不知道后来怎么样了，我想他们把他绞死了吧。'我又仔细查阅了那段时期的报纸，然后就去了马歇尔和马歇尔律师事务所,他们是当时的辩方律师。我发现我来得太晚了,已经来不及去解救那个不幸的孩子。他已经因为肺炎死在了监狱之中。尽管说对他而言,正义已无法得以伸张,但我想,我们还可以在对他的怀念之中还他一个公道。我和马歇尔先生一起去了一趟警察局,把真相摆在了检察官面前。马歇尔先生坚信他会把实情呈递给内政大臣的。

"当然,你们也会从他那儿收到一份完整的报告。只是因为我渴望成为第一个告知你们真相的人,他才有意耽搁了一下。我感觉这是我有责任、有义务去经受的一场煎熬。我相信你们能明白,我会一直背负着这种深深的负罪感。如果我当时过马路时能更小心一些的话……"他停了下来,"我明白你们永远不可能对我亲切友好——虽然严格意义上来说,我并没有做错什么。但你们,你们所有人,肯定还是会怪我。"

格温达·沃恩马上开口说话了,她的声音温暖而体贴。

"我们当然不会怪你的。这也是……这也是没办法的事啊。很悲惨,难以置信,但事情就是这样啊。"

赫斯特说:"他们相信你吗?"

卡尔加里惊讶地看着她。

"我是说警方,他们相信你吗?怎么证明这一切就不是你捏造出来的呢?"

卡尔加里不禁微微一笑。

"我是一个声誉很好的目击证人。"他温和地说道,"我出来做证不带什么私心,而他们也非常仔细地调查了我所讲述的事情。医学证据,还有从德赖茅斯取得的各种佐证细节。哦,就是这样的。当然了,马歇尔先生跟所有的律师一样,很小心慎重。在没有相当的把握之前,他不想让你们对成功寄予太高的期望。"

利奥·阿盖尔在椅子里动了动,第一次开口说话。

"你所说的成功,是指什么?"

"很抱歉,"卡尔加里马上说道,"这个词用在这里其实并不恰当。你儿子因为一桩他并没有犯过的罪行而被指控,为之受审,并且被宣判有罪,最终死在了监狱里。对他来说公正来得太迟了。不过这种公正是可以实现的,也几乎一定能够实现,而且要让大家都知道。内政大臣可能会建议女王陛下给予特赦。"

赫斯特笑了起来。

"特赦?为了一件他没干过的事?"

"我知道,这些名词术语总是显得不切实际。但我了解惯例,对于一个在议院中被提出的问题,是会有明确答复的,那就是杰克·阿盖尔虽然因罪获刑,但其实他并未犯下那桩罪行,报纸也会毫无阻碍地报道事实的。"

他停了下来。没有一个人开口。卡尔加里想,这对于他们来说肯定是个巨大的意外。但再怎么说,终究是个好消息。

他站起身来。

"恐怕,"他迟疑地说道,"我没有什么可再多说的了……再反复重申我有多么抱歉、这件事有多么让人难过,以及请求你们的谅解——这些话你们的耳朵一定已经听出茧子来了。这桩悲剧结束了他的生命,也给我的生活蒙上了阴影。但至少……"他说话的口气已经像在恳求了,"让别人知道他没干那件可怕的事情……让他的声誉,你们的声誉,在世人眼中得以澄清……这一切肯定还是有些意义的吧?"

如果说他心中希望得到一句回应的话,那他什么都没得到。

利奥·阿盖尔瘫坐在椅子里;格温达的眼神停留在利奥的脸上;赫斯特坐在那儿,眼睛睁得老大,神情凄惶地瞪着前方;林德斯特伦小姐一边摇着头，一边低声咕哝着什么。

卡尔加里无可奈何地站在门边，回过身来瞧着他们。

还是格温达·沃恩掌控了局面。她走到卡尔加里跟前，一只手搭在他的胳膊上，低声说道："你现在最好还是走吧，卡尔加里博士。这件事给他们带来的震动太大了，他们必须花点儿时间才能接受这个消息。"

他点点头，走了出去。在楼梯口，林德斯特伦小姐追上了他。

"我带你出去。"她说。

在房门关上之前他回了一下头，看见格温达·沃恩在利奥·阿盖尔的椅子边跪了下来。这让他有一些吃惊。

在楼梯口，林德斯特伦小姐像个卫兵一样站在他面前，用刺耳的声音说道："你没法让他死而复生，又为什么要让他们再次回忆起这件事来？在这之前，他们本来已经认命接受了。现在他们又得备受煎熬了。顺其自然，少管闲事恐怕要更好一些吧。"

她的话语中流露出不满。

"他的名誉必须被澄清。"亚瑟·卡尔加里说道。

"多美好的情操！这些想法都太好了。但你就没有真正考虑过这么做意味着什么。男人们啊，从来都不动脑子。"她跺了跺脚，"我爱他们所有的人。我一九四〇年来到这里，给阿盖尔太太帮忙——当时她开办了一所战时保育院，为那些因轰炸而流离失所的孩子们。为了那些孩子，怎么好都不为过。她为他们做了一切。那是差不多十八年以前的事了。她死了以后我依旧留在这里，照顾他们，保持房子的干净舒适，保证他们能吃到好吃的饭菜。我爱他们所有人！没错，我爱他们……还有杰奎——他这个人的确德行有亏！哦，是啊，那我也爱他。但是……他这个人就是很差劲！"

她猛然转过身去,看起来似乎已经忘了她说过要带他出去的话。卡尔加里缓步走下楼梯。前门上有一个他搞不明白的安全锁,就在他笨手笨脚鼓捣的时候,他听见楼梯上传来轻盈的脚步声。赫斯特正飞一般地快步走下来。

她拔开门闩,打开了门。他们站在那里,四目相对。卡尔加里比以往任何时候都更困惑,不明白她为什么要用那种悲惨而带有责备的眼光看着他。

她开口说话了,只能听到如耳语般的声音。

"你为什么要来?哦,你到底为什么要来?"

他无助地看着她。

"我不明白你的意思。难道你不想让你弟弟的名誉得到澄清吗?难道你不想还他一个公道吗?"

"哦,公道!"她把这个词甩回给了他。

卡尔加里重复了一句:"我不明白……"

"还在翻来覆去说什么公道!现在这对杰奎还有什么用呢?他死了。现在要紧的不是杰奎,是我们!"

"你什么意思?"

"要紧的不是有罪的人。而是那些无辜者。"

她抓着他的胳膊,手指甲都快抠进去了。

"要紧的是我们。你难道看不出来你对我们都做了些什么吗?"

他凝视着她。

在屋外的黑暗之中,隐隐约约显现出一个男子的身影。

"卡尔加里博士吗?"男子说,"您的出租车到了,先生,要拉您去德赖茅斯的。"

"哦……呃……谢谢你。"

卡尔加里再次转向赫斯特，但她已经退回到了屋里。前门砰的一声撞上了。

第三章

1

赫斯特缓缓地走上楼去,同时用手拨开盖在高高的前额上的黑发。柯尔斯顿·林德斯特伦正在楼梯顶端迎她。

"他走了?"

"是的,已经走了。"

"让你受惊了,赫斯特。"柯尔斯顿·林德斯特伦把一只手轻柔地搭在她的肩膀上,"跟我来,我给你拿一小杯白兰地。这事啊,有点太过分了。"

"我不想喝什么白兰地,柯尔斯顿。"

"或许你不想喝,但喝一点对你会有好处的。"

年轻的女孩不再反抗,而是顺从地跟随柯尔斯顿·林德斯特伦的脚步,沿走廊来到她那间小起居室里。她接过递来的白兰地,慢慢地小口抿着。柯尔斯顿·林德斯特伦恼火地说道:"这一切都太突然了,应该提前告诉我们一声啊。马歇尔先生为什么没先写封信来呢?"

"我估计卡尔加里博士没让他写。他想要自己来,亲口告诉我们。"

"自己来亲口告诉我们,还真是啊!也不知道他觉得这个消息能给我们带来什么？"

"我想，"赫斯特以一种平板而单调的奇怪声音说道，"他觉得我们应该为之高兴。"

"先不管高兴不高兴，这个消息注定会让我们震惊啊。他就不该这么做。"

"但从某种程度上来说，他这样做很勇敢。"赫斯特说道，脸上开始泛红，"我的意思是说，这可不是件容易的事。亲口来告诉一家人，他们家里那个因为谋杀罪而被判了刑并且死于狱中的成员其实是无辜的。是啊，我想这需要他很勇敢。但尽管如此，我还是希望他没有这份勇气就好了。"她又加上了最后这一句。

"那个……我们都希望如此。"林德斯特伦小姐马上说道。

赫斯特从自己的思绪中回过神来，突然饶有兴趣地看着林德斯特伦小姐。

"这么说，你也有同感了，柯尔斯顿？我还以为也许只有我这么想呢。"

"我又不傻。"林德斯特伦小姐尖刻地说道，"我能预想出一些可能性，而这些，你们那位卡尔加里博士似乎都没想到。"

赫斯特站了起来。"我必须得去爸爸那儿了。"她说。

柯尔斯顿·林德斯特伦表示赞同。

"是啊，现在他该考虑一下怎么办了。"

赫斯特走进书房的时候格温达·沃恩正忙着打电话。她父亲向她招手，赫斯特走了过去，坐在他椅子的扶手上。

"我们正试图跟玛丽和米基通电话，"他说，"他们应该马上知道这件事。"

"喂，"格温达·沃恩对着电话说道，"是达兰特太太吗？玛丽？我是格温达·沃恩。你父亲想跟你说话。"

利奥走过去，拿起听筒。

"玛丽？你好吗？菲利普怎么样？好的。我这儿发生了一件意想不到的事情……我觉得应该立刻告诉你们。有个卡尔加里博士刚才来拜访过我们，他随身带了一封安德鲁·马歇尔写的信。事情跟杰奎有关，看起来似乎——这件事真是太让人意想不到了——看上去杰奎在审判庭上讲的那个故事，说他搭了某个人的车去了德赖茅斯的事情是千真万确的。这个卡尔加里博士就是那个让他搭车的人……"他打住话头，听电话那一头他女儿说话，"对，是啊，玛丽，至于他当时为什么没有站出来，我现在先不细说了。总之他遭遇了一场车祸，脑震荡了。从头至尾，整件事情看起来都可以得到很好的证明。我给你打电话是想说，大家应该尽快来我这里碰个头。或许我们能让马歇尔也过来，跟咱们一起商量商量这件事。我想我们应该得到最好的法律建议。你和菲利普能过来吗？好的……好的，我明白。但是亲爱的，我真觉得这件事挺重要的……好吧……如果你愿意的话，晚一点时给我打个电话吧。我还得想方设法找到米基。"说罢他放下了听筒。

格温达·沃恩向电话机走去。

"要我现在就试着打给米基吗？"

赫斯特说："如果你这个电话要花点时间的话，能让我先打吗，格温达？我想给唐纳德打个电话。"

"当然，"利奥说，"你今晚本打算和他一起出去的，不是吗？"

"本来是的。"赫斯特说。

她父亲目光锐利地瞥了她一眼。

"这件事是不是搅得你特别心烦意乱，亲爱的？"

"我不知道，"赫斯特说，"我也不太清楚自己是什么感觉。"

格温达在电话机旁给她让开地方，赫斯特拨了一个号码。

"请问，我能和克雷格医生说话吗？是的，没错，我是赫斯特·阿盖尔。"

又过了一小会儿，只听她说："是你吗，唐纳德？我打电话是想告诉你，我觉得今晚我没法跟你去听那场演讲了……不，我没生病，不是那回事儿。只是……呃，只是我们……我们刚刚得到了一个相当怪异的消息。"

电话里的克雷格医生又说话了。

赫斯特把头转向她父亲，用手盖住话筒对他说道："不用保密的，对吗？"

"不用。"利奥慢吞吞地说道，"不用。这件事也不能完全算秘密，不过……呃，或许你该告诉唐纳德，暂时只要他一个人知道就好了。你也清楚流言是怎么一传十十传百，怎么被人家添油加醋的。"

"是，我明白。"她再次转回去，对着听筒说道，"从某种程度上来说，我猜你可能会觉得这是个好消息，唐纳德，不过……这个消息还是挺让人纠结的。我宁可不在电话里谈这个……不，不，不用过来。千万不要。今晚别过来，明天找个时间吧。是关于……杰奎的。是……对……我弟弟……我们终于得知，他其实并没有杀害我母亲……但你千万不要声张，唐纳德，别告诉任何人。我明天会把来龙去脉都告诉你。不，唐纳德，不……我只是今晚不能见任何人，连你也不能。求你了。而且什么都别说。"

她放下话筒，示意格温达过来打电话。

格温达请求接通一个德赖茅斯的号码。利奥和颜悦色地说："你为什么不跟唐纳德去听演讲了呢，赫斯特？那能让你忘掉烦心事。"

"我不想去，父亲。我没法去。"

利奥说："你刚才说的话会给他一种印象，就是这不是个好消息。但你知道，赫斯特，其实不是这么回事儿。我们很震惊，但其实我们都为此感到非常开心。非常高兴……不然我们还能怎么想呢？"

"你非要这么说吗？"赫斯特说。

利奥警告道："我亲爱的孩子——"

"但那不是真的，对不对？"赫斯特说，"这不是什么好消息。这件事只会让人烦不胜烦。"

格温达说："米基的电话通了。"

利奥再次走上前去，从她手里接过听筒。他对儿子说的话和跟女儿说的差不多，但他的消息这次所带来的反应却与玛丽·达兰特的反应大相径庭。这次没有异议，没有惊讶，也没有怀疑，取而代之的是迅速的接受。

"搞什么啊！"是米基的声音在说话，"过了这么长时间？失踪的证人！好吧，好吧，杰奎那天晚上可真够倒霉的。"

利奥再次开口说话。米基在听。

然后米基说："是啊，我同意你说的。我们最好尽快碰个头，把马歇尔也叫来给我们参谋参谋。"他突然笑了一声，这笑声从他还是个在窗外的花园里玩耍的小男孩时起便如此，利奥记忆犹新。"赌点什么，啊？"他说，"是咱们当中的谁干的？"

利奥撂下听筒，猛地转身，离开了电话机。

"他说什么了？"格温达问道。

利奥告诉了她。

"在我看来，开这样的玩笑可真傻。"格温达说。

利奥飞速地瞥了她一眼。"或许，"他温和地说，"也不完全是开玩笑。"

2

玛丽·达兰特穿过房间,从插满菊花的花瓶中拾出几片散落的花瓣。她把它们小心翼翼地放进了字纸篓里。玛丽二十七岁,身材高挑,神情平和,尽管脸上没有皱纹,她看起来还是比实际年龄要老一些,这或许部分是由于她稳重成熟的性格所造成的。她面容姣好,不带一丝魅惑。五官端正,皮肤光滑,有一双亮丽的蓝眼睛,一头金发向后梳,在颈后挽成一个大大的发髻;尽管她并非有意为之,却恰好是时下流行的样式。她是个一贯固守自己风格的女人。她的外貌就像她的房子一样,整洁有序,保养良好。任何一点点灰尘或者凌乱都会让她烦心。

坐在病人座椅里的男人看着她小心翼翼地把散落的花瓣放好,露出了一抹稍稍有些扭曲的微笑。

"还是那么喜欢整洁,"他说,"各归其位,井井有条。"他笑出声来,笑声中隐含着一丝恶意。不过玛丽·达兰特完全不为所动。

"我的确喜欢东西都整整齐齐的,"她表示同意,"你知道,菲尔,屋子里要是一片狼藉的话,你也不会喜欢的。"

她丈夫有点儿愤愤不平地说道:"是啊,不管怎么说,我已经没机会把屋子弄乱了。"

他们婚后没多久,菲利普·达兰特就患上了脊髓灰质炎[①],留下了肌肉萎缩的后遗症。对于深爱着他的玛丽来说,他既是她

[①]即小儿麻痹症。

的丈夫，也成了她的孩子。而她那种充满占有欲的爱，有时也会让他觉得有一点局促不安。他太太在这方面缺乏想象力，他对她的依赖给她带来了愉悦和满足，她却不明白这种状况有时候也会让他感到恼火。

此刻他的话接得相当快，就好像害怕她会说出什么怜悯或者同情的话语来似的。

"我必须得说你父亲的消息真让人无语！过了这么长时间啊！你怎么能做到听完之后还这么镇定呢？"

"我想我很难理解那个消息……这也太出乎意料了。最初我实在没法相信爸爸说的话。假如是赫斯特说的，嗯，我就会认为整件事都是她凭空想象出来的。你也知道赫斯特的个性。"

菲利普·达兰特脸上的怨气缓和了一些，他轻柔地说道："一个热情奔放的人，生活中喜欢没事找事，还一刻不停。"

玛丽挥挥手，打断了他的分析。她对别人的性格不感兴趣。

她疑惑地说道："我猜这是真的吧？你不会认为这一切都是那个男人臆想出来的吧？"

"心不在焉又健忘的科学家？这么想倒是不错。"菲利普说，"不过看起来安德鲁·马歇尔还真的信以为真了。而我得告诉你，马歇尔以及马歇尔和马歇尔律师事务所在法律问题上可是非常讲求实际，不会感情用事的。"

玛丽·达兰特皱着眉头说道："这个消息实际上意味着什么呢，菲尔？"

菲利普说："意味着杰奎就彻底平反啦。更确切地说，如果当局对此满意的话——而照我看来，这一点上不会有任何问题。"

"哦，好吧，"玛丽轻叹了一声，说道，"那我想，这真算是个好消息吧。"

菲利普·达兰特又笑出声来，依然是那种扭曲又带着苦楚的笑。

"波莉[①]！"他说，"你可真是要人命。"

只有玛丽·达兰特的丈夫会管她叫波莉。这个名字和她端庄的外表配在一起总让人觉得不那么对劲，有些滑稽可笑。她略带惊讶地看着菲利普。

"我不明白我哪句话让你觉得这么好笑了。"

"你简直太文绉绉的了！"菲利普说，"就像是谁家的贵妇人在义卖会上赞扬乡村作坊里的手工艺品似的。"

玛丽困惑地说道："不过这真的是个很好的消息啊！家里要是出了个杀人凶手，你总不能还假装挺满意的吧。"

"又不是真的出在家里。"

"嗯，实际上是一回事儿。我的意思是说，这一切简直让人愁死了，让人觉得特别不舒服。每个人都那么好奇，那么急切地想知道怎么回事儿。我恨透了这个样子。"

"你处理得非常好。"菲利普说，"用你那双冷冰冰的蓝眼睛盯着他们，把他们镇住。让他们安静下来并且羞愧难当，你这种不露声色的解决办法真是绝了。"

"我特别厌恶这一切。实在是太让人遭罪了。"玛丽·达兰特说，"但不管怎么说，他死了，事情也过去了。而现在呢——现在，我想，所有的旧账还要再翻出来。烦死人了。"

"是啊。"菲利普·达兰特若有所思地说。他稍稍耸了一下肩膀，脸上显现出一丝痛苦的表情。妻子马上向他走过去。

"你又抽筋啦？等一等，我挪一下这个垫子。行了。好点儿

[①]波莉是玛丽的昵称。

了吗？"

"你真该去医院里当个护士。"菲利普说。

"我一点儿都不想去照料那么一大群人。我只想照料你。"

话虽简单，背后却蕴含着款款深情。

电话铃响了起来，玛丽走了过去。

"喂……是的……请讲……哦，是你啊……"

她对一旁的菲利普说道："是米基。"

"没错……没错，我们已经听说了。爸爸打过电话了……嗯，当然……是……是……菲利普说要是律师们满意的话那就肯定没问题了。说真的，米基，我不明白你为什么那么心烦意乱的……我还真没意识到我有那么愚蠢……真的，米基，我真觉得你——喂？喂？"她生气地皱起了眉头。"他把电话挂了。"她放下听筒，"真是的，菲利普，我搞不懂米基。"

"他究竟说什么了？"

"他似乎格外焦躁不安。他说我很愚蠢，说我没意识到这件事的……后果。这下麻烦大了！这是他的原话。但为什么啊？我不明白。"

"他慌神了，是吗？"菲利普沉思着说道。

"可是为什么啊？"

"嗯，你要知道，他说的有道理。是会有后果的。"

玛丽看起来有点儿摸不着头脑。

"你是说这么一来，这个案子就又会引起大家的关注了？杰奎的罪名洗清了我当然很高兴，不过假如人们又要开始谈论这件事的话，那还真是让人挺不自在的。"

"而且不仅仅是左邻右舍会说三道四，还有比这更厉害的呢。"

她用探询的目光看着他。

"警方也会感兴趣的!"

"警方?"玛丽尖声说道,"这跟他们有什么关系啊?"

"我亲爱的姑娘啊,"菲利普说,"动动脑子。"

玛丽缓步走回来,坐到他身边。

"要知道,如今这又变成一桩悬案了。"菲利普说。

"但是都过了这么久了……他们肯定不会再大费周章了吧?"

"你这种一厢情愿的想法听起来真不赖。"菲利普说,"不过我觉得,恐怕从根本上来说这是有问题的。"

"有什么问题?"玛丽说,"你想,他们那么愚蠢,在杰奎身上犯了那么大的错误,肯定不会愿意再旧案重提了吧?"

"他们或许不愿意,但他们很可能不得不这么做!职责归职责嘛。"

"哦,菲利普,我确信你说得不对。是会有一些街谈巷议,但也仅此而已,最终一切都会平息下去的。"

"然后从此以后我们的日子就会继续幸福快乐地过下去喽。"菲利普语带讥讽地说道。

"为什么不呢?"

他摇摇头。"事情没那么简单……你父亲说得对,我们必须凑在一起商量一下。就像他说的,把马歇尔也叫来。"

"你是说……去艳阳角?"

"是啊。"

"哦,我们可去不了。"

"怎么去不了?"

"这根本不可行。你有病在身,而且——"

"我不是残废!"菲利普恼火地说道,"我的身体强壮结实着呢。我只是碰巧腿有毛病，用不了而已。要是有合适的交通工具，我都能去廷巴克图①。"

"我确信去艳阳角对你来说有百害而无一利，要把所有那些不愉快的事情翻出来……"

"受影响的又不是我。"

"而且，我们怎么能离开这栋房子呢，最近发生了那么多起入室盗窃案。"

"找个人来家里过夜。"

"说得挺好啊，就好像这是世界上最简单不过的事情似的。"

"可以让那个我不记得姓什么的老太太天天来。别再像个家庭主妇似的提反对意见了，波莉。说真的，不想去的人是你。"

"对，我是不想去。"

"我们不会在那儿久留的，"菲利普安慰她道，"但我觉得我们非去不可。现在正是一家人要团结起来一致对外的时候。我们得搞清楚我们现在的处境。"

3

在德赖茅斯的酒店里，卡尔加里早早吃完饭后就上楼回到自己的房间里了。在艳阳角的经历让他深受震动。他原以为这会是件苦差事，是下了很大的决心才去做的。然而整个过程虽然让人痛苦沮丧，却也完全出乎他的意料。他一下子倒在床上，点上一根烟，在脑子里一遍又一遍地回想。

他脑海中最清晰的画面是临别时赫斯特那张脸。面对他对公

---

①位于西非马里尼日尔河畔的历史名城，曾是贸易和文化中心。

道的诉求,她那种鄙夷不屑的拒绝!她是怎么说的来着?"要紧的不是有罪的人,而是那些无辜者。"然后是那句:"你难道看不出来你对我们都做了些什么吗?"但他做什么了?他不明白。

还有其他人。那个他们都管她叫柯尔斯顿的女人(为什么叫柯尔斯顿?这是个苏格兰人的名字,她可不是苏格兰人——没准儿是个丹麦人或者挪威人?)她说话干吗那么凶巴巴的,带着苛责?

利奥·阿盖尔也有些怪异的地方——那是一种回避、一种警觉。毫无疑问,最自然的反应应该是"谢天谢地,我儿子是无辜的",但这在他身上丝毫都看不出来!

还有那个女孩——给利奥当秘书的那个女孩。她很体贴地给予了帮助。但她的反应也很奇怪。他记起她跪在阿盖尔椅子边的样子,就好像……就好像……她在同情他、安慰他一样。安慰他什么呢?为了他的儿子并没有犯下谋杀罪?而且毋庸置疑——没错,毋庸置疑——那超出了一个秘书该有的感情——哪怕是一个已相处多年的秘书……这一切究竟是怎么回事儿呢?他们为什么——

床边的电话铃响了。卡尔加里拿起听筒。

"喂?"

"是卡尔加里博士吗?这儿有个人要找您。"

"找我?"

卡尔加里有些吃惊,就他所知,没有人知道他在德赖茅斯过夜。

"谁?"

有片刻的停顿。接着酒店的接待员说:"是阿盖尔先生。"

"哦。告诉他——"亚瑟·卡尔加里在马上就要说出口他会下去的时候打住了。如果利奥·阿盖尔出于某种原因尾随他来到了德赖茅斯，并且想方设法找到了他下榻的地方的话，那么在楼下大庭广众的休息厅里讨论这件事有可能会让他觉得有些尴尬。

于是他改了口："让他上楼到我房间里来好吗？"

他从床上起身，在屋里踱来踱去，直到敲门声响起。

他走过去打开门。

"请进，阿盖尔先生，我——"

他停住了，吓了一跳。来人不是利奥·阿盖尔，而是一个二十岁出头的年轻人，英俊而黝黑的面庞被那一脸的怨气毁了。这是一张轻率鲁莽、愤愤不平而又郁郁寡欢的脸。

"没想到是我吧，"年轻人说道，"以为是我……父亲呢。我是迈克尔·阿盖尔。"

"请进。"访客进屋后，卡尔加里关上了房门，"你是怎么查到我在这儿的？"他一边把烟盒递给这个年轻人一边问。

迈克尔·阿盖尔拿了一支，发出一声短促而不愉快的笑。

"这很简单！给你有可能入住过夜的几家酒店打电话碰运气呗。我才打到第二个电话就找到了。"

"那你为什么想见我？"

迈克尔·阿盖尔慢条斯理地说："就是想看看你是个什么样的人……"他以品评的眼光上下打量着卡尔加里，注意到他稍微有些佝偻的双肩、斑白的头发，以及那张瘦削而敏锐的脸。"这么说来，你是去过南极的'海斯·本特利'探险队的一员了。你看起来也没那么强健啊。"

亚瑟·卡尔加里淡淡一笑。

"外表有时候是具有欺骗性的，"他说，"我足够强健了。我们所需要的也不全是肌肉的力量，还有一些其他的重要素质。忍耐力，耐心，专业知识。"

"你多大了，四十五？"

"三十八。"

"看上去不止。"

"是……是，我想是吧。"那一瞬间，看着面前这个年轻力壮的小伙子，他的心头不由得涌上了一股哀伤。

他有些生硬地问道："你为什么想见我？"

对方的脸沉了下来。

"很显然，不是吗？当我听说了你带来的消息之后。关于我亲爱的弟弟的消息。"

卡尔加里没有作答。

迈克尔·阿盖尔继续说道："对他来说，这消息来得有点儿晚，对吗？"

"是的，"卡尔加里低声说道，"对他来说太晚了。"

"那你为什么一直憋着不说？还有那个什么脑震荡，是怎么回事儿？"

卡尔加里很耐心地给他解释了一番。非常奇怪，这个小伙子的粗鲁无礼反倒让他觉得倍受鼓舞。因为无论如何，总算有个人要为他兄弟的事据理力争了。

"重点就在于，给杰奎一个不在场证明，对吗？你怎么知道那段时间就是你所说的那段呢？"

"关于那段时间，我无比确信。"卡尔加里斩钉截铁地说。

"你也有可能搞错了。你们这些研究科学的家伙往往会对诸如时间啊、地点啊之类的小事情漫不经心。"

卡尔加里有点儿被逗乐了。

"你脑子里勾画出来的，是那种虚构的漫不经心的教授形象吧——穿着怪模怪样的袜子,搞不清楚今天是星期几,要么就是不知道自己身在何处?我亲爱的年轻人,从事技术工作需要极高的准确性;精确的数量,精确的时间,精确的计算。我向你保证,我没有一丝一毫搞错的可能。我在快七点的时候捎上你弟弟,然后在七点三十五分在德赖茅斯放下了他。"

"你的表有可能不准。或者,你有可能看的是车里的钟。"

"我的表和车里的钟是完全同步的。"

"杰奎有可能把你耍了。他鬼点子可多了。"

"没有什么鬼点子。你们为什么都那么急切地想要证明是我搞错了呢?"卡尔加里有些激动地继续说道,"我原本想着,要让当局承认他们错判了一个人可能会很困难。但我万万没想到,要说服他家里的人相信竟然也这么难!"

"这么说,你已经发现要说服我们大家有点儿难了?"

"大家的反应看起来有些……异乎寻常。"

米基目光锐利地盯着他。

"他们不想相信你?"

"嗯……看上去差不多就是这样……"

"不仅仅是看上去如此,实际上就是。这也是很自然的事情,你想想就知道。"

"但是为什么啊?为什么这种反应就是很自然的啊?你母亲被杀害了,你的弟弟被指控为凶手并因此判刑,而现在事实证明他是无辜的,你们应该感到高兴,感到欣慰才对啊。那可是你的弟弟啊。"

米基说:"他不是我弟弟,而她也不是我母亲。"

"什么?"

"没人告诉过你吗?我们都是被收养的。我们这一大堆人。

玛丽，我大姐，是在纽约被收养的。我们其他人是在战争期间。我母亲——你是这么叫她的——生不了孩子，于是她就靠收养给自己组建了一个很棒的小家庭。玛丽，我，蒂娜，赫斯特和杰奎。舒适豪华的家以及她所倾注的大量母爱！我想说，到最后她已经忘记我们都不是她的亲生骨肉了。不过当她把杰奎挑来，当她所宠爱的小男孩中的一员时，就开始倒霉了。"

"这些我完全不知道。"卡尔加里说。

"所以别再跟我说什么'亲妈''亲弟弟'之类的话！杰奎就是个招人讨厌的家伙！"

"但不是个杀人犯。"卡尔加里说，他加重了语气。

米基看着他，点了点头。

"行。这可是你说的，而且你也认准了就是这样。杰奎没有杀她。那好，是谁杀了她呢？你还没想过这个问题，对吗？现在想想吧。动动脑子，然后你就会开始明白，你在对我们大家伙儿做了什么了……"

他猛然转过身去，走出了房间。

第四章

卡尔加里过意不去地说道:"你愿意再次见我真是太好了,马歇尔先生。"

"别客气。"律师答道。

"如你所知,我去了一趟艳阳角,见到了杰克·阿盖尔的家人。"

"正是。"

"我想,你应该也已经听说我这次拜访的事了吧?"

"没错,卡尔加里博士,你说得很对。"

"你难以理解的可能是我为什么又来找你……你瞧,事情的发展并不像我预先想象的那样。"

"是啊,"律师说,"没错,或许是不一样。"他说话的语气一如既往的干巴巴,不露声色。然而其中有某种东西在鼓励卡尔加里继续说下去。

"你看,我以为呢,"卡尔加里接着说道,"这样就算是给这件事画上句号了。我已经做好了心理准备去接受一些……怎么说呢,接受他的家人对我的不满情绪,这是很自然的。我想尽管脑震荡可以解释成天有不测风云,但要我说的话,从他们的角度来看,会有这种情绪也情有可原。不过我希望,这可以被他们听到杰克·阿盖尔的罪名被洗清了这个事实之后的感激之情所抵消。

然而事情并没有像我预期的那样发展。完全不一样。"

"我明白。"

"或许，马歇尔先生，你对于已发生的情况早有一些预感？我记得我上次来这儿的时候你的态度就让我有些困惑。莫非你已经预见到了我可能遭遇到的态度？"

"你还没告诉我，卡尔加里博士，那究竟是种什么态度呢？"

亚瑟·卡尔加里把他的椅子往前拉了一下。"我以为我是在了结一桩事情，给……怎么说呢——给已经写就的篇章收一个不同的尾。但他们让我觉得……让我明白，我非但没有了结什么事情，反而是拉开了一件事情的序幕。完完全全是另一件事。你觉得我这么说对吗？"

马歇尔先生缓缓地点了点头。"没错，"他说，"可以这么说。我的确想过，我承认，你并没有意识到这件事会带来的后果。这也难怪，除了那些法律报告里面提到的事之外，你对事实背景一无所知，因此也不能指望你能意识到。"

"不不，我现在明白了。再清楚不过了。"他激动地说下去，声音也不由得提高了，"他们真正感受到的其实并不是解脱，也不是欣慰，而是忧虑和恐惧。一种对于接下来可能会发生的事情的恐惧。我说对了吗？"

马歇尔措辞谨慎地说道："我该说也许你的话非常正确。请注意，我说的可不是我自己的见解。"

"如果真是这样的话，"卡尔加里继续说道，"我就再也没办法因为做了自己唯一能做的补偿措施而心安理得地回去工作了。我依然牵涉其中。我给他们每个人的生活都带来了新的变化，我得为此负责，不能就那样袖手旁观。"

律师清了清嗓子，说："或许，这该算是个异想天开的想法，

44

卡尔加里博士。"

"我不这么认为——我真的不这么想。人必须对自己的行为负责，而且不仅仅是行为本身，还包括随之而来的后果。差不多两年以前，我在路上让一个年轻人搭了便车。当我那么做的时候，就开启了一系列事件的序幕。我觉得我没办法抽身在外。"

律师依旧摇着头。

"很好，那么，"亚瑟·卡尔加里不耐烦地说，"你愿意管这叫异想天开就随你。但我的感情、我的良知还是会纠缠其中。我唯一的愿望就是，对当年我无力防范的事情去做些弥补，可结果我并没能做出什么补偿。而且有点令人费解的是，对于那些已经经受过痛苦的人来说，我反倒让事情变得更糟糕了。不过我还是弄不太明白这到底是为什么。"

"是啊，"马歇尔慢条斯理地说，"是啊，你不会明白这是为什么的。在过去的约莫十八个月的时间里，你脱离了文明社会。你没看过每天的报纸，没读过报纸上关于这一家人的报道。或许你原本也不会去读，但我想，如果你当时人在这里，那你是无论如何也不会一无所知的。事实非常简单，卡尔加里博士，也不是什么秘密，马上就被公开了。到后来演变为一个非常简单的问题。如果杰克·阿盖尔没有犯下这桩罪行——按照你的说法，他不可能犯罪——那么是谁干的呢？那就让我们来回顾一下案发时的情境。罪案是在那个十一月的夜晚，七点到七点半之间发生的，在那栋房子里，已故女人的身边围着她的一大家子人。房门锁得好好的，百叶窗也放下了，如果任何人想从外面进去，那这个人肯定要么是阿盖尔太太本人放进去的，要么就是用自己的钥匙开门进去的。换句话说，肯定是她认识的人。在某种程度上，这很像美国的那起'博登案'，在那起案子里，博登先生和太太在一个周日的早上被人用斧子砍死了。房子里的人都没听到什么动静,也没人知道或者看见有人靠近那栋房子。卡尔加里博士,你能明白为什么他们家的成员——用你的话来说——听了你带去的消息之后非但没有感到解脱,反而心神不宁了吧?"

卡尔加里缓缓说道:"你是说,他们宁愿杰克·阿盖尔是有罪的?"

"对。"马歇尔说,"没错,毫无疑问就是这样的。说句不中听的,家里发生了谋杀案不是什么好事,而杰克·阿盖尔是凶手恰好是个完美的解脱。他从小就是个问题儿童,不良少年,长大了又是个脾气暴躁的人。家里人可以原谅他,事实上也原谅了他。他们可以哀悼他、同情他,对他们自己、相互之间,以及对世人则可以宣称那其实并不是他的过错,心理学家可以把一切都解释清楚!是啊,非常非常省事。"

"而如今……"卡尔加里欲言又止。

"而如今,"马歇尔先生说,"情况不一样了,当然,天壤之别。或许都要让人感到害怕了。"

卡尔加里敏锐地说道:"我带来的消息也挺招你烦的吧,不是吗?"

"这个我必须承认。是的,没错,我必须承认我的心里……有点儿乱。一个本来已经令人满意地了结了的案子——嗯,我还会继续用令人满意这个词——如今又要重新审理了。"

"这是正式的决定吗?"卡尔加里问道,"我是说,从警方的角度来看,这个案子会重新审理吗?"

"哦,毋庸置疑。"马歇尔说,"当杰克·阿盖尔在压倒性的证据面前被定罪的时候——陪审团只出去商量了十五分钟——在警方看来,这件事已经盖棺定论了。不过现在,随着死后特赦令的颁布,这个案子又要重审了。"

"那警方会重新展开调查吗?"

"我得说,那几乎是一定的。当然,"马歇尔一边若有所思地揉搓着自己的下巴,一边补充道,"由于这个案子的独特之处,在经过了这段时间之后,他们还能否得出什么结果就很难说了……就我自己而言,我表示怀疑。他们有可能知道房子里的某个人有罪,他们甚至可能会灵光一闪确定了那个人是谁。不过要想得到确切的证据,可就没那么容易了。"

"我明白了,"卡尔加里说,"懂了……没错,这就是她所说的话的意思。"

律师猛然问道:"你说的是谁?"

"那个女孩,"卡尔加里说,"赫斯特·阿盖尔。"

"啊,对了,年轻的赫斯特。"他好奇地问道,"她跟你说了些什么?"

"她说到了无辜的人,"卡尔加里说,"她说要紧的不是有罪的人,而是无辜者。现在我明白她是什么意思了……"

马歇尔用锐利的眼光扫了他一眼。"我想你可能是明白了。"

"她的意思就是你刚才说的话,"亚瑟·卡尔加里说,"她是想说一家人要再一次受到怀疑了——"

马歇尔打断了他的话。"也谈不上再一次,"他说,"对于这家人来说,以前从来就没被怀疑过。打从一开始,嫌疑就是明白无误地指向杰克·阿盖尔的。"

卡尔加里挥挥手让他先别打岔。

"这家人会受到怀疑,"他说,"而且这种怀疑可能会持续很长时间——或许会是永远。如果是家里的一员有罪,很可能连他们自己都不知道是谁。他们会面面相觑,充满猜疑……是的,那将是最糟糕的情况,他们自己都不知道是哪一个……"

一阵沉默。马歇尔用平静的眼神打量了卡尔加里一下,却一言未发。

"那就太可怕了,你知道……"卡尔加里说。

情绪在他那瘦削而敏感的脸上显露无遗。

"没错,那太恐怖了……不明就里,年复一年,你看着我,我看着你,没准儿这种猜疑还会影响到人与人之间的关系。毁掉了爱,毁掉了信任……"

马歇尔清了清嗓子。

"你不觉得你……呃……说得有点太活灵活现了吗?"

"不,"卡尔加里说,"我不觉得。恕我直言,马歇尔先生,我想或许在这件事情上,我比你看得更清楚。你瞧,我能想象出来那有可能意味着什么。"

又是一阵沉默。

"那意味着,"卡尔加里说,"无辜的人要忍受折磨……而无辜的人本不应该忍受折磨。只有罪人活该如此。这就是为什么……为什么我不能甩手不管。我不能拍拍屁股走人,说上一句'我已经做了该做的事情,我已经尽我所能地去弥补了,我已经还了他们一个公道',因为你也看见了,我的所作所为并没能还他们一个公道。既没能给罪人定罪,也没能让无辜者摆脱罪恶的阴影。"

"我觉得你有点小题大做了,卡尔加里博士。你说的话有一定的事实基础,这一点毫无疑问,但我还是没太明白……呃,你又能做什么呢?"

"是啊,我也没想明白。"卡尔加里坦言道,"但这意味着我必须试一试。这才是我来找你的真正原因,马歇尔先生。我想要了解——我认为我有权利知道——背景情况。"

"哦，好吧。"马歇尔先生的语气变得轻快了一些，"所有的一切都毫无秘密可言，你想知道什么我都可以告诉你。但超出事实之外的，我就不能跟你说了。我跟那家人从未亲近过。我们事务所为阿盖尔太太做代理已经有些年头了，我们和她的合作包含建立各种信托和打理法律事务。对于阿盖尔太太本人，我相当熟悉，她丈夫我也认识。至于艳阳角的环境氛围、住在那里的每个人的脾气秉性，我所知的恐怕也只是从阿盖尔太太那里获得的二手资料而已。"

"这一切我都十分理解，"卡尔加里说，"但我不得不从某个地方入手。我听说那些孩子都不是她亲生的，也就是说他们都是被收养的了？"

"正是如此。阿盖尔太太本名叫蕾切尔·康斯塔姆，是那个腰缠万贯的鲁道夫·康斯塔姆的独生女。她母亲是个美国人，也很有钱。鲁道夫·康斯塔姆很喜欢做慈善，他抚养女儿长大的同时也使她对慈善产生了兴趣。他和他太太在一场空难中遇难之后，蕾切尔就把从父母那里继承来的一大笔财产全部倾注到了我们大致可以称之为慈善事业的事务中去了。她个人对于这些善行乐此不疲，自己也做了一些贫民救济工作。正是在做这些救济工作的过程中，她认识了利奥·阿盖尔。利奥是牛津大学的讲师，对于经济学和社会改革颇感兴趣。想要了解阿盖尔太太的话，你必须要明白，她人生中的一大悲剧就是她无法生育。就像很多女人一样，这方面的缺陷逐渐给她的整个人生蒙上了一层阴影。在走访过各种各样的专家之后，事实看起来很清楚了，她永远都没有希望成为一位母亲，因此，她不得不设法自寻慰藉。她首先从纽约的贫民窟里收养了一个孩子——就是如今的达兰特太太。阿盖尔太太几乎是全身心地投入到了跟孩子有关的慈善事业当中。一九三九年世界大战爆发之时，她在卫生部的支持和帮助下建立起一个类似战时保育院的机构，买下了你去拜访过的那栋房子，也就是艳阳角。"

"那时候叫毒蛇角。"卡尔加里说。

"没错，没错，我相信那是它原本的名字。啊，是啊，或许到头来要比她挑的那个名字，艳阳角，更合适一点呢。一九四〇年的时候，她那儿收留了大约十二到十六个孩子，多数是无适当监护人或者没能跟家人一道撤退的孩子。她对这些孩子的照顾可以说无微不至，给了他们一个舒适豪华的家。我劝过她，提醒她等过了这几年的战乱之后，让这些孩子从如此奢华的环境之中回到自己的家里是很艰难的。但她对我的话毫不理睬。她深爱着那些孩子，最终，她的脑子里形成了一个计划，让其中一些孩子，那些家庭条件特别不好的或者孤儿，成为她的家人。结果家里就有了五个孩子。玛丽——嫁给了菲利普·达兰特；迈克尔，在德赖茅斯工作；蒂娜，一个混血儿；赫斯特，当然，还有杰奎。他们在成长的过程中一直视阿盖尔夫妇为父母，都接受了靠钱能得到的最好的教育。如果说环境真能有什么重要影响的话，他们早该扬名立万了。毫无疑问，他们拥有一切优越条件。杰克——或者按照他们的叫法，杰奎——却一直没法让人满意。他在学校里偷钱，后来不得不被带回家。上大学的头一年就惹上了麻烦，还有两回险些被判坐牢。他的脾气一向难以控制，桀骜不驯。所有这些你可能都已有所耳闻了。他两度盗用公款，都是阿盖尔夫妇替他把钱赔上的。他们还两次花钱安排他做生意，结果两次生意都黄了。他死后，他的遗孀能定期领到一笔补助金，实际上到现在还有。"

卡尔加里惊讶地俯身向前。

"他的遗孀？从来没人告诉过我他结婚了。"

"哎呀，哎呀。"律师焦躁地把大拇指弄得噼啪作响，"是我疏忽了，我把这事给忘了。当然了，你没读过报纸上的那些报道。我可以说阿盖尔家没有一个人知道他结婚的事。他刚一被捕，他太太就怀着巨大的悲痛去了趟艳阳角。阿盖尔先生对她格外好。她很年轻，在德赖茅斯的一家豪华舞厅里当舞女。关于她的事我忘了告诉你，她在杰克死后没几个星期就改嫁了，现在的丈夫是个电工。我相信她就住在德赖茅斯。"

"我必须去见见她。"卡尔加里说道，接着又以责备的口吻补上了一句，"她本该是我第一个去见的人。"

"没问题，没问题，我会给你地址的。我是真想不起来你头一次来找我的时候我为什么没跟你提起这件事了。"

卡尔加里默不作声。

"她实在是个……呃……微不足道的角色，"律师歉疚地说道，"就连报纸记者也没怎么在她身上做文章。她从来没去监狱里探视过丈夫，也没对他表示过多一点点的关注。"

卡尔加里沉浸在自己的思绪之中，此时他开口说道："你能确切地告诉我，阿盖尔太太遇害那天晚上都有谁在家吗？"

马歇尔敏锐地瞥了他一眼。

"当然了，有利奥·阿盖尔和他最小的女儿赫斯特，玛丽·达兰特和她那个残疾丈夫也在那里做客——她丈夫刚从医院出来。还有就是柯尔斯顿·林德斯特伦，你也许见过她了。她是个瑞典人，一个训练有素的护士兼按摩师，最初她是来帮助阿盖尔太太打理她的战时保育院的，自那以后她就一直留在那儿了。迈克尔和蒂娜没在。迈克尔在德赖茅斯上班，是个汽车推销员。

蒂娜在雷德敏县的图书馆工作，就住在当地的一幢公寓里。"

马歇尔停顿了一下，才继续说下去。

"还有就是沃恩小姐，阿盖尔先生的秘书。不过尸体被发现之前她就已经离开那栋房子了。"

"我也见过她了。"卡尔加里说，"看起来她似乎非常……爱慕阿盖尔先生。"

"是的……没错。我相信他们很快就要宣布订婚的消息了。"

"啊！"

"自从太太过世之后，他一直很孤独寂寞。"律师说道，语气中略微带一丝责备。

"可不是嘛……"卡尔加里说。

接着他又说道："动机是什么呢，马歇尔先生？"

"我亲爱的卡尔加里博士，关于这个，我可就真的猜不出来喽！"

"我觉得你能。就像你亲口说过的，事实是可以搞清楚的。"

"谁都不会从中得到金钱上的直接利益。阿盖尔太太设立了一系列的自由裁量信托，你也知道，如今这是一种被广为采纳的方式。这些财产信托的受益人是所有孩子。受托管理者共有三人，我是其中之一。利奥·阿盖尔也是一个，第三位是个美国律师，是阿盖尔太太的一个远房表亲。信托所涉及的巨额财产就由这三位受托人管理，可以根据哪个信托受益人最需要这笔财产而做出调整。"

"阿盖尔先生呢？他会从他太太的死亡中得到金钱方面的获益吗？"

"没多少。我告诉你了，她的绝大部分财产都放在了信托里。剩下的那些她的确留给了丈夫，不过加起来也没有多少。"

"林德斯特伦小姐呢？"

"阿盖尔太太几年以前给林德斯特伦小姐买下了一笔非常可观的年金保险。"马歇尔意犹未尽，又生气地说道，"动机？要我看，连一星半点儿都没有。反正肯定不是钱财方面的。"

"那感情方面呢？有没有什么特别的……冲突？"

"这个嘛，我恐怕帮不上你了。"马歇尔说得斩钉截铁，"我又没看着他们生活。"

"有谁知道吗？"

马歇尔思索了片刻，然后有些不情愿地说："你可以去见见当地的医生。是……呃……麦克马斯特医生，我想是叫这个名字。他已经退休了，但还住在那附近。他是战时保育院的保健医生。对于艳阳角里的生活，他肯定了解也目睹过很多。能不能说服他告诉你一些事情就看你的本事了。不过我想，如果他愿意的话，他对你还是会有帮助的。话虽这么说——恕我直言——你觉得警察都没能做成的事情，你能轻而易举地做成吗？"

"我也不知道，"卡尔加里说，"或许不行。不过我清楚一点，我得试试。没错，非试不可。"

第五章

　　警察局长的眉毛缓缓上扬,却终究没有够到他那正逐渐后退的灰白的发际线。他抬眼看看天花板,接着又把目光投向桌上的那几张纸。
　　"简直无法形容!"他说。
　　那个以对警察局长做出正确回应为己任的年轻男子说道:"是的,长官。"
　　"真是乱七八糟。"芬尼少校小声嘀咕道。他用手指轻轻敲着桌面。"休伊什在吗?"他问。
　　"在,长官。休伊什警司大约五分钟前来过。"
　　"好,"警察局长说,"你去让他进来,行吗?"
　　休伊什警司是个满面愁容的高个子男人。看着他那副极度郁郁寡欢的模样,没人会相信他能成为儿童派对上的灵魂人物,讲笑话,变戏法,逗得他们前仰后合。警察局长说道:"早上好,休伊什,我们现在已经乱成一锅粥了,你有什么想法?"
　　休伊什警司喘着粗气,在局长示意的椅子上坐下来。
　　"看起来我们似乎在两年前犯了个错误,"他说,"这家伙——他叫什么来着?"
　　警察局长把面前的纸翻得沙沙作响。"卡路里……不,卡尔加里。是个教授什么的。漫不经心的家伙,对吧?这种人经常搞不清楚时间之类的事吧？"他的话音中带着一点点求助的味道，不过休伊什对此没什么反应。

他说："我听说他是个科学家。"

"所以你认为我们不得不接受他的说辞？"

"嗯。"休伊什说，"雷金纳德爵士似乎已经接受了，而我觉得，没有什么事情能从他眼皮底下蒙混过关。"这句话是对检察官的称颂。

"是啊，"芬尼少校有些不情愿地说道，"既然检察官都已经相信了，我想我们也就剩下接受的份儿了。那也就意味着，这个案子要重新展开调查了。你按照我的要求带来相关材料了，对吧？"

"是的，长官，在我这儿呢。"

警司把各种文件摊开在桌子上。

"都看过了？"警察局长问道。

"是，长官，我昨晚全都仔细看过了一遍。我对这个案子还挺记忆犹新的。再怎么说，过去的时间也不是很久。"

"好啊，谈谈吧，休伊什。从哪儿说起？"

"从最开始吧，长官。"休伊什警司说道，"您瞧，麻烦就在于当时真的没有任何疑问。"

"是啊，"警察局长说，"看起来就是一桩非常清楚的案子。别觉得我是在责备你，休伊什，我百分之百是站在你这边的。"

"我们也真是没什么其他可想的了。"休伊什若有所思地说道，"有人打电话报警，说她被人杀害了。然后有人说那个男孩曾在那里威胁她。有指纹证据——他的指纹就印在拨火棍上，还有现金上。我们几乎立刻就逮住了他，而那笔钱就在他身上。"

"那时候他给你留下了什么样的印象？"

休伊什想了想。"不好。"他说,"太自以为是、巧言令色了。一上来就讲他的不在场证明。自以为是。您知道这种人,杀人凶手通常都很自以为是,觉得自己很聪明。以为无论他们干什么都肯定万无一失,也不管这些事情对其他人来说意味着什么。他就是个品质败坏的人。"

"没错,"芬尼附和道,"他是个品质败坏的人。所有的记录都可以证明这一点。不过你当时马上就相信他是个杀人凶手了吗?"

警司思索了一下。"这不是一件能说得准的事。我可以说他这种人最终往往会成为杀人凶手。就像一九三八年的哈蒙。他有一长串不良记录,偷自行车,骗取钱财,欺诈老太太,而最终,他把一个女人干掉了,还用强酸把她泡起来,试图毁尸灭迹,并为此自鸣得意,还开始养成了这种习惯。我会把杰奎·阿盖尔看成这种人。"

"但是似乎,"警察局长慢悠悠地说道,"我们搞错了。"

"是的,"休伊什说,"是这样的,我们搞错了。而这家伙还死了。这是个麻烦事。要记住,"他突然间来了精神,接着说道,"他不是什么好人。他或许不是个杀人凶手——实际上我们现在发现他确实不是,但他也不是什么好人。"

"好吧,继续吧,老弟。"芬尼迫不及待地对他说道,"到底是谁杀了她?你说你昨晚看过这个案子了,有个人杀了她。这个女人并没有自己拿着拨火棍打自己的后脑勺,是其他什么人干的。是谁?"

休伊什警司叹了口气,向后靠回到他的椅子里。

"我怀疑我们还能不能搞得清楚。"他说。

"有这么困难?"

"是啊,因为线索已经很难追踪了,同时能找到的证据寥寥无几。我怀疑,这起案子一开始就没太多证据。"

"问题的关键就在于,是那栋房子里的某个人,某个和她关系很密切的人干的吗?"

"我想不出还可能是其他什么人。"警司说,"要么是那栋房子里的人,要么就是某个她亲自开门放进去的人。阿盖尔夫妇是那种对门户防范很严的人。窗户上有防盗闩,前门上加了链子和额外的锁。几年前他们遭过一次贼,这加强了他们的防盗意识。"他顿了顿,继续说道,"长官,麻烦在于我们当时没往别处想,案情完完全全对杰奎·阿盖尔不利。当然,现在我们能看出来了,凶手正是利用了这一点。"

"利用了那孩子去过那儿,和她大吵过一架,还威胁过她这个事实吗?"

"是的。那个人需要做的全部事情就是进到房间里去,用戴着手套的手抄起拨火棍,走到阿盖尔太太正在写字的桌边,照着她的脑袋狠狠地来那么一下子。"

芬尼少校只简单地说了三个字:"为什么?"

休伊什警司缓缓地点了点头。

"是,长官,这就是我们得去查清楚的。这也会是我们的困难之一。没有动机。"

"你也许会说,"警察局长说道,"当时看起来就没有什么显而易见的动机。跟多数有房产还有一大笔钱的女人一样,她早已安排了各种各样法律允许的规避遗产税的方案。她有一项受益人信托基金,她死之前孩子们都可以从中获利,不过她死了的话他们就得不到更多的了。而且她似乎也不是个招人讨厌的女人,不唠叨,不跋扈,也不吝啬。她在他们身上花钱可大方了。良好的教育，创业资金，还给他们所有人可观的生活补贴。慈爱，善意，一片仁心。"

"正是这样，长官。"休伊什警司随声附和道，"表面上看没什么人有理由要她命。当然了……"他顿了一下。

"怎么，休伊什？"

"据我所知，阿盖尔先生正在考虑再婚。他要娶那个给他当了很多年秘书的格温达·沃恩小姐。"

"是啊，"芬尼少校若有所思地说道，"我想这里面可能藏着动机，一个我们当时不了解的动机。你说她为他工作有些年头了。设想一下，要是谋杀发生的时候他们之间就有点儿什么呢？"

"我对此表示怀疑，长官。"休伊什警司说，"那种事，很快就会在村子里传开的。我的意思是，就像您所说的，我觉得这里没什么见不得人的事。阿盖尔太太什么也查不出来，也没什么脾气可发的。"

"是没有，"警察局长说，"不过他可能想娶格温达·沃恩想得要命呢。"

"她是个招人喜欢的年轻女人。"休伊什警司说，"我不想说她魅力四射，不过她的确长得挺漂亮，妩媚动人，赏心悦目。"

"或许她已经喜欢他很多年了呢，"芬尼少校说，"这些女秘书，似乎总会爱上她们的老板。"

"嗯，我们算是已经给那两个人找到了一个动机。"休伊什说，"然后还有女管家，就是那个瑞典女人。她可能真的不像她所表现出来的那么喜欢阿盖尔太太。或许她感受到了一些冷落和轻慢，这些可能只是出于她的想象；总之是一些使她心怀怨恨的事情。从经济上来说，她并不会因为阿盖尔太太的死而获益，因为阿盖尔太太已经给她买了一笔很可观的年金保险。她看上去是个和蔼可亲、通情达理的女人，不像是您能想象到的、会拿着拨火棍敲人脑袋的那类人！不过谁也说不准，对吗？想想莉齐·博登那件案子吧。"

"是的，"警察局长说，"谁也说不准。就没有外人作案的可能性吗？"

"一点儿迹象都看不出来。"警司说道，"放钱的那个抽屉被拉出来了。房间被有意弄得像是有小偷光顾过一样，不过那活儿干得太外行了。要说这是年轻的杰奎特意制造出来的假象，那倒是十分贴切。"

"让我觉得奇怪的是，"警察局长说，"那笔钱。"

"是啊，"休伊什说，"实在是太难以理解了。杰克·阿盖尔身上带的五英镑钞票里，有一张恰好是当天早上银行支付给阿盖尔太太的，如假包换。那张钞票的背面写着博特尔贝里太太的名字。他说那钱是他母亲给他的，但阿盖尔先生和格温达·沃恩都十分确定，阿盖尔太太在差一刻钟七点的时候进了书房，告诉他们杰奎要钱的事，然后直截了当地说她一个子儿都没给他。"

"当然啦，根据我们现在所掌握的情况，"警察局长提示说，"也有可能是阿盖尔和那个姓沃恩的女孩撒了谎。"

"对，是有这种可能性。或者也许……"警司欲言又止。

"怎么，休伊什？"芬尼鼓励他说下去。

"就说有个人吧——我们姑且称他或她为 X——无意中听到了这场争吵，以及从杰奎嘴里放出的那些狠话。假设这个人觉得机会来了。X 拿到钱，追上那个小伙子，跟他说最后他母亲还是想给他这笔钱，这样一来就等于设好了一个十分精巧的局来陷害他。那根他刚才抄起来威胁他母亲用的拨火棍也可以小心翼翼地派上用场，只要不破坏他留在上面的指纹就行。"

"真他妈该死。"警察局长怒气冲冲地说，"以我对这家人的了解，没准儿真有人干出这样的事。那天晚上，家里除了阿盖尔、格温达·沃恩、赫斯特·阿盖尔，以及那个姓林德斯特伦的女人之外，还有谁？"

"已经出嫁了的长女玛丽·达兰特和她丈夫当时也在场。"

"他是个残疾人，对吗？这就把他排除在外了。玛丽·达兰特呢？"

"她是个极其平和的人，长官。你都无法想象她会激动得沉不住气或者……呃，或者去杀人。"

"仆人们呢？"警察局长问道。

"都是白天干活儿的，长官，到六点就都回家了。"

"让我看一眼时间表。"

警司把纸递给了他。

"嗯……好，我明白了。差一刻七点的时候，阿盖尔太太在书房里跟丈夫说起杰奎威胁她的事情。这段对话格温达·沃恩听到了一部分，她七点钟刚过就回家去了。赫斯特·阿盖尔在差两三分钟七点的时候看见她母亲还活着。打那以后，直到七点半钟林德斯特伦小姐发现她的尸体之前，没有人见过阿盖尔太太。从七点到七点半，这段时间里有大把的机会。赫斯特可以杀了她，格温达·沃恩可以在她离开书房、出门回家之前杀了她，林德斯特伦小姐可以在她'发现尸体'的时候杀了她。从七点十分起，一直到林德斯特伦小姐发出警报，利奥·阿盖尔都是独自一人待在书房里的，他可以在这二十分钟里的任何时候去他太太的起居室里，杀了她。在楼上的玛丽·达兰特可以在那半个小时里下楼来杀了母亲。还有，"芬尼一边思索一边说道，"阿盖尔太太可以让任何人从前门进来，就像我们觉得是她让杰克·阿盖尔进来的一样。如果你还记得的话，利奥·阿盖尔说他觉得他听到门铃响了，还有前门开关的声音，不过他不记得具体时间了。我们假定那就是杰奎回来并杀死她的时候。"

"他用不着按门铃啊，"休伊什说，"他有钥匙。他们全都有。"

"他们还有个兄弟呢，不是吗？"

"没错，迈克尔。在德赖茅斯当汽车推销员。"

"我想，你最好查清楚他那天晚上在干什么。"警察局长说。

"在过了两年以后？"休伊什警司说道，"谁都不记得了吧，对不对？"

"当时询问过他吗？"

"我记得他出去为一名顾客验车去了。没什么理由怀疑他，不过他也有钥匙，也可以过去杀了她。"

警察局长叹了口气。

"我不知道你打算怎么着手查这个案子，休伊什。我也不知道我们究竟能不能查出什么名堂来。"

"我自己倒是挺想搞清楚是谁杀了她的。"休伊什说，"就我所知，她是个很好的女人。她为别人做了很多好事。为不幸的孩子，为各种各样的慈善机构。她是那种不该被人杀死的人。对，我就是想搞清楚。哪怕我们永远都找不齐足够多的、让检察官满意的证据，我也依然想搞清楚。"

"好吧，休伊什，我祝你好运。"警察局长说，"所幸我们眼下也不太忙。不过就算你查不出什么结果来，也别灰心丧气。这案子隔得久了，线索非常少。没错，这会是一个很难追查的案子。"

第六章

1

影院里的灯光亮起，银幕上在放映广告。女引座员们拿着盒装柠檬汽水和冰激凌四处穿梭。亚瑟·卡尔加里仔细观察着她们。一个棕色头发的胖姑娘，一个身材高挑、一头黑发的姑娘，还有一个个子不高的金发姑娘。那就是他要来见的人。杰奎的妻子。杰奎的遗孀，如今已经嫁给了一个叫乔·克莱格的男人。那是一张漂亮但有些无趣的小脸，浓妆艳抹，眉毛修过，头发被廉价地烫成又硬又难看的发型。亚瑟·卡尔加里从她手里买了一盒冰激凌。他有她家的地址，也打算去登门拜访，不过他想在她尚不知情的情况下先瞧瞧她。嗯，就是这样。他想，从各方面来说，她都不是阿盖尔太太会喜欢的那种儿媳妇。毫无疑问，这也是为什么杰奎一直没把她公之于众的原因。

他叹了口气，小心地把冰激凌盒子藏在座椅下面，然后向后靠去。此时灯光熄灭了，银幕上开始放映影片。他站起身来，走出了电影院。

第二天上午十一点钟，他按照手头的地址找到了那个地方。一个十六岁的男孩应了门，面对卡尔加里的询问，他说道："克莱格家？在顶层。"

卡尔加里走上楼梯，在一扇门上敲了敲，莫林·克莱格开了门。没穿那身整齐的制服也没化妆，她看起来判若两人。一张傻乎乎的小脸，温驯友善却让人提不起兴趣。她莫名其妙地瞅着他，眉头紧蹙，满面疑云。

"我叫卡尔加里。我相信你已经收到了一封马歇尔先生写来的信，信里提到过我。"

她脸上的疑虑顿时烟消云散了。

"哦，原来是你啊！进来吧，来。"她退后一些让他进屋，"真抱歉这地方乱得很。我还没腾出空来收拾呢。"她从一把椅子上拿开几件脏衣服，又把不久前吃剩下的早餐推到一边，"请坐吧。你能来真是太好了，真的。"

"我觉得这是我最起码能做到的事情。"卡尔加里说。

她有点儿尴尬地笑出了声，就好像并没有真正听懂他话里的意思似的。

"马歇尔先生给我写的信里说起那件事了。"她说，"关于杰基编的那个故事，竟然全都是真的。那天晚上的确有个人让他搭了便车回德赖茅斯，而那个人就是你，对吗？"

"是的，"卡尔加里说，"就是我。"

"这件事我还真是放不下，"莫林说，"乔和我聊到半夜。我说真的，这应该是电影里的桥段啊。得有两年了，或者说差不多两年了，不是吗？"

"差不多吧，没错。"

"就像会在电影里看到的情节一样，你会告诉自己这种事是胡扯，现实生活中是不会发生的。可现在它成真了！的的确确发生了！从某种意义上来说，还真是让人激动不已呢，不是吗？"

"我猜，"卡尔加里说道，"或许可以这么想吧。"他望着她，隐约感到一丝痛苦。

她继续兴高采烈地喋喋不休。

"可怜的老杰基死了，没法知道这个消息了。你知道吧，他在监狱里得了肺炎。我想是因为那儿潮气太重或者什么的，你不觉得吗？"

卡尔加里意识到，在她的心目中，监狱呈现出的是一幅不切实际的"浪漫"景象。潮湿的地下牢房，还有老鼠咬着犯人的脚趾头。

"我必须得说，在当时，"她继续说道，"他的死似乎是最好的结果。"

"是，我想是吧……没错，我猜肯定是这样的。"

"嗯，我是想说，他会被关在那儿，年复一年。乔说我最好跟他离婚，而我也正有这个打算。"

"你想要和他离婚？"

"呃，跟一个将要坐很多年牢的男人拴在一起没什么好处，对吧？而且你要知道，虽说我很喜欢杰基这样的人，但他可不属于你们所说的那种沉稳理智的类型。我真的从来没想过我们的婚姻能持久。"

"他死的时候你已经开始启动离婚程序了吗？"

"嗯，可以这么说吧。我的意思是说，我去见了个律师。是乔让我去的。当然了，乔从来都忍受不了杰基。"

"乔是你丈夫？"

"是啊，他在电力部门上班，有一份很好的工作，很受他们器重。他一直告诉我杰基没什么好的，不过当然啦，我那时候还是个孩子呢，傻了吧唧的。你要知道，杰基可有能耐了。"

"从我听到的所有关于他的事情看来，似乎是这样的。"

"他可会哄女人了——说真的,我也不知道为什么。说起来他长得也不好看,跟英俊什么的不沾边儿。我以前总叫他猴子脸。不过尽管如此,他还是很有一套。他让你干什么你就会干什么。告诉你吧,有那么一两次,还真能派上用场。我们刚结婚没多久,他就在他工作的那家汽车修理厂里捅了篓子,起因是他在一个客户的车上干的什么活儿。对于这里面的权利之类的事情我是一窍不通,反正老板火冒三丈。不过杰基把老板的老婆搞定了。她年纪已经挺大的了,肯定差不多得有五十来岁。杰基会拍她的马屁,想方设法哄她开心,把她弄得分不清东南西北。到最后,她为了他都可以赴汤蹈火了。她去劝她丈夫,让他亲口说出如果杰基偿付那笔钱,他就不去起诉他。只是他一点儿都不知道那钱是哪儿来的!实际上,那是他老婆出的钱啊。这可真让杰基和我笑死了!"

卡尔加里带着一点点厌恶看着她。"这件事……有那么好笑吗?"

"哦,我觉得挺好笑的,你不觉得吗?说真的,简直太逗了。那么一个半老徐娘,居然迷上了杰基,还把自己的积蓄拿出来给他。"

卡尔加里叹了口气,心想事实总是这么出人意料。他每天那么大费周章地想为一个人洗清冤屈,恢复名誉,到头来却渐渐发现自己越来越不喜欢他。他几乎已经能够理解并且认同当初在艳阳角的时候那家人曾令他感到大吃一惊的那种想法了。

"克莱格太太,我到这儿来呢,"他说,"只是想看看对于已经发生了的事……呃,有什么我能为你做的,作为补偿。"

莫林·克莱格显得稍微有些困惑。

"你是一片好意,这个我相信。"她说,"但你为什么要这么想呢？我们都很好啊。乔能挣很多钱，而我自己也有工作。你知道吗，我是个引座员，在电影院上班。"

"是，我知道。"

"我们俩打算下个月买一台电视机。"这姑娘颇为自豪地继续说道。

"我非常高兴，"亚瑟·卡尔加里说，"这种高兴已经超出了我能用语言表达的范畴，看来这桩……这桩不幸，没有给你留下什么……呃，挥之不去的阴影啊。"

他发现，跟这个曾经嫁给过杰奎的姑娘说话的时候越来越难找到恰当的字眼了。他说的每一句话听起来都显得虚假而浮夸。为什么他就不能自然而然地跟她讲话呢？

"我还担心这件事可能会让你悲痛欲绝呢。"

她瞪着他，一双蓝眼睛睁得大大的，那眼神表明她丝毫不明白他话里的意思。

"当时真是一团糟，"她说，"所有的邻居都议论纷纷、忧心忡忡，不过我还是得说，警察实在是太好了，什么事情都考虑到了。他们跟我说话的时候特别客气，无论说什么都很和蔼可亲。"

他感到有些纳闷，对于死者她究竟有没有过感情？他冷不丁地抛给她一个问题。

"你认为是他干的吗？"

"你是说，他是不是杀了他母亲？"

"对。就是这个意思。"

"哦，当然啦……嗯……呃……是啊，我想从某种意义上来说，我是这么认为的。当然了，他说他没干，但我的意思是，杰基嘴里的话你永远都不能相信，而且看起来似乎一定是他干的啊。要知道，你如果跟他对着干，杰基就会变得很凶，他真的可以。我知道他好像陷入了什么困境。我问他的时候他也不愿意多说，只会骂我。但那天他走的时候说一切都会好起来的，他说他妈妈会掏钱的，她不想掏也得掏，而我当然就相信他了。"

"就我所知，他从来没跟他的家人说起过你们结婚的事。你没见过他们吧？"

"没见过。你知道，他们家是上等人，住着大房子，要什么有什么。我去了也不会受欢迎的。所以杰基觉得最好把我藏起来。况且杰基也说了，假如他带我去见他妈妈的话，他妈妈就会想插手控制我的生活，就像对待他一样。他说她总是忍不住要管别人的事，他已经受够那一套了。按他说的，我们像当时那样就挺好。"

她说这番话的时候并没有表露出什么不满，事实上，她是真心认为她丈夫的行为是再自然不过的了。

"我猜他被捕的消息让你大为震惊吧？"

"嗯，那是自然。无论如何，他怎么能这么干呢？不过从另一方面来看，我也对自己说，有些事躲是躲不过的。只要有什么事惹着他了，他就会非常暴躁。"

卡尔加里向前探了探身子。

"那我们不妨这么说吧。你丈夫用拨火棍打了他母亲的脑袋，还从她那儿偷了一大笔钱，这件事在你看来真的一点儿都不意外，是吗？"

"呃，卡……尔加里先生，你别见怪，可你这么说有点难听。我不觉得他是存心要打她打得这么狠的，也不是存心要杀了她。只是她拒绝给他钱，他就抄起拨火棍来威胁她，而她仍然坚持不给的时候他就控制不住了，抡起棍子来给了她一下子。我不觉得他是有意要杀她的，只是他的运气太差了。你要知道，他太需要那笔钱了。他要是拿不到钱的话也得进监狱。"

"这么说……你并不怪罪他？"

"嗯，我当然会怪他……我不喜欢那些令人发指的暴力行为。而且那是你妈妈！不，我觉得他这么做根本就是不对的。我开始想乔告诉我的话，说我不应该再跟杰基有瓜葛。不过你也知道那是怎么一回事儿，对一个女孩子来说，要下定决心太难了。你看，乔一直是那种沉稳理智的类型，我认识他很久了。而杰基就不一样了，他是受过教育的。他看上去挺有钱，花起钱来也大手大脚。而且，就像我刚刚告诉你的，他有自己的一套。他能把任何人哄得团团转，对我也是。'你会后悔的，我的姑娘。'这是乔的原话。我还想着那不过是他吃不着葡萄就说葡萄是酸的，要么就是他嫉妒吃醋呢，如果你能明白我的意思的话。不过最后，看来还是让乔说中了啊。"

卡尔加里看着她，他不知道她是否依然没能参透他所讲的故事的全部含义。

"被他说中什么了呢？"他问道。

"呃，让我陷于一团乱麻之中啊。我是说，我们家一直挺体面的，妈妈特别精心地抚养我长大。我们的日子一向过得很好，没人说闲话。结果，警察把我丈夫抓走了！街坊四邻全知道了，报纸上也都登出来了，《世界新闻》还有其他那些报纸。太多太多的记者跑来找我问问题，我被完完全全置于一种无比难堪的境地。"

"但是，我亲爱的孩子，"亚瑟·卡尔加里说，"现在，你真的意识到不是他干的了吗？"

一瞬间，那张漂亮白皙的脸蛋上写满了不知所措。

"当然啦！我都忘了。不过不管怎么说……呃，我是说，他的确去了那儿,大闹了一阵子,也对她进行了威胁什么的吧。如果他没干这些事,也就不会被捕了,对吗?"

"是的,"卡尔加里说,"不会。这倒是真的。"

他心想,或许这个漂亮又愚蠢的孩子比他自己更像个现实主义者。

"唔,那真是糟糕透顶。"莫林继续说道,"那时我不知道该做点儿什么,然后妈妈就说,最好马上去一趟他们家,见见他的家人。她说,他们怎么着也得为我做点儿什么。她还告诉我,再怎么说,你有你的权利,你最好让他们见识一下你知道怎么维护自己的权利。于是我就去了。是那个外国女管家给我开的门,一开始我都没办法让她明白我是谁,看起来她似乎无法相信。'不可能。'她一直在说'不可能',不断地重复着。'杰奎根本就不可能和你结婚。'这话可有点儿伤我的感情了。'哦,我们的确结婚了。'我说,'而且不是在婚姻登记所,是在教堂里。'那可是我妈妈想要的啊!她又说:'这不是真的。我不相信。'接着阿盖尔先生就来了,他人可好了。告诉我不要太过担心,他们会尽一切可能保护杰基的。然后他问我手头缺不缺钱,给了我一份每周定期的补贴,直到现在依然支付给我。乔不喜欢我拿这笔钱,但我跟他说:'别犯傻了。对他们来说这是笔小钱,不是吗?'乔和我结婚的时候,他还给了我一张数额不小的支票作为结婚礼物呢。他还说他很高兴,希望我的这次婚姻能比前一次幸福。没错,阿盖尔先生他人就是这么好。"

这时门开了,她循声转过头去。

"哦,这个就是乔。"

乔是个薄嘴唇的金发男子。他一边听着莫林的解释和引见,一边微微皱起了眉头。

"我本来希望这件事跟我们已经彻底撇清关系了呢。"他不以为然地说道,"很抱歉我这么说,先生。不过翻出这些旧账可没什么好处,这就是我的想法。莫林很倒霉,对于这件事也只能说这些了……"

"是啊,"卡尔加里说,"我很清楚你的立场。"

"当然,"乔·克莱格说,"她压根儿就不该跟那种家伙交往。我知道他不怎么样。有很多关于他的故事,都传开了。他已经跟缓刑监督官打过两次交道了。一个人一旦走上这条路,就回不了头了。起先是盗用公款,然后是骗女人的钱,到最后就是谋杀。"

"但这次,"卡尔加里说,"不是谋杀。"

"这只是你的看法,先生。"乔·克莱格说。他的语气表明他全然不信。

"罪案发生时,杰克·阿盖尔有着完美的不在场证明。他那时候在我的车里,我捎他去德赖茅斯。所以你看,克莱格先生,他不可能犯下那桩罪行。"

"或许他真的没做,先生。"克莱格说,"但请恕我直言,就算这样,把旧账翻出来也不太好吧。毕竟他现在人已经死了,这些对他来说都无所谓了。而且这还会让邻居们又开始说三道四、胡思乱想。"

卡尔加里站起身。"好吧,或许从你的立场来说,这也是一种看待问题的方法。但你要知道,克莱格先生,有一种东西叫作公正。"

"我一向都知道,"克莱格说,"英国的审判非常公平合理。"

"就算是世界上最完美的体系,也有可能犯错误啊。"卡尔加里说,"归根结底,公正掌握在人的手中,而人是会犯错误的。"

离开他们家走在街上的时候,卡尔加里感到内心更加烦乱了，这大大出乎了他的意料。"假如我关于那天的记忆永远都不曾恢复的话，"他扪心自问，"是不是真的会更好些呢？毕竟，就像那个自命不凡又守口如瓶的人刚刚所说的，小伙子已经死了。他已经在一名不会出错的法官面前走过一遭了。如今对他来说，在人们的记忆中，他究竟是一名杀人凶手还是仅仅是一个小偷，也已经没什么区别了。"

这时，一股怒潮突然涌上卡尔加里的心头。但是对于有的人来说，这件事理应关系重大才对！他心想，应该有人会为此感到高兴的。可他们为什么不高兴呢？嗯，这个姑娘的心思我已经很理解了。她可能曾经迷恋过杰克，但从来没爱过他。或许她根本就没有能力去爱任何人。但其他人呢。他的父亲，他的姐姐，他家的女仆……他们应该高兴的。他们在担心自己之前应该先为他感到高兴才对啊……没错，应该有人在乎。

2

"阿盖尔小姐？在那边第二张桌子。"

卡尔加里站在那里注视了她一会儿。

整洁、娇小、非常安静且做事高效。她穿着一件深蓝色的衣服，领子和袖口是白色的。黑色的头发整齐地盘在颈后。她的肤色很深，比一般英国人的肤色都要深，骨架则要小一些。这就是阿盖尔太太带到家里当女儿来收养的那个混血儿。

那双乌黑的眼睛抬起来与卡尔加里四目相对，让人捉摸不透。那是一双什么都不会告诉你的眼睛。

她的嗓音低沉，悦耳动听。

"有什么可以帮您吗？"

"你是阿盖尔小姐吗？克里斯蒂娜·阿盖尔小姐？"

"是的。"

"我叫卡尔加里，亚瑟·卡尔加里。你可能已经听说——"

"没错，我听说过你。我父亲给我写过信了。"

"我很想和你谈谈。"

她抬眼看了看钟。

"图书馆还有半个小时关门，你能等到那会儿吗？"

"没问题。或许你愿意跟我找个地方喝杯茶？"

"谢谢你。"她把视线从他身上移开，转向了跟在他后面的人，"您好，有什么可以帮您的吗？"

亚瑟·卡尔加里让开了。他四处徘徊，审视着架子上的藏书，同时一直在观察蒂娜·阿盖尔。她一直保持着那副样子，冷静、能干、泰然自若。对他而言，这半个小时过得很慢，不过最终铃声响了，她冲他点点头。

"过几分钟我到外面跟你汇合吧。"

她没有让他久等。她没戴帽子，只穿了一件厚厚的深色外衣。他问她他们可以到什么地方去。

"我对雷德敏不是很熟。"他解释道。

"大教堂旁边有个喝茶的地方。算不上很好，不过也正因为如此，人不像其他地方那么多。"

很快，他们就被安排在了一张小桌边，一个沉闷乏味、了无生趣的女招待不带一丝感情地帮他们点了单。

"不是什么好茶。"蒂娜带着歉意说道，"不过我想，或许你愿意找个比较私密的地方。"

"正合我意。我必须解释一下为什么找你出来。你看，我已经见过了你家里的其他人，可以说还包括你弟弟杰奎的妻子——

或者应该叫遗孀。你是你们家里唯一我还没见过的人。哦，对了，当然，还有你已经出嫁了的姐姐。"

"你觉得有这个必要，见我们所有的人吗？"

这句话说得相当客气，但是她的话音里带着某种冷漠，这让卡尔加里觉得有点不舒服。

"这并非是出于社交上的必要性，"他干巴巴地表示同意，"也不仅仅是出于好奇。"（真的不是吗？）"我只是想亲口向你们所有人表达我深切的歉意，因为我没能在审判时帮助你们的弟弟，证明他的无辜。"

"我明白……"

"如果你喜欢他的话。你喜欢他吗？"

她想了一下，然后说道："不。我不喜欢杰奎。"

"但我从各方面听到的都说他……挺有魅力的。"

她的话说得清清楚楚，不带任何感情。

"我不信任他，也不喜欢他。"

"对于他杀害了你母亲这件事……抱歉这么问……你就从来没有起过疑心吗？"

"我从来没想过还会有什么其他的答案。"

女招待把他们的茶端了上来。面包和黄油已经变味儿了，果酱像是一种奇怪的凝胶，蛋糕花里胡哨的，让人看了就没什么胃口。茶的味道则很寡淡。

卡尔加里抿了一口他的茶，然后说道："看起来……我已经明白了，我带来的这个消息，这个能够洗清你们弟弟身上谋杀罪名的消息，它所产生的影响似乎并不是那么令人愉快。它有可能给你们所有人带来新的……焦虑。"

"因为这起案子会被重新调查审理？"

"是的,你已经想过这个问题了?"

"我父亲似乎认为这是无法避免的。"

"我很抱歉。真的很抱歉。"

"你为什么要感到抱歉,卡尔加里博士?"

"是我给你们带来了新的麻烦,我不喜欢这样。"

"可你保持沉默就能心安理得吗?"

"你是从公正的角度来考虑的?"

"对啊,难道你不是吗?"

"当然。在我看来,公正非常重要。但现在……我开始怀疑,是不是还有比公正更重要的事。"

"比如呢?"

他的思绪飞到了赫斯特身上。

"比如说……无辜。或许吧。"

她的眼神愈发让人看不透了。

"你觉得呢,阿盖尔小姐?"

她沉默了片刻,然后说道:"我在想《大宪章》里面的那句话。'不得向任何人拒绝公正裁判。'"

"我懂了,"他说,"这就是你的回答……"

第七章

麦克马斯特医生是个长着一对浓密的眉毛、一双精明的灰眼睛,以及一个好斗的下巴的老人。他向后靠在他那把破破烂烂的扶手椅上,仔细地打量着他的访客。他发现他喜欢眼前的这个人。

而卡尔加里心里也同样有一种亲切感。自回到英格兰以来,这几乎是他第一次觉得在跟一个能够理解他的感受和观点的人说话。

"您肯见我真是太好了,麦克马斯特医生。"

"别那么客气,"医生说,"我退休以来都快无聊死了。干我这行的年轻人都告诉我,说为了照顾好我那颗脆弱的心脏,我必须像个木头人似的坐在这里,要做到这样对我来说太不容易了。做不到啊。我听收音机,天南海北、东拉西扯、家长里短。偶尔我的管家会劝我看看电视,换台、换台、再换台。我一直是个大忙人,一辈子都在奔波忙碌。我就不愿意坐着一动不动。看书又累眼睛。所以你别觉得耽误了我的时间,更别过意不去。"

"首先我想让您明白的一件事是,"卡尔加里说,"为什么我还要为这件事的前前后后操心。我想,从逻辑上来说,我已经做了我想做的事情——讲述了那段关于我遭受脑震荡并且失去记忆的令人不快的事实,为那个小伙子的品行做了辩护。在那之后,唯一合情合理又合乎逻辑的做法应该是就此消失，试着把那一切都忘掉。是不是？应该这么做的，对吗？"

"那要看情况了，"麦克马斯特医生说，停顿了一下之后他又问道，"有什么事让你烦心吗？"

"是的。"卡尔加里说，"每件事情都让我烦心。您看，我带去的消息并没有如我想象中的那样被接受。"

"哦，这样啊，"麦克马斯特医生说，"一点儿都不奇怪。可以说司空见惯了。我们会事先在脑子里默诵排练一件事情，是什么不重要，可以是和其他医生一起会诊，向一位年轻的女士求婚，或者在回学校之前和你儿子说几句话什么的——可事情一旦发生，就从来不会像你预想的那样发展。你瞧，你已经想得很好了，所有你要说的话，还有你心里认定的将会得到的答复。而当然，这也是让你每每失算的地方。答复永远都不会像你预先想好的那样。我猜就是这个让你很苦恼吧？"

"是的。"卡尔加里说。

"你原本在期待什么呢？期待着他们喜欢你，讨好你？"

"我期待着……"他想了一下，"责怪？或许吧。愤恨？很有可能。不过同时也有感激。"

麦克马斯特咕哝着说道："但其实没有感激，也没有你想象中应该有的那么多愤恨，对吧？"

"差不多就是这样。"卡尔加里承认道。

"那是因为你去那儿之前并不了解情况。你来找我又是为了什么呢？"

卡尔加里不慌不忙地说道："因为我想要更多地了解一下那家人。我只知道一些公认的事实。死者是一个正派又无私的女人，为了她收养的孩子们尽心竭力，她很有公益心，品性很好。

与之相对应的，我认为，是一个我们所谓的问题儿童，一个误入了歧途的孩子。那个少年犯。这就是我所知道的全部，其他的我一概不知。对于阿盖尔太太本人，我一点儿都不了解。"

"你说得太对了，"麦克马斯特说，"你发现事情的要紧之处了。如果你仔细想想，你知道吗，这始终是谋杀案中最有意思的部分。被害者是个什么样的人。所有人总是忙于去探究杀人凶手心里是怎么想的。或许你也一直在想，阿盖尔太太不该是那种会被人谋杀的女人啊。"

"我想每个人都会这么觉得。"

"从道德层面上来说，"麦克马斯特说，"你说得很对。但你要知道，"他揉了揉鼻子，"中国人不是有句话叫'爱之适足以害之'吗？要知道，他们说得有道理啊。善行是会对人产生影响的，会让他们陷于困境。我们都知道人的本性是什么样子的。你帮助了一个家伙，你对他很亲切，你也喜欢他。然而这个接受了帮助的家伙，他会对你那么亲切吗？他真的会喜欢你吗？当然，他理应如此，但他真的会吗？"

"好吧，"医生停顿了片刻以后接着说道，"就是这么回事儿。你可能会认为阿盖尔太太是个很好的母亲，不过她的仁慈有些过火了，这一点毋庸置疑。她想要这样做，并且明确地试图这么做了。"

"他们不是她亲生的孩子。"卡尔加里提醒道。

"是啊，"麦克马斯特说，"我猜这也正是麻烦的由来。你只需要去看看任何一只正常的母猫就知道了。刚生下小猫崽的时候，它会狂热地保护它们，谁要是走近一点儿它就会挠谁。但再过上一个星期左右，它就要开始恢复自己的生活了。它会出去，抓一点儿猎物，趁机离开它的孩子们喘息一下。如果谁要是攻击它们的话它依然会挺身保护，不过它不会再一天到晚只想着它们了。它会跟它们玩上一小会儿；而它们要是太闹腾的话，它也会对它们发脾气，扇上一巴掌，告诉它们它想要安静一会儿。你看，它正在恢复自然的状态。而随着它们日渐长大，它对它们的关心也就越来越少，它的心思会越来越多地转向附近那只更吸引它的公猫身上。这大概就是人们通常所谓的正常的女性生活方式。我见过很多小姑娘和女人，她们身上的母性本能很强烈，就是想要结婚，但其中的主要原因或许连她们自己都不是很清楚——其实就是因为她迫切地想要成为母亲。而孩子一出生，她们就高兴了，心满意足了。对她们来说，生活又可以恢复到从前的样子了。她们的丈夫，当地的事务，四处传播的飞短流长，当然还有她们的孩子，都可能成为她们的兴趣所在。不过所有这一切会搭配得宜。你瞧，从纯粹生理的角度来说，母性的本能得到了满足。

"可是呢，阿盖尔太太的母性本能太强烈了，而怀孕生子的生理满足她从来都未曾体会过。于是，她那种对于母性的痴迷也就从未真正得到过缓解。她想要孩子，很多很多的孩子，怎么都不够。她全部的心思都整日整夜地扑在那些孩子身上，她的丈夫已经不算什么了，只不过是作为陪衬的一个令人愉快的抽象概念。不，孩子是一切。供他们吃饭，供他们穿衣，陪他们玩耍，做所有与他们有关的事情。她为他们所做的实在是太多太多了。而他们需要但她却没能给他们的，真的就只有那一点点普普通通的忽视而已。他们不能像这个国家里其他的普通孩子一样去公园里玩一会儿。不行，他们必须有各种各样的小玩意儿，人工攀爬器械、踏脚石、林间小屋，以及在河边用运来的沙子做的小沙滩。他们吃的食物也不是一般的食物。哎哟，那些孩子在五岁之前吃的蔬菜都经过严格筛选，喝的牛奶得消毒，水得经过检验，他们摄入的热量要考量，维生素的多少还得计算呢！我得提醒你啊，我跟你说这些可不算违背职业道德。阿盖尔太太不是我的病人，她若是需要大夫的话就会去哈利街① 找一个看，不过她并不常去。她是个精力非常充沛、身体很健康的女人。

"不过我是当地的医生，孩子生病都会叫我去看，尽管她心里觉得我在事关孩子们的事情上有点儿随意。我告诉她可以让他们吃一点儿从树篱那儿摘下来的黑莓，如果他们的脚湿了或者偶尔有个头疼脑热的也并不会造成伤害，就算孩子的体温到了三十七度也没什么大不了的，只要没超过三十八度就没必要大惊小怪。那些孩子们都被娇惯得可以，饭来张口，衣来伸手，这在很多方面来说对他们都没有什么好处。"

"您是想说，"卡尔加里说，"这样对杰奎没有任何好处吗？"

"嗯，我真的不是只想到了杰奎。在我心里，打从一开始杰奎就是个累赘。用现在的话来说他就像是个'小混混'，实际上随你怎么说都差不多。阿盖尔夫妇为了他也算是倾尽全力，做了一切他们能做的事情。我这一辈子见了太多像杰奎这样的孩子。到后来，等孩子无可救药的时候，父母会说：'他小时候我要是对他再严一点儿就好了。'要么他们就会说：'我可能太严厉了，要是能再宽容一点儿就好了。'我并不觉得这会有什么关系。有些人变坏是因为他们的家庭不幸福，感受不到关爱；也有些人变坏是因为不管怎样他们都是要变坏的。我把杰奎归为后者。"

"这么说，当他因为谋杀而被捕的时候，"卡尔加里说，"您并不感到惊讶。"

---

① 伦敦的一条以私人医生聚集而闻名的街道。

"不，坦率地说，我是吃了一惊的。倒不是因为杰奎本来就对谋杀这种事情特别反感。杰奎是那种没什么良心的年轻人，不过他竟然犯下谋杀罪，这还是让我大感惊讶。哦，我知道他是个火爆脾气。还是个孩子的时候他就经常猛扑猛撞别的孩子，要么就是用沉重的玩具或者木头打他们。一般都是针对块头比他小的孩子，通常并不是出于想要伤人或者想得到什么东西而乱发脾气。假如杰奎真的去杀人的话，我觉得也会是这种情况——几个小伙子一起出去打劫，然后，当警察追上他们的时候，像杰奎这种孩子就会说：'打他的脑袋，哥们儿，教训教训他，把他放倒。'他们想要去杀人，也准备好了挑唆别人去杀人，但他们又没那个胆子亲自动手。这是我本该说的话，如今看起来，"医生最后又补上一句，"我应该是说中了。"

卡尔加里低头凝望着地毯，已经磨损得看不清上面的图案了。

"我不知道我面对的是什么。"他说，"我也没意识到这对其他人来说意味着什么。我没看出来这也许……肯定是……"

医生轻轻地点了点头。

"没错，"他说，"看起来就是这样的，不是吗？似乎你必须跟他们一起，把这件事解决了。"

"我想，"卡尔加里说，"这才是我来找您真正要谈的事情。从表面上来看，他们中的任何一个人都不存在动机杀害她。"

"表面上看是没有。"医生表示同意，"不过假如你再深究一步的话……嗯，没错，我想会有一大堆理由说明为什么有人想要杀了她的。"

"为什么？"卡尔加里追问道。

"你真的觉得这是你的使命，对吗？"

"我觉得是。我会忍不住这么想。"

"换作是我的话，可能也会有同样的想法吧……我不知道。好吧，我要说的是，只要他们的母亲——为了方便起见我就这么称呼她了——还活着，他们当中就没有一个人能真正做得了自己的主。你要知道，她依然牢牢地控制着他们所有人。"

"怎么个控制法？"

"从经济方面来说，她还养着他们呢。慷慨大方地供养着他们。这笔钱可不是个小数目啊。钱是按照受托管理人觉得合适的比例分配给他们的，尽管阿盖尔太太本人并不是受托管理人之一，但只要她还活着，她的意愿就起作用。"他顿了一下，接着继续说道，"从某种程度上来说，看看他们所有人都是如何想方设法逃离，如何对抗着不去走她为他们安排好的路，这也挺有意思的。因为她真的都安排好了，一种特别好的模式。她想要给他们一个良好的家庭环境，让他们接受良好的教育，提供充足的零用钱，替他们在职业生涯中选择一个好的起点。她想把他们当她和利奥·阿盖尔的亲生子女一样对待。当然了，他们并不是她和利奥·阿盖尔的亲骨肉，他们有着完全不同的天性、感情、才能和需求。年轻的米基现在是一名汽车推销员；赫斯特差不多也算是从家里逃出来当上了演员，她爱上了一个很不招人喜欢的人，演员当得也绝对不怎么样。现在她不得不回到家里，也不得不承认她母亲是对的——说起来她可不喜欢承认什么事情。玛丽·达兰特执意在战争期间就嫁人了，她母亲警告她不要嫁给那个人，那是个聪明勇敢的年轻人，不过要说起做生意来，那可就是个十足的傻瓜了。接着他还得上了脊髓灰质炎，他是作为一个恢复期的病人被带到艳阳角的。阿盖尔太太给他们施加压力，想让他们永远住在那里。当丈夫的倒是挺愿意，可玛丽·达兰特却誓死不从，她想要属于她自己的家。不过毫无疑问，如果她母亲没死的话，她还是会屈服的。

"米基，另一个小伙子，他一直是一个心存怨念的年轻人；他痛恨他的亲生母亲把他抛弃。他从小就恨这件事，一直耿耿于怀。我觉得从内心来说，他也一直讨厌他的养母。

"然后还有那个瑞典女按摩师。她不喜欢阿盖尔太太，她喜欢那些孩子和利奥。她从阿盖尔太太那儿得到过不少好处，或许她曾试着表现出一些感激之情，不过她实在办不到。当然，她虽然有种厌恶的情绪，但还不至于导致她用拨火棍去打她恩人的脑袋。说到底，只要她愿意，什么时候想走都是可以的。至于利奥·阿盖尔嘛……"

"对啊，他怎么样？"

"他正打算再婚呢，"麦克马斯特医生说道，"该祝贺他交到了好运。那是个非常好的年轻女人。热心肠、亲切，跟他志趣相投，还特别爱他。他们已经在一起很长一段时间了。她对阿盖尔太太怎么看呢？跟我一样，你大概也能猜出个端倪来。阿盖尔太太的死让事情一下子简单多了。利奥·阿盖尔不是那种跟太太同在一个屋檐下还能跟秘书有一腿的男人，我也不认为他真的会离开他太太。"

卡尔加里缓缓说道："他们两个我都见过了，我跟他们说过话。我真的没法相信他们中的任何一个……"

"我明白，"麦克马斯特说，"确实没法相信，对吗？可是，你也要知道，就是其中的一个家里人干的。"

"您当真这么认为？"

"我看不出还能作何他想。警方相当确定这起案子不是外人干的，警方或许说对了。"

"但会是谁呢？"卡尔加里说。

麦克马斯特耸了耸肩膀。"实在是不知道啊。"

"以您对他们一家人的了解，也没有什么想法吗？"

"即便有想法也不能告诉你啊。"麦克马斯特说，"因为说到底我又有什么依据呢？在我眼里，他们当中谁看着都不像是杀人凶手，除非我漏掉了什么要素。但是呢……我也不能排除他们当中的任何一个人。无法排除。"他慢条斯理地补充道，"我的观点就是，我们永远无法知道真相。警方会去做一些调查，他们会竭尽全力，不过过了这么久，要想找到证据很难。而且原本线索就少……"他摇摇头，"不，我觉得真相永远无法大白于天下。要知道，有些案子就是这样的。你在书里能看到。五十年，或者一百年前的一些案子，你能肯定是三个或者四个或者五个人之中的某一个干的，但就是没有足够的证据，结果谁都没办法下结论。"

"你觉得这次的这个案子也是这样的吗？"

"呃……嗯，"麦克马斯特医生说，"没错，我觉得会……"他又用机敏的目光扫了卡尔加里一眼，"而这正是事情的可怕之处，不是吗？"他说。

"可怕，"卡尔加里说道，"因为他们是无辜者。她就是这么跟我说的。"

"谁？谁跟你说了什么？"

"那个姑娘，赫斯特。她说我不明白要紧的是那些无辜者。这也是您刚刚对我说的。我们永远都没法知道——"

"谁是无辜的？"医生替他把话说完了，"是啊，要是我们能知道真相就好了。哪怕最后没有人因此而被捕、受审或者定罪也行啊。只是想知道。因为不然的话……"他欲言又止。

"不然会怎么样？"卡尔加里追问。

"你自己想想看，"麦克马斯特医生说，"不，我不需要说出口，你已经想到了。"他接着说下去，"你知道，这让我想起了布拉沃的那起案子，我猜距今差不多得有一百年了吧，但依然有写书的人要写这个案子，把它作为一个绝好的案例，说是妻子干的，或者是考克斯太太干的，要不就是格利医生。甚至忽视验尸官的意见，非说是查尔斯·布拉沃自己服毒自杀。所有推测都看似颇有道理——不过如今已经没人能一窥真相了。最后弗洛伦斯·布拉沃被她的家庭所抛弃，孤零零地酗酒而死；受到排挤又带着三个小男孩的考克斯太太虽然活到了很大年纪，但认识她的绝大多数人都相信她是个杀人凶手；而格利医生的事业和名声也都毁于一旦……

"有个人是有罪的，却逃脱了惩罚。但其他那些无辜者，什么都躲不开。"

"这种情况不能发生在这里，"卡尔加里说，"绝对不行！"

第八章

1

赫斯特·阿盖尔看着镜中的自己,她的眼神中没有太多虚荣,更多的是一种忧心忡忡的质疑,在那背后,则是一个从来都没有真正自信过的人的谦卑。她掀起额前的头发,把它们拨到一边,然后对着这个结果皱起了眉头。这时,镜子中她的身后出现了一张脸,这让她大吃一惊,畏缩了一下,猛然转过身去。

"啊,"柯尔斯顿·林德斯特伦说,"你害怕了!"

"说我害怕是什么意思,柯尔斯顿?"

"你害怕我。你以为我静悄悄地走到你身后,可能是想把你打倒在地。"

"哦,柯尔斯顿,别犯傻了,我当然不会这么想。"

"但你的确想了。"那个人说道,"你会想这种事情也是对的。看看那些阴暗的地方,当你看到一些你不太明白的东西时就会吓一跳。因为这栋房子里有一些让人害怕的事情。我们现在知道了。"

"再怎么说,亲爱的柯尔斯顿,"赫斯特说,"我也用不着害怕你啊。"

"你怎么知道?"柯尔斯顿·林德斯特伦说,"前不久我还在报纸上读到过一个故事,说一个女人和另一个女人一起生活了很多年,结果有一天,突然之间她就把她给杀了。闷死的,还企图把她的眼珠子抠出来。为什么呢?她非常平心静气地告诉警察说,因为她看见这个女人被魔鬼附体有一阵子了。她看见魔鬼从女人的眼睛里向外看,于是她知道,她必须要坚强勇敢,杀死那个魔鬼!"

"哦,是啊,我想起来了,"赫斯特说,"不过那个女人是个疯子。"

"啊,"柯尔斯顿说道,"但她自己并不知道自己疯了,而且在她身边的人看来她也没疯,因为谁都不知道她那可怜而扭曲变态的心里在想些什么。所以我跟你说啊,你也不知道我心里在想些什么。没准儿我就是疯了呢,也没准儿有一天我看着你母亲,觉得她是个反基督徒,然后就想要杀了她呢。"

"可是,柯尔斯顿,这都是你在胡说八道!彻头彻尾的胡说八道。"

柯尔斯顿·林德斯特伦叹了口气,坐下来。

"是啊,"她承认道,"是胡说八道。我很喜欢你母亲,她对我一直很好。但是赫斯特,我想要跟你说的,也是你必须要明白并且相信的是,对任何事情或者任何人,你都不能用一句'胡说八道'就过去了。你不能信任我,也不能信任其他任何人。"

赫斯特转过身来,看着面前的这个女人。

"我相信你是认真的。"她说。

"我非常认真。"柯尔斯顿说,"我们大家都必须认真,我们必须开诚布公。假装什么事都没有发生过是没用的。那个到这儿来的人——我希望他从没来过,不过他毕竟来过了,而且按我的理解,他已经把事情说得很明白了,杰奎不是杀人凶手。那好啊，凶手另有其人，而且这个人肯定是我们当中的一个。"

"不，柯尔斯顿，不……可能是某一个……"

"某一个谁啊？"

"呃，某个想要偷东西的人，或者某个在过去因为某种原因和妈妈结了仇的人。"

"你觉得你母亲会让这样的人进来？"

"也许会。"赫斯特说，"你也知道她是个什么样的人。如果有谁带着满肚子的苦水来，如果有谁来告诉她说有个孩子被人冷落或是遭到了虐待的话，你觉得妈妈不会让他们进来，然后把他们领到她的房间里，听听他们要说什么吗？"

"在我看来不太可能。"柯尔斯顿说，"至少在我看来，你母亲不太可能坐在桌边，让那个人抄起拨火棍打她的后脑勺。不会的，她一直悠闲自在、信心十足，房间里没有外人。"

"我希望你别这么说，柯尔斯顿。"赫斯特叫道，"哦，我希望你别这么说了。你让我觉得这件事已经近在眼前了。"

"因为这就是眼前的事。不，我不会再多说什么了，但我已经警告过你，虽说你以为你很了解某个人，虽说你可能觉得你能信任他们，但你不能确信。提高些警惕吧。要提防我，也要提防玛丽，提防你父亲，提防格温达·沃恩。"

"对每个人都这么怀疑的话，我还怎么住在这儿啊？"

"如果你听我劝的话，我觉得离开这栋房子对你来说会更好一些。"

"我现在没办法离开。"

"为什么不能？因为那个年轻的医生？"

"我不明白你这是什么意思，柯尔斯顿。"赫斯特的脸顿时涨得通红。

"我是说克雷格医生。他是个非常出色的年轻人。一个相当好的医生,为人亲切,认真负责。你能找到他真够不错的了。尽管如此,我还是觉得你离开这里会更好。"

"这件事从头到尾都是胡扯。"赫斯特怒气冲冲地喊道,"胡扯,胡扯,全是胡扯。哦,我多希望卡尔加里博士从来没有来过啊。"

"我也一样,"柯尔斯顿说道,"真心实意。"

2

利奥·阿盖尔签完了格温达·沃恩放到他面前的一堆信件中的最后一封。

"这是最后一封吗?"他问道。

"是的。"

"今天我们干得不错。"

格温达花了一两分钟时间给信件贴好邮票,并码放整齐,随后问道:"是不是差不多该到你动身出国旅行的时候了?"

"出国旅行?"

利奥·阿盖尔似乎有些迷惑。

格温达说:"是啊。你不记得你打算去罗马和锡耶纳了吗?"

"哦,对对,我是准备去来着。"

"你要去看看马希里尼红衣主教写信给你提到的档案中的那些文件。"

"对,我记得。"

"你是希望我给你订飞机票呢,还是说你更想坐火车去?"

仿佛刚刚从很遥远的思绪中回过神来似的,利奥看着她淡淡地一笑。

"你似乎特别急于想要摆脱我啊,格温达。"他说。

"哦,没有,亲爱的,才没有呢。"

她疾步走过来,在他旁边蹲了下来。

"我从来都没想过让你离开我,从来没有。只是……只是我想……哦,我想你要是能离开这里会更好一些,在经过了……经过了……"

"经过了上周之后?"利奥说,"在卡尔加里博士来访之后?"

"我真希望他没来过,"格温达说,"我希望一切都能像原本那样。"

"让杰奎为了他没干过的事而蒙受不白之冤?"

"也可能就是他干的。"格温达说,"他迟早都有可能干出这种事情,我觉得他要是没干,那才是纯属意外呢。"

"真奇怪,"利奥若有所思地说道,"我从来都没有真正相信是他干的。当然,在证据面前我也不得不认输,但在我看来这真的不太可能。"

"为什么啊?他的脾气一直都很糟糕,不是吗?"

"是。哦,没错。他是会攻击其他的孩子,通常都是比他小的孩子。但我真的从来没觉得他会袭击蕾切尔。"

"为什么不会?"

"因为他害怕她。"利奥说,"你也知道,她说一不二。杰奎跟其他人的感受一样。"

"但你不觉得,"格温达说,"这正是为什么……我是说……"她停下来了。

利奥疑惑地看着她,那眼神中的某些东西让她双颊飞红。她转过身去,走到炉火前,蹲下来把双手伸向燃烧的火焰。是啊,她暗自思忖，蕾切尔确实说一不二。那么自鸣得意、那么充满自信，像个蜂后似的对大家发号施令。这难道还不足以让人想要抄起拨火棍，让人想要把她打倒在地，一劳永逸地让她彻底闭嘴吗？蕾切尔总是正确的，蕾切尔总是知道什么是最好的，蕾切尔总是为所欲为。

她陡然站起身来。

"利奥，"她说，"我们就不能……我们就不能快点儿结婚吗？我不想等到三月了。"

利奥看着她。他沉默了片刻，然后说道："不，格温达，不行。我觉得这不是个好主意。"

"为什么？"

"我觉得，"利奥说，"匆匆忙忙地做任何事情都不太好。"

"你这话是什么意思？"

她向他走过来，再次跪倒在他身边。

"利奥，你说这话是什么意思？你必须得告诉我。"

他说："亲爱的，如我所说，我就是觉得我们不该贸然行事。"

"但我们还是会在三月份结婚的，就像我们所计划的那样？"

"我希望如此……是的，我希望如此。"

"你这么说就好像没有什么把握了似的……利奥，你不在乎我了，是吗？"

"哦，亲爱的，"他把双手搭在她的肩膀上，"我当然在乎了。对我来说，在这个世界上，你就是一切。"

"那好吧。"格温达有些焦躁地说道。

"不。"他站起身来，"不，现在还不行。我们必须再等等。我们必须要确信。"

"确信什么?"

他没有回答。她说:"你是不是在想……你该不会是在想……"

利奥说:"我……我什么都没想。"

门开了,柯尔斯顿·林德斯特伦端着一个托盘走进来,她把它放在了桌子上。

"这是您的茶,阿盖尔先生。用我再给你拿一杯吗,格温达,还是说你下楼来跟其他人一起喝?"

格温达说:"我到餐厅去吧。我要带着这些信,该把它们寄出去了。"

她用微微发抖的手拿起利奥刚刚签好字的信,拿着它们走出了房间。柯尔斯顿·林德斯特伦看着她的背影,然后转回脸来看着利奥。

"你跟她说什么了?"她问道,"你干什么了,让她那么难受?"

"没什么,"利奥说,他的声音中流露出疲惫,"什么都没有。"

柯尔斯顿·林德斯特伦耸了耸肩膀,接着一言不发地走出了房间。不过她那种无声无形的批评还是能够让人感觉出来的。利奥长叹一声,向后靠回到椅子里。他觉得很累。他倒了茶,却一口都没喝,只是坐在椅子里,两眼茫然地望着房间的另一端,思绪已被往事占据得满满的了。

3

在那家他喜欢的位于伦敦东区的社交俱乐部里……他第一次

遇见了蕾切尔·康斯塔姆。如今在他的记忆中她的形象依然清晰可辨。一个中等身高的姑娘，体格健壮，穿着他当时还不认得的非常昂贵的衣服，却显出一副邋里邋遢的样子。她有一张圆脸，一本正经，古道热肠，带着令他怦然心动的热忱和天真。需要做的事情有那么多，值得做的事情有那么多！她说起话来满腔热情，滔滔不绝，尽管有点语无伦次，却让他的心开始沦陷。因为他也觉得有太多的事情需要去做，有太多的事情值得去做；然而他的天性中带有一种反讽，使他对于值得做的事情是否总能理所应当地取得成功抱有些许怀疑。但蕾切尔却没有丝毫疑虑。如果你这么做了，如果你那么做了，如果哪个哪个机构得到了捐赠，那么好的结果自然会随之而来。

他现在明白了，她从来就没有考虑过人的本性。她总是把人看成需要去处理的案例，或者需要去解决的问题。她从来都不明白每个人是不一样的，反应也不一样，各有各的特质。他记得当时跟她说过，不要期待太多。尽管她当场就予以了否认，但她其实一直都抱有过高的期望值。她总是期望太高，所以也总是会感到失望。他很快就爱上了她，并且惊喜地发现她的父母很有钱。

他们一起规划生活，志存高远而非柴米油盐。但现在他能够看得很明白当初她吸引他的主要原因是什么了，是她心中的那份热情。只不过这也正是悲剧之所在，她心里的这份热情并非为了他。没错，她是爱上他了。然而她真正想要从他这里以及从生活中得到的，其实是孩子，而孩子迟迟未到。

他们遍寻医生，有名气的，没名气的，就连江湖郎中也不放过，到最后她被迫接受这个结论，她永远都不会有自己的孩子了。他为她感到难过，非常非常难过，于是心甘情愿地同意了她提出的收养一个孩子的建议。他们已经与收养协会联系过了，就在那段时间里，有一次他们到纽约去，他们的车撞倒了一个从贫民区的房子里跑出来的小孩。

蕾切尔跳下车去，当街跪在了孩子的身边。那是个漂亮的孩子，金发碧眼，除了擦破了点皮之外并没有什么大碍。蕾切尔坚持要带她去医院以确保她没有受伤。她去找孩子的亲人——邋遢的姨妈和她那个明显酗酒的丈夫——谈了。一目了然，他们对这孩子没什么感情，因为她父母双亡，他们才不得不收留她。蕾切尔提议让孩子跟他们走，一起去住几天，那个女人欣然接受了。

"在这儿也没法很好地照顾她。"她说。

于是玛丽就被带回了他们在酒店的套房。孩子显然很喜欢柔软的床铺和豪华的卫生间。蕾切尔还给她买了新衣服。结果，孩子终于说出了那句话："我不想回家。我想在这儿和你们待在一起。"

蕾切尔望着他，带着一股突如其来的渴望和喜悦。一有机会单独相处，她就对他说："我们留下她吧，这件事很容易安排。我们收养她，她会成为我们的孩子。能够摆脱她，那个女人只会喜出望外。"

他轻而易举地答应了。那孩子看上去挺文静，规规矩矩的，很听话。很显然，她对跟她一起生活的姨妈和姨父也没什么感情。如果这样能让蕾切尔高兴的话，他就决定这么办了。他们请教了律师、签署了文件，自那以后，玛丽·奥肖内西就变成了玛丽·阿盖尔，并且和他们一起坐船回了欧洲。他想，这下子可怜的蕾切尔终于高兴了。她的确高兴了，兴奋激动，近乎狂喜。她溺爱玛丽，给她买各式各样价格不菲的玩具。玛丽则平静而惬意地接受着。可是利奥觉得，总有些事情让他隐隐感到一丝不安。孩子这种轻易地接受，以及她所缺乏的、任何形式的对家乡和家人的思念之情。他期待真切的情感能在以后表现出来，但此时，他还看不出一丁点迹象。接纳恩惠，心满意足，享受所有别人给她的东西。但是她爱这个养母吗？不，他还看不出来。

利奥想，也就是从那时起，他想方设法隐退到了蕾切尔·阿盖尔生活的幕后。她这种女人，天生就是个母亲，而不是个妻子。如今有了玛丽，但她那种被激发出来的做母亲的渴望并没有得到满足。一个孩子对她来说是不够的。

此后她的全部事业便都与孩子联系在一起了。她把兴趣全都放在了孤儿院里，放在了给残疾孩子的捐赠基金上，还有那些弱智、脑瘫，以及需要做矫形治疗的儿童——始终都是孩子，令人由衷地赞叹。自始至终他都觉得这项事业非常让人钦佩，它现在已经成为她生活的中心。于是渐渐地，他也沉浸到自己的事情里去了。他开始更深入地钻研一直感兴趣的经济学和历史，花越来越多的时间待在书房里，潜心研究，撰写短小精悍的专题文章。而他那位认真而快乐的太太，在忙忙碌碌地操持这个家的同时，也丰富着自己的活动。他谦和有礼地默许，并且给予鼓励。"那个计划非常棒，亲爱的。""对啊，对啊，我肯定会支持的。"偶尔，只言片语的提醒也会夹杂其间。"我觉得，你会在投身于这件事之前先彻底地调查一下情况的吧。你可千万别忘乎所以啊。"

如今她还在继续征询他的意见，只不过有时候几乎成了走走过场。随着时间的推移，她越来越像个独裁者了。她知道什么是正确的，她知道什么是最好的。于是他毕恭毕敬地收起了那些批评和偶尔的劝诫。

他想，蕾切尔不需要从他这里得到帮助，不需要从他这里得到爱。她很忙碌，很快乐，精力极其充沛。

奇怪的是，在他无法忽视的伤害背后，他还感到了一丝怜悯。就仿佛他知道她正在追寻的这条路危机四伏一样。

一九三九年，战争爆发以后，阿盖尔太太的活动立即成倍增加。她头脑里关于要为伦敦贫民区的孩子们开办一个保育院的念头一经成形，她就开始和伦敦很多具有影响力的人物联系上了。卫生部非常乐意合作，而她也已经着手选址，并且最终找到了一栋合适的房子。那是一栋新建成的现代化住宅，位于英格兰一处偏远地区，很有可能会躲过轰炸。那里最多可以容纳十八名二至七岁的孩子。孩子们不仅来自于穷困家庭，也有来自不幸的家庭的。他们是孤儿，或者是一些母亲不愿意带着一起撤离、也厌倦了继续照看他们的私生子。孩子们在家里不是受到了虐待就是被忽视，其中有三四个身有残疾。为了矫形治疗的需要，她还聘用了一些家庭用人，一个瑞典女按摩师，以及两名受过全面培训的医院护士。整件事情做得已经不能仅仅说是立足于舒适的基础之上了，而应该说奢华。有一次，他劝过她。

"你千万别忘了，蕾切尔，我们从哪儿把这些孩子带来，将来他们就还得回到哪儿去。你可别让他们将来回去的时候太困难了。"

她热情地回答道："对于这些可怜的小家伙来说，没有什么是过于好的。没有！"

他又极力劝说道："没错，但你要记住，他们是必须得回去的。"

不过她早已对此不屑一顾了。"也可能不用啊，也可能……咱们走着瞧吧。"

战乱很快就让事情起了变化。护士们频繁地更换，因为还有许多真正的护理工作需要做，她们不愿去照看健康的孩子。只有一个上了年纪的护士和柯尔斯顿·林德斯特伦两个人留守到最后。做家务的人手也严重不足,柯尔斯顿·林德斯特伦还得去那边支援。她工作得忘我无私、尽心尽力。

但蕾切尔·阿盖尔一直忙碌并快乐着。利奥记得,她偶尔也有困惑迷惘的时候。有一天,蕾切尔为一个叫米基的小男孩大伤脑筋,他的体重在慢慢往下掉,食欲也不好,于是她找来了医生。医生并没有发现什么问题,不过跟阿盖尔太太说这孩子可能是想家了。但她马上反驳。

"那是不可能的!你不知道他是从什么样的家庭里到这里来的。他在家里饱受摧残和虐待,对他来说,那里肯定就像地狱一般。"

"话虽这么讲,"麦克马斯特医生说,"可他会想家也是理所当然的,要紧的是让他自己说出来。"

接着有一天,米基开口说话了。他在床上呜咽,一边用拳头把蕾切尔推开,一边大喊大叫:"我想回家。我想回家,回到妈妈和我们的欧尼那儿去。"

蕾切尔很难过,她几乎不敢相信自己的耳朵。

"他不会想要他妈妈的,她一点儿都不在乎他,每次喝多了都会打他。"

他则很温和地说:"但你这样做是违背天性的,蕾切尔。她是他妈妈,他也爱她。"

"她根本就不像个妈妈!"

"他是她的亲生骨肉,任何人都替代不了的。"

而她回答说:"但事到如今,他应该把我看作是他的母亲。"

可怜的蕾切尔,利奥心想。可怜的蕾切尔,她买这么多东西……却不是给自己用,不是给自己买;她能给这些没人要的孩子以爱心、给他们关怀、给他们一个家。所有这些东西她都能买给他们，却买不来他们对她的爱。

后来战争结束了。在父母或亲属的要求下，孩子们逐渐迁回伦敦，但并不是全部。其中一些孩子无人认领，便留了下来，也就是在那时，蕾切尔说："你知道吗，利奥，现在他们就像我们自己的孩子一样了。如今是拥有一个属于我们自己的真正的家庭的时候了。这些孩子当中的四五个可以和我们待在一起，我们可以收养他们，抚养他们长大，这样他们就真的成为我们的孩子了。"

他感到一丝隐隐的不安，至于为什么，他也不太清楚。倒不是说他对这些孩子有多反感，只是他本能地感觉到这件事情的荒谬之处。那种可以通过人为手段轻而易举地组建一个自己的家庭的臆想，是不对的。

"你不觉得，"他说，"这事有点冒险吗？"

但她回答说："冒险？就算冒险又怎样呢？值得啊。"

是的，他也觉得这件事值得去做，只是不像她那么成竹在胸。如今他已经变得那么遥远疏离，在他自己的一方天地里冷眼旁观，连提出反对意见都不再是他的分内之事了。他说了他曾经说过很多次的话。

"随你的意，蕾切尔。"

她满怀胜利和喜悦之情制订着她的计划，找律师咨询，像通常那样有条不紊地处理着各种事情。就这样，她得到了她梦寐以求的家庭。玛丽，最年长的孩子，是从纽约带回来的；米基，想家的男孩，对他那个贫民窟的家和那个不称职且脾气暴躁的母亲朝思暮想，有无数个夜晚都是自己哭着入睡的；蒂娜，肤色很深，气质优雅的混血儿，她母亲是个妓女，父亲是一名东印度水手；赫斯特，一个私生女，母亲是个年轻的爱尔兰人，想要重新开始自己的生活。还有杰奎，一个很有意思、脸长得像个小猴子的小男孩，他滑稽的举止会逗得大家哈哈大笑，还总能凭借伶牙俐齿逃脱惩罚，甚至有本事用自己的魅力从一向严厉的林德斯特伦小姐那儿得到额外的糖果。杰奎的父亲正在监狱里服刑，而他母亲已经跟别的男人跑了。

是啊，利奥想，毫无疑问，收养这些孩子，给他们一个家的温暖、一对父母和一份关爱是件值得做的事情。他觉得蕾切尔有权因此感到满足。只是事情并没有如期望中的那样发展下去……因为这些孩子本不是他和蕾切尔的骨肉。他们的身体里流淌的，不是蕾切尔家族祖先们那种勤俭的血液，也不具备干劲和野心，她家族里那些不那么有名望的成员正是借此才在社会上安身立命的。而他依稀记得的父亲和祖父母所具有的仁厚和正直，在这些孩子的身上也丝毫看不到。他外祖父母身上所散发出的智慧的光芒，在他们中间更是难觅踪迹。

外界环境方面能为他们做的都已经做到了。这些能够提供很大的帮助，却无法包办一切。当初他们来到保育院，就是因为身上带有缺点的种子，而在压力之下，那些种子便会发芽开花。这一点在杰奎身上可以得到非常充分的印证。杰奎，机敏可爱的杰奎，配上他生动的俏皮话、他的个人魅力，以及能够不费吹灰之力就把每个人都玩弄于股掌之间的本事，从根本上来说，他就是个少年犯的坏子。从很早的时候起，这一特征就已经通过幼稚的小偷小摸、撒谎之类的事情有所体现了；所有这一切都被归咎于他原先糟糕透顶的家教。蕾切尔说过，这些问题很容易就能解决。可他们从来都没有解决好。

杰奎在校期间的成绩很差，后来被大学勒令退学，自那以后便是一长串的痛苦事件。他和蕾切尔竭尽所能，试图让这个孩子确信他们对他的爱，以及对他的信心。他们尽力去寻找适合他、只要他自己努力就能看到成功的希望的工作。或许，利奥想，是他们对他过于温和了吧。也不对。就杰奎而言，他觉得无论态度温和还是严厉，到头来结果都会是一模一样的。他想要什么就必须得到。如果没法用合法途径得到的话，他也很乐意不择手段。他还没聪明到能成功实施犯罪的程度，哪怕是轻微的犯罪也没戏。于是，走到身无分文的那一天，因为害怕坐牢，他回来了，怒气冲冲地开口要钱，威胁恐吓，还理直气壮。后来他离家而去，大声嚷嚷着说他会再回来，到那时她最好已经替他把钱准备好了——要不然的话！

再后来，蕾切尔就死了。所有这些往事在他看来都是多么遥不可及啊。那段伴随着男孩子和女孩子们成长的漫长的战争岁月。而他自己呢？同样是那么遥不可及、苍白无趣。仿佛蕾切尔那充沛的能量和对于生活的热情消磨了他，让他疲惫不堪、有气无力。哦，他多么需要温暖和爱情啊。

即使现在，他也几乎想不起来是什么时候开始意识到这两样东西离他有多么近的。近在眼前……不是谁给他的，而是本来就在那里。

格温达……一个无可挑剔、帮得上大忙的秘书。她为他效力，随叫随到，宽容体贴，排忧解难。他第一次见到她的时候，她身上就有些东西让他想起了曾经的蕾切尔。同样的温暖，同样的热情，同样的热心肠。只是在格温达身上，那种温暖、那种热心肠、那种热情全都是为了他，而不是为了假想中某一天她可能会拥有的孩子们，只是为了他。这就好比把手放在火边取暖一样……那是一双因为空了太久而已经变得冰冷僵硬的手。他是什么时候第一次意识到她喜欢他的呢？这个很难说清楚，并不是像拨云见日般的顿悟。

但是突然之间——在某一天——他知道自己爱上她了。

然而，只要蕾切尔还活着，他们就永远都不能结婚。

利奥叹了口气，在椅子里坐直了身子，喝起他那杯已经凉透了的茶。

第九章

卡尔加里前脚才走没几分钟,麦克马斯特医生就接待了他的第二位访客。这个人跟他很熟,他很热情地招呼起客人来。

"啊,唐,见到你真高兴。快进来,告诉我你有什么心事。你心里肯定有事,每次一看见你的眉头皱成这样我就知道了。"

唐纳德·克雷格冲他苦笑了一下。他是个英俊而严肃的年轻人,无论对待自己还是对待工作都一本正经的。退休的老医生很喜欢他的这个继任者,不过有些时候他也希望唐纳德·克雷格能听出别人的玩笑话。

克雷格谢绝了请他喝上一杯的好意,选择开门见山。

"我担心得要命,麦克。"

"我希望别再是什么维生素缺乏了啊。"麦克马斯特医生说。在他看来,维生素缺乏是个挺不错的玩笑。曾经有一次,还多亏一个兽医给年轻的克雷格指出某个小病号的猫得的是晚期癣呢。

"这件事跟病人没关系,"唐纳德·克雷格说,"是我自己的私事。"

麦克马斯特立时变了一副面孔。

"我很抱歉,我的孩子。非常抱歉。你接到什么坏消息了吗?"

年轻人摇了摇头。

"不是那样的,而是……你听我说,麦克,我得找谁说说这个。你认识他们所有人,你在这儿很多年了,你了解他们所有的人,而我现在也非了解不可了。我得知道我的处境,还有我面临的是什么。"

麦克马斯特那对浓密的眉毛慢慢地挑了起来。

"让我听听是什么麻烦事。"他说。

"是阿盖尔家的事情。你也知道——我猜大家都知道了,赫斯特·阿盖尔和我……"

老医生点了点头。

"心有灵犀嘛。"他赞许地说道,"这是以前他们经常用的老话,这个说法真的很好。"

"我爱她爱得不得了。"唐纳德毫不掩饰,"而且我觉得……哦,我确信……她也爱我。而如今,发生了这一切。"

老医生露出一副恍然大悟的表情。

"啊,可不是嘛!杰奎·阿盖尔沉冤得雪。"他说,"对他来讲,这案子翻得有些太晚了。"

"是啊。也正是这样才让我觉得——我知道这么想完全不对,但我还是忍不住这么想。要是这个新的证据没被抖搂出来……或许更好。"

"哦,你不是唯一有这种想法的人。"麦克马斯特说,"就我所知,从警察局长,到阿盖尔家的人,再到那个从南极回来并且提供了这个证据的男人,大家都这么觉得。"他紧接着又补上一句,"今天下午他来过这儿。"

"是吗?他说什么了吗?"

"你指望他说什么?"

"他有没有想出是谁……"

麦克马斯特医生缓缓地摇了摇头。

"没有,"他说,"他也不知道。他就那么冷不丁地凭空冒出来,跟所有人都是头一回见面,又怎么可能知道呢?看起来,"他继续说道,"没有人知道。"

"是啊。可不是嘛,我也觉得没人知道。"

"就是这件事搅得你心烦意乱,唐?"

唐纳德·克雷格深吸了一口气。

"这个叫卡尔加里的人去他们家的那天晚上,赫斯特给我打过电话。她和我本打算等我下班后去一趟德赖茅斯,听一场关于莎士比亚作品中犯罪类型的演讲呢。"

"听上去特别应景。"麦克马斯特说。

"然后她就打电话来了,说她不过来了,说是听到了特别让人心神不宁的消息。"

"啊,是卡尔加里博士带去的消息。"

"没错,正是,尽管她当时并没有提到他。不过她心情特别不好,声音听起来——我也说不清楚她的声音听起来是什么样的。"

"她有爱尔兰血统。"麦克马斯特说。

"总体来说,她听上去正饱受煎熬,有如惊弓之鸟。哦,我没法形容清楚。"

"好吧,那你期望她有什么反应?"医生问道,"她还不满二十岁呢,对吧?"

"可她为什么那么烦躁不安?我告诉你吧,麦克,她是被什么事情吓坏了。"

"嗯,好吧,呃……我猜也有可能是这么回事儿。"麦克马斯特说。

"那你觉得……你有什么想法？"

"更重要的是，"麦克马斯特提醒他，"你怎么想？"

年轻人纠结地说道："我猜，假如我不是个医生的话，我甚至都不会去想这些事情。她是我女朋友，而我女朋友是不会做什么错事的。不过看样子……"

"嗯……说下去。你最好把心里的话都说出来。"

"你瞧，我知道赫斯特心里的一些想法。她……她被早年间的不安全感困扰着。"

"的确是这样，"麦克马斯特说，"如今我们时常这么说。"

"她到现在都还没有彻底恢复过来呢。谋杀发生的时候，她正被一种非常自然的青春期少女的情绪——对于权威的怨恨和不满——折磨着，想要逃离那种令人窒息的爱，那种爱也是时下如此多伤害的根源所在。她想要反抗，想要逃脱，她自己亲口这么跟我说的。她离家出走，加入了一个四流的巡回剧团。在这种情况下，我觉得她母亲表现得很通情达理。她建议赫斯特如果真想学的话，应该去伦敦，去英国皇家戏剧艺术学院好好地学习表演。但其实那不是赫斯特想要的。离家出走、参加表演，真的只是一种姿态而已。她其实并不想为了登台表演去接受训练，或者正经地从事这个职业，她只是想表明她能够独立自主。不管怎么说，阿盖尔夫妇并没有强迫她留下，他们还给了她一笔很可观的补贴。"

"他们这么做很明智。"麦克马斯特说。

"然后她就傻乎乎地和剧团里的一个中年男人搞出了一段恋情。到最后是她自己意识到那个人不怎么样，于是由阿盖尔太太出面来对付他，而赫斯特也就回家了。"

"就像我年轻的时候他们常说的，这回得到教训了。"麦克马斯特说,"不过当然了,人永远都不喜欢得到教训,赫斯特也不喜欢。"

唐纳德·克雷格迫不及待地继续说道:"她的心里依然充满被压抑的怨恨和不满。更糟糕的是,就算她没明说,也不得不暗地里承认她母亲的话完全正确。她不是当演员的料,那个男人也根本不值得她那么慷慨地投入感情。况且,她也并不是真的喜欢他。'妈妈最清楚了。'对于年轻人来说,把这句话说出口总是令人感到难堪。"

"没错,"麦克马斯特说,"这正是可怜的阿盖尔太太的麻烦之一,尽管她从来都不这么想。事实上她的确几乎总是正确的,她确实知道得最清楚。假如她也像那些背着债务、丢了钥匙、错过了火车,还做出一些蠢事的女人那样,需要别人帮她排忧解难的话,全家人都会更喜欢她一些。挺可悲也挺残酷的,但日子还得过。而她又不是个聪明到靠奸诈狡猾就可以为所欲为的女人。你也知道,她是个踌躇满志的人,对于自己的权力和判断力非常得意,自信得无以复加。而人在年轻的时候,这是件很难应对的事情。"

"哦,我明白,"唐纳德·克雷格说,"所有这些我都意识到了。也正是因为我对此心知肚明,我才觉得……我才想知道……"他停下不说了。

麦克马斯特和蔼地说道:"最好还是我来替你说吧,好吗,唐?你担心的是,你的赫斯特听到了母亲和杰奎的争吵,或许她听见之后一下子怒火中烧,满心想的都是要反抗权威,反抗她母亲那种高高在上、全知全能的优越感,于是走进了房间,抄起拨火棍把她杀死了。这就是你在担心的事情,我说得对吗?"

年轻人痛苦地点了点头。

"其实也不一定就是这样的,我并不相信。但是……但我觉得……我觉得事情有可能是这样的。我感觉赫斯特没有那份沉着冷静和镇定自若——我觉得她还年轻,对自己也没有那么自信,容易一时糊涂、头脑发热。那一家人,一开始我觉得没有谁像是能做出这种事情来的,直到我突然想到了赫斯特。接着……接着我就不那么确信了。"

"我懂了。"麦克马斯特医生说,"是的,我明白了。"

"我真的不是在责备她。"唐·克雷格随即说道,"我觉得这个可怜的孩子其实并不知道自己在做什么,不能管这个叫谋杀,这只是一种情绪上的反抗,一种叛逆行为,渴望得到自由,却又坚信永远无法得到自由,除非……除非她母亲一命呜呼。"

"最后这一句或许够真实的了,"麦克马斯特说道,"这也是仅有的一种动机,而且有些独特。从法律的角度来看,不是那种很强有力的动机。希望获得自由,摆脱那种强势人格带来的影响。正是因为阿盖尔太太的死不会让他们中的任何一个人继承到一大笔钱,法律才不认为他们有杀人动机。不过,就算是在财务方面,我想很大程度上也是由阿盖尔太太控制在手里的,通过对受托管理人施加影响来控制他们。是啊,她的死让他们都自由啦。不光是赫斯特,我的孩子,还让利奥可以自由地去和另一个女人结婚,让玛丽可以自由地按照她喜欢的方式去照顾她丈夫,让米基可以自由地按照自己喜欢的方式去过自己的生活。或许就连那匹坐在图书馆里的小黑马蒂娜,也想要自由呢。"

"我非得来跟你谈谈不可。"唐纳德说,"我必须知道你是怎么想的,你是否认为……那有可能是真的。"

"关于赫斯特的事?"

"是的。"

"我想那有可能是真的,"麦克马斯特慢条斯理地说,"但我并不能确定。"

"你觉得事情有可能正如我所说的那样?"

"是的,我觉得你的想象也算不上太离谱,还是有可能的成分在里面的。不过有一点不确定,唐纳德。"

年轻人不禁打了个冷战,叹了口气。

"但必须得确定啊,麦克。我真的觉得这件事很有必要,我得知道。如果赫斯特能告诉我,如果她能亲口告诉我,那事情就迎刃而解了。我们会尽快完婚,我会照顾她的。"

"这话可最好别让休伊什警司听到。"麦克马斯特干巴巴地说道。

"照理说,我可是个守法公民。"唐纳德说,"但麦克,你也很清楚,他们在法庭上是如何看待心理学方面的证据的。在我看来,就这件事而言,它就是一起严重的意外,不是什么冷血的谋杀,甚至也不是什么冲动杀人。"

"你爱着那个姑娘呢。"麦克马斯特说。

"别忘了,我可是在推心置腹地跟你谈话啊。"

"这个我知道。"麦克马斯特说。

"我只是想说,如果赫斯特告诉了我,我知道了真相,我们会一起把它忘掉。但她必须要告诉我,我不能一辈子都被蒙在鼓里。"

"你的意思是说,在带着这种可能性的阴影笼罩之下,你还没准备好娶她?"

"如果你我易位而处,你想吗?"

"我不知道。我们那会儿,这种事如果让我遇见了,而我又爱着那个姑娘的话,我很可能会相信她是无辜的。"

"她是有罪的还是无辜的,没那么重要,关键是我必须得知道真相。"

"那如果她真的杀了她母亲,你还能做好充分的准备娶她为妻,并像他们所说的那样,从此以后幸福地生活下去吗?"

"没错。"

"你自己相信吗!"麦克马斯特说,"到那时,如果你的咖啡喝起来有点儿苦,你会怀疑杯子里是不是真的只有咖啡,你还会琢磨放在炉栅边的拨火棍是不是太大了。而她会看出你心里在想什么。这样可不行啊……"

第十章

"我相信,马歇尔,你能领会我把你叫来商量这件事的原因所在。"

"是,那当然。"马歇尔先生说,"事实上假如你没有提出来的话,阿盖尔先生,我自己也会提议过来一趟的。今天早上,所有早报上都刊登了那则启事,毫无疑问,这会导致报社和记者们对这个案子的兴趣重燃。"

"我们已经接到一些记者打来的请求采访的电话了。"玛丽·达兰特说。

"确实如此,我觉得这也都在意料之中。我会建议你们采取无可奉告的态度。你们很高兴也很欣慰,这是很自然的,不过你们不想讨论这件事情。"

"休伊什警司,也就是当时负责这件案子的人,提出明天早上要过来跟我们面谈一下。"利奥说道。

"是啊,没错,我也担心警方会对这个案子采取重启调查之类的举措,不过我真的不觉得他们能有多大希望查出什么实际的结果。毕竟已经过去两年了,当时人们可能还记得的一些事情——我是指村里的人们——到现在恐怕也都忘了。从某些方面来说,这当然挺可惜的,不过这也是没办法的事情。"

"整件事情看起来很清楚。"玛丽·达兰特说,"为了防贼,房门锁得很结实,但如果有谁因为什么特殊情况来求我母亲,或者假装成她的朋友的话,那我丝毫都不怀疑,那个人会被放进来的。我想肯定是这么回事儿。我父亲就觉得,七点刚过的时候他听见了门铃响。"

马歇尔转过头去,用询问的眼光看着利奥。

"没错,我想我的确这么说过。"利奥说道,"当然啦,我现在记得不那么清楚了,但当时我听见了门铃响。我都准备好要下去了,接着我听见了门打开又关上的声音。没有说话的声音,也没有什么人要强行闯入或者动粗。要是有的话,我应该能听见。"

"就是、就是,"马歇尔先生说,"没错,毫无疑问,当时的情况肯定就是这样的。哎,这种事我们可太了解了,有那么多坏人能进屋,就是靠着能说会道,讲个有鼻子有眼的悲惨故事让人相信,进屋之后就用棍子把主人打晕,然后卷上他们能找到的钱财逃之夭夭。对,我想我们现在必须假定,事情就是这样的。"

他用很有说服力的声音说着话,一边说一边环顾周围这一小撮人,仔细地观察他们,在心里小心谨慎地给他们分别安上标签。玛丽·达兰特,相貌标致,缺乏想象力,与世无争,甚至有点自命清高,看上去非常自信。在她身后、坐在轮椅里的是她丈夫。马歇尔心中暗想,菲利普·达兰特,这是个聪明人。要不是因为对于所有生意上的事情总是判断有误,他现在或许已经飞黄腾达了。对待眼前的这一切,马歇尔想,他并不像他太太那样镇定自若。他的眼神警觉,显得若有所思。他比谁都清楚地意识到了这整件事情会带来的影响。不过当然了,玛丽·达兰特或许也不像她所表现出来的这样从容不迫。从小到大,她一向善于掩饰自己的感情。

菲利普·达兰特在轮椅里稍稍挪动了一下,聪慧明亮的眼睛看着律师，目光中带着一丝讥讽。玛丽猛然转过头来，她望向丈夫的眼神中满是爱慕，这几乎使律师大吃一惊。当然，他已经知道玛丽·达兰特是个忠实的妻子，不过很长时间以来，他一直把她当作一个心如止水、缺少激情、不会表现出强烈好恶的人，突然之间的这一意外发现着实让他感到惊讶。这么说，这就是她对那家伙的感情，对吗？而菲利普·达兰特呢，他看上去有些惴惴不安。马歇尔想，他对于未来感到忧虑、惶惑。他完全有可能这么想！

坐在律师对面的是米基。年纪轻轻，外表俊朗，一副愤世嫉俗的样子。马歇尔顺带着想道，他为什么非得这么愤世嫉俗啊？一直以来所有事情不都替他安排得好好的了吗？他凭什么摆出这么一副总是与世界为敌的样子来呢？坐在他旁边的是蒂娜，她看起来就像是一只漂亮的小黑猫。肤色很深，嗓音柔和，一双眼睛又大又黑，举手投足间尽显优雅。她一言不发，但或许在这份平静背后也蕴藏着强烈的感情？关于蒂娜，马歇尔的确了解得太少了。她从事的就是阿盖尔太太建议她做的工作，在县图书馆做图书管理员。她在雷德敏有一间公寓，周末的时候回家来。看起来她是这个家里最温顺听话的一员，似乎心满意足。可谁知道呢？不管怎么说，她跟这起案子没什么关系，或者说应该没什么关系，那天晚上她不在这里。但话又说回来了，雷德敏距离这里只有二十五英里。不过暂时可以把蒂娜和米基排除在外。

马歇尔飞快地瞥了柯尔斯顿·林德斯特伦一眼，对方也正带着一丝挑衅的意味看着他。他想，假如就是她在一怒之下袭击了她的雇主呢？那他也不会真的感到惊讶。跟法律打了这么多年交道，已经没有什么事情能真正让他大吃一惊了。在如今的行话里，他们有一个词来描述这种人：压抑的老处女。猜疑、嫉妒，牢骚满腹，无论是确有其事还是凭空臆想。是啊，他们都用专门的词来代指了。而且要真是她的话，那得多方便啊，马歇尔先生开始想入非非。对，太方便了。一个外国人，并非家里的一员。但是柯尔斯顿·林德斯特伦会在听到争吵之后借机行事，存心陷害杰奎吗？这一点太令人难以相信了。因为柯尔斯顿·林德斯特伦很喜欢杰奎，她一直对所有的孩子都尽心尽力。不，他没法相信会是她。很遗憾，因为——不过他真的不能再任由自己的思绪在这条路上驰骋下去了。

他的目光继续扫向了利奥·阿盖尔和格温达·沃恩。他们订婚的消息还没有宣布，幸好，这是个很明智的决定。不过他既书面承认也暗示过，当然，这在当地或许已经是个公开的秘密了，毫无疑问，警方也已有所耳闻。站在警方的立场上来看，这个很像是正确答案。先例不计其数啊。丈夫，妻子，还有另一个女人。只是不知怎么回事儿，马歇尔就是没法相信利奥·阿盖尔袭击了他太太。不，他真的无法相信。毕竟，他已经认识利奥·阿盖尔很多年了，一直都对他有极高的评价。一个凭理智做事的人。他富有同情心，潜心于书海之中，有着超然的人生哲学观，不是那种会用拨火棍谋害妻子的男人。当然了，在某一个年龄阶段，当一个男人坠入爱河的时候——但这不可能！那都是报纸上写的东西，显然是供整个不列颠群岛的人周末阅读消遣用的！你不可能想象利奥会……

那个女人又如何呢？他对格温达·沃恩并不太了解。他看着她丰满的嘴唇和成熟的身形。她确实是爱上利奥了。哦，没错，说不定已经爱上他很长时间了呢。他想知道，如果离婚了会怎么样呢？阿盖尔太太对于离婚又会有什么样的想法呢？对此他的确一无所知，不过他认为利奥·阿盖尔的脑子里不会产生这种念头，因为他是个老派守旧的人。他不认为格温达·沃恩是利奥·阿盖尔的情妇，否则格温达·沃恩一旦发现在不引火上身的情况下除掉阿盖尔太太的机会，实施的可能性就很大了——他停下了思考，让自己别再继续想下去。她会毫无顾忌、心安理得地把杰奎当成牺牲品吗？他真不觉得她曾经喜欢过杰奎。杰奎的魅力吸引不了她。而女人呢——马歇尔先生实在是太了解了——她们是冷酷无情的，所以还不能把格温达·沃恩排除在外。经过了这么长时间之后，警方还能否找到证据，这是个非常大的疑问。他看不出来现有的证据有哪些会对她不利。那天她就在这幢房子里，和利奥待在书房，她与他道过晚安以后就独自下了楼。没人能证明她有没有转而进了阿盖尔太太的起居室，抄起拨火棍，走到那个正伏案埋首于文件之中且毫无戒备的女人身后。随后，阿盖尔太太都没来得及哼一声就被打倒在地，接着格温达·沃恩所需要做的全部事情就是扔下拨火棍，像往常一样，走出前门回家去就好了。他看不出警方或者任何其他人有办法搞清楚她是否就是这么干的。

他把目光转向了赫斯特。一个好看的孩子。不，不能说好看，是真的很漂亮。漂亮得有点儿奇怪，让人觉得不那么自在。他挺想知道她的父母究竟是谁。她身上带着一种无法无天的野性。是的，你几乎可以把她和铤而走险这样的词联系在一起。有什么事情是非要她去铤而走险的呢？她傻乎乎地离家出走去当演员，傻乎乎地和一个讨厌的男人搞出了一段恋情；随后她醒悟过来了，和阿盖尔太太一起回了家，重新安顿下来。尽管如此，你还是不能把赫斯特排除在外，因为你并不知道她心里是怎么想的。你不知道某一个绝望的时刻会对她产生怎样的影响。不过警察也不会知道的。

事实上，马歇尔先生想，就算警方已经认定了是谁干的，他们也不太可能会有什么举措。这样总的来说还是皆大欢喜。皆大欢喜？想到这个词让他一激灵，果真如此吗？对于整件事情来说，陷入僵局真的是皆大欢喜的结果吗？阿盖尔家的人自己知不知道真相，他并不确定。他决定投否定票，他们不知道。当然，他们之中有一个人很可能对真相了如指掌，需要被排除在外……不，他们不知道，但是他们有所怀疑吗？嗯，就算他们现在还不怀疑，很快也会的，因为如果你不知道，你就会忍不住想弄明白，想要试着回忆起一些事情来……令人不安。是的、是的，一种非常令人不安的状况。

这一通思考并没有占用很长时间。马歇尔先生从他小小的冥想中回过神来，发现米基正用一种嘲讽的眼神盯着他看。

"那么，这就是你的意见，对吗，马歇尔先生？"米基说，"是某个外来者，某个素不相识的闯入者。那个坏蛋杀了人、抢了钱，还逃之夭夭了？"

"看起来，"马歇尔先生说，"好像这是我们不得不接受的事实。"

米基猛地靠回到椅子里，哈哈大笑。

"这就是我们的说法，而且打算不再改口了，是吗？"

"呃，没错，迈克尔，这正是我要建议的。"马歇尔先生的声音里带着显而易见的警告意味。

米基点点头。

"我明白了，"他说，"这是你的建议。是的，没错，我敢担保你说的话相当正确。不过你自己也不相信，对吗？"

马歇尔先生冷冷地看了他一眼。这正是那些不具备谨言慎行这种法律意识的人的问题所在，他们总是执意要把一些不挑明了更好的话说出口来。

"不管怎样,"他说,"这是我的意见。"他斩钉截铁的口气饱含责备意味。

米基环视了一下桌边的众人。

"大家都有什么想法啊?"他泛泛地问道,"蒂娜,亲爱的,你一言不发地低头看着下面,没有什么想法吗?还是说你有什么上不了台面的想法?还有你呢,玛丽?你也没说几句。"

"我当然同意马歇尔先生的话,"玛丽有些严厉地说道,"还能有什么其他的解答吗?"

"菲利普就不同意你的看法。"米基说道。

玛丽猛然转过头去看着她的丈夫。菲利普·达兰特平静地说道:"你最好管住你的嘴,米基。当你身处困境的时候,说得太多可没什么好处。而我们此时此刻就身处困境。"

"这么说,没有人打算发表什么意见了,对吗?"米基说,"好啊,那就这样吧。但我们大家今晚上床睡觉的时候都稍微想一想吧,要知道,这样可能是很明智的。归根结底,可以这么说吧,人都想知道自己的处境。难道你什么都不知道吗,柯尔斯顿?你通常都知道点儿,在我的记忆里,你总是知道正在发生着什么的,但你永远不会说出来——我可是想替你说句好话啊。"

柯尔斯顿·林德斯特伦不卑不亢地说道:"米基,我想你该管好你自己的嘴。马歇尔先生说得没错,言多必失。"

"我们可以投票表决啊,"米基说,"或者找张纸写上名字,然后扔到帽子里。那样会很有意思的,不是吗?来看看谁得的票数最多?"

这一次,柯尔斯顿·林德斯特伦的嗓门大起来了。

"闭嘴吧,"她说,"别再跟你以前一样,像个又愚蠢又鲁莽的小男孩儿,如今你已经长大成人了。"

"我只是说让我们大家都想一想。"米基吃惊地说道。

"我们会想的。"柯尔斯顿·林德斯特伦说。

她的声音里带着愤懑。

第十一章

1

夜幕笼罩了艳阳角。

七个人各自回屋，躲在房间的墙壁之下休息，却没有一个人睡得踏实……

2

自从得了病，并且丧失了身体的活动机能之后，菲利普·达兰特越发觉得思维活动能带来安慰作用有多可贵。他一直都是个非常聪明的人，如今他意识到通过智慧能够给他带来资源和财富。有时候他会借着预测身边的人对于适当的刺激所作出的反应来自娱自乐。他的一言一行常常不是出于自然的流露，而是有意为之，纯粹就是为了观察别人对此的反应。这是他玩的一种游戏，当他得到了预期中的反应时，就会给自己记上一分。

这种消遣带来的结果，或许就是他有生以来第一次发现自己对于人性的差异和现实具有敏锐的洞察力。

以前，人性并非是他很感兴趣的问题。对于围绕在他身边或者遇见的人，他要么喜欢，要么厌恶，有些让他觉得有趣，有些让他觉得无聊。他一直是个实干家，而不是个思考者。他把相当多的想象力用在设计各种赚钱的方案上了。所有这些方案的核心部分都挺完善，但是经营能力的匮乏总是导致它们最终化为泡影。迄今为止，他只是把人本身看作游戏中的棋子。现在，由于疾病剥夺了他以前那种充满活力的生活，迫不得已，他要开始考虑别人都是什么样的人了。

起初是在医院里，他不得不去关注护士们的感情生活、暗地里的矛盾冲突，以及医院生活中斤斤计较的小事——反正他也没有其他事情可忙。而眼下，这正迅速地成为他的习惯。人——如今是生活带给他的全部。就是人。需要去研究、去了解、去概括的人。他要想清楚他们因何做出这样那样的举动，然后去验证他的判断究竟对不对。说真的，这件事可以变得非常有趣……

只不过在这个晚上，坐在书房里的时候，他才意识到其实对于妻子的家庭，他了解得有多么少。他们究竟是怎样的人呢？或者说，除去他已经非常熟悉的外表之外，他们的内心又是怎样的呢？

说来奇怪，你对人的了解其实是多么少啊，哪怕她是你的妻子呢！

他曾经一边沉思一边看着玛丽。可他对玛丽又真正了解多少呢？

他爱上她，是因为喜欢她好看的外表和她冷静沉着、严肃认真的样子。同时，她很有钱，这一点对于他来说也很重要。要是让他娶个一文不名的姑娘，他可就得三思而后行了。一切都是天作之合，他娶了她、逗弄她，管她叫波莉，喜欢看她听不明白他所开的玩笑时一头雾水看着他的样子。但是说真的，他有多了解她呢？有多了解她的想法和感觉呢？当然，他知道她一往情深地深爱着他。而一想到那种挚爱，他的身体就会不安地微微一震。他晃了晃肩膀，仿佛要卸下什么重担似的。如果每天能让他从这样的挚爱中逃离九到十个小时的话，那就太好了。能明白这一点是件好事。不过如今他已经被这种爱层层包围了；被人照看，被人呵护，被人珍视。这让人不由得渴望一点点有益的忽视……实际上，必须得想办法逃避。从精神上，从内心里——因为其他途径都不可能了。你不得不躲到那样的空中楼阁里去。

思索一下。比如说，谁应该对他岳母的死负责？他不喜欢他的岳母，而她也不喜欢他。她那时不想让玛丽嫁给他（她想过让玛丽嫁给谁吗？他表示怀疑。）但她阻止不了。他和玛丽开启了幸福独立的生活，接着就开始出问题了。先是那家南美的公司，随后是自行车配件有限公司——这两家公司的想法是不错的，但在财务方面出现了严重的判断失误——接下来是阿根廷的那场铁路罢工，让一切彻底沦为灾难。纯粹是时乖运蹇，但不知为什么，他就是觉得阿盖尔太太在某种程度上要负一些责任。她并不希望他获得成功。然后他就病倒了。看起来似乎唯一的解决办法就是他们搬到艳阳角去住，那里随时欢迎他们，这一点可以保证。对此他并不特别介意。一个残疾人，只能算是半个人，住在哪儿又有什么要紧的呢？——然而，玛丽觉得有所谓。

好吧，现在不必永远在艳阳角住下去了。阿盖尔太太被人杀害了。受托管理人已经在信托范围内提高了给玛丽的补贴，他们也已经再次自立门户了。

对于阿盖尔太太的死，他一直没觉得特别悲痛。当然了，如果她是因为肺炎之类的病死在自己床上的话，会让人更舒服一些。谋杀这种勾当因其恶名昭彰，以及由它带来的耸人听闻的报纸大标题而让人厌恶。不过，就谋杀本身而言，这一桩还是相当令人满意的——行凶者显然是脑子出了什么问题,这样一来就可以堂而皇之地被冠以一大堆心理学上的名词术语了。不是玛丽的亲兄弟,是那些带着不良遗传因素、经常会步入歧途的"养子"中的一个。不过现在看来事情可不太妙。明天休伊什警司就要过来操着他那温文尔雅的英格兰西南部口音提问题了。或许该想一想如何去回答……

玛丽对着镜子抚弄着她长长的金发。她表露出的那种平静如水的冷漠态度让他感到恼火。

他说:"想好你明天要说的小故事啦,波莉?"

她转过脸来,惊讶地看着他。

"休伊什警司要来了,他会从头到尾再问你一遍十一月九号那天晚上你都干了些什么。"

"哦,我知道。可如今已经过去那么久了,人家几乎都想不起来了。"

"但是他能想起来,波莉。这是关键所在。他能。所有这些,都写在警察那个漂亮的小本本里啦。"

"是吗?他们还保留着那些东西吗?"

"没准儿所有东西都一式三份,保留十年呢!嗯,你的行踪太简单了,波莉。什么也没干嘛。你就跟我待在这个房间里。如果我是你的话,我就不会提到你在七点到七点半之间离开过。"

"但我只是去了趟卫生间啊。毕竟,"玛丽有理有据地说道,"人总是要上卫生间的嘛。"

"当时你可没跟他提过这件事。这个我记得。"

"我猜我是忘了。"

"我想这可能是一种自我保护的本能吧……无论如何,我会支持你的说法的。我们一起待在这儿,从六点半开始玩皮克牌,一直玩到柯尔斯顿大喊大叫起来。这是我们的说法，我们得一口咬定。"

"很好，亲爱的。"她很平静地同意了，似乎漠不关心。

他心想：她就一点想象力都没有吗？难道她预见不到，我们就要身陷危机了吗？

他俯身向前。

"你看，这件事挺有意思的……难道你对于是谁杀了她一点儿都不感兴趣吗？我们都知道——这方面米基说得太对了——凶手就是我们当中的一个。难道你就不想知道是谁吗？"

"不是你也不是我。"玛丽说道。

"这就是你感兴趣的全部吗？波莉，你可真行！"

玛丽的脸微微有些泛红。

"我不明白这有什么好奇怪的啊？"

"是，我能看出来你不明白……好吧，我就跟你不一样。我很好奇。"

"我觉得我们永远都不会知道。我还觉得警察永远都不会知道。"

"或许不会。他们要是展开调查的话，手头的线索肯定少得可怜。而和警方相比，我们的处境可是截然不同的。"

"你这话什么意思，菲利普？"

"呃，我们已经掌握了一些内幕。我们是从内部了解这一小撮人的——对于他们为什么会有这样那样的行为，我们是相当清楚的。不管怎么说，你应该相当了解，你是跟他们一起长大的。我们来听听你的看法吧。你觉得会是谁？"

"我可不知道，菲利普。"

"那就猜一下呗。"

玛丽厉声说道:"我宁可不知道是谁干的。我甚至宁可想都不要想这件事。"

"鸵鸟。"她丈夫说道。

"说实话吧,我不明白猜这个有什么……意义。不知道反而好得多,这样一来我们大家仍然可以像往常一样继续生活下去。"

"哦,不,我们不可能了。"菲利普说,"你错就错在这儿,我的姑娘。情况已经越来越糟糕了。"

"你什么意思?"

"好吧,就拿赫斯特和她那个小伙子——年轻又严肃的唐纳德医生来说吧。小伙子人挺不错的,很认真,总是忧心忡忡。他并不真的认为是她干的——但他也没把握说不是她干的!于是,在他以为她不太留意的时候,他就心急如焚地看着她。但赫斯特其实都看在眼里了。就是这么回事儿!或许真的是她干的呢——你应该比我知道得更清楚。但如果不是她呢,你让她拿那个小伙子怎么办?让她不停地说'求你了,不是我干的'?不过话说回来,无论如何她都会这么说的。"

"说真的,菲利普,我觉得你这都是凭空臆想。"

"这是因为你压根不会想象,波莉。那咱们再说说可怜的老利奥吧。和格温达结婚的钟声正在渐行渐远。那姑娘为这事烦心得要死,难道你没有注意到?"

"我真的不明白,父亲到了这把年纪,再结一次婚到底是想要干什么啊?!"

"他心里可都明白!不过他也明白,哪怕有一丁点和格温达有风流韵事的影子,都会给他们两个人安上最好的谋杀动机。这可真要命!"

"哪怕是想一想父亲谋杀了母亲,都让我觉得简直是天方夜谭！"玛丽说道，"这种事情是不会发生的。"

"不，这种事情是会发生的。去看看报纸吧。"

"不会发生在我们这样的人身上。"

"谋杀这种事可不分人，波莉。还有米基，肯定有什么事正让他苦恼不已呢。他是个性情古怪、愤世嫉俗的年轻人。蒂娜看上去倒是完全置身事外，无忧无虑，也没受什么影响。不过真要说起来的话，她是不是太无动于衷了。还有可怜的老柯尔斯顿……"

玛丽的脸上现出一丝生气。

"这个可能就是问题的答案！"

"柯尔斯顿？"

"是啊。再怎么说她也是个外来人。而且我相信，最近一两年，她害了很厉害的头疼的毛病……看起来她似乎比我们中的任何一个都更有可能干那件事。"

"可怜的家伙啊！"菲利普说，"难道你看不出来，她自己也是这么想的？看不出来大家都一致同意就是她干的吗？纯粹是为了图方便，因为她不是家里人。你今晚没看出来她都要急死了吗？她的处境跟赫斯特一样。她能说什么、做什么啊？跟我们大家说'我没杀害我的朋友兼雇主'？这句话又能有多少分量呢？这件事对她来说，或许比其他任何人都更糟糕……因为她是孤身一人。她会在心里回想她说过的每一句话、瞪你母亲的每一眼，觉得这些都会被人记住，对她不利。她没法证明自己的清白。"

"我希望你冷静下来，菲尔。归根结底，对此我们又能怎么办呢？"

"只能尽快查明真相。"

"但这怎么可能呢?"

"会有办法的。我很想试试。"

玛丽看上去心神不宁。

"有什么办法?"

"哦,说一些话,观察人们作何反应。你能设计出一些话来。"他停顿下来,脑子里在思考,"有些话对于有罪的人来说别具意义,但对于无辜的人来说就无关紧要……"他再度沉默下来,在心里掂量着主意。然后他抬起头来,说道:"你就不想帮助无辜者吗,玛丽?"

"不。"这个字冲口而出。她走到他身边,在他的椅边俯下身子。"我不想让你搅和到这些事情里面来,菲尔。别去说,也别去给人下套。别管它。看在上帝的分上,别管闲事!"

菲利普扬了扬眉毛。

"好……吧。"他说道,同时把一只手放在了那一头柔滑的金发之上。

3

迈克尔·阿盖尔躺在床上,凝视着眼前的黑暗,毫无睡意。

他的思绪就像一只被关在笼子里的松鼠,翻来覆去地想着往事。为什么他就不能把那些全部抛诸脑后呢?为什么他这一辈子都非得要背负着过往前行呢?说到底,这一切又有什么关系呢?他又为什么念念不忘伦敦贫民区那间散发着霉味却又令人愉快的房间,以及"我们家的米基"这个称呼呢?轻松随意、令人兴奋的氛围!街上的乐子!和其他男孩子们拉帮结派、呼朋引伴!他那满头亮金色头发的母亲(如今以成年人的眼光看来,那应该是廉价染发剂的效果），她突然转过身来打骂他时的暴怒（当然，那是杜松子酒闹的！），以及当她心情愉悦时的狂欢。有鱼和炸薯条的可口晚餐，而她放声歌唱——都是些伤感的情歌。有时候他们会去看电影。当然了，总会冒出一些大叔之类的人——他不得不这么称呼他们。他的亲生父亲在他还没来得及记住他之前就离家出走了……不过要是哪天大叔敢动手打他的话，他母亲可是无法容忍的。"别碰我们家米基。"她会这么说。

接踵而至的是战争带来的兴奋。期待着希特勒的轰炸机，陡然而至的空袭警报，呼啸的迫击炮声。躲进地铁隧道去，在里面过夜，多好玩啊！整条街的人都在那儿，拿着三明治和汽水。列车几乎整夜不停。那才叫生活，那才是呢！紧张刺激，让人应接不暇！

然后他就来到了这里——来到了乡下。一个半死不活的地方，什么事都不曾发生过！

"当这一切都过去的时候，亲爱的，你会回来的。"他妈妈这么说过，却随意得仿佛不会成真，她似乎并不介意他的离去。而且，她为什么不跟着一起来呢？那条街上的很多孩子都和他们的妈妈一起撤离了，但他妈妈不想走。她打算到北边（和现在这个大叔，哈里大叔一起！）的军工厂里去干活儿。

他肯定当时就知道了，尽管她道别时是那么满怀深情。她其实并不在意……他想，她在意的也就只有杜松子酒了——杜松子酒和那些大叔……

而他在这里，被俘虏了似的，像个囚徒，吃着无滋无味、陌生的饭菜。令人难以置信的是，在吃完一顿由牛奶和饼干（牛奶和饼干！）组成的愚蠢的晚餐之后，才六点钟他就要上床睡觉。躺下又睡不着，只好哭。他把头埋在毛毯下面，哭着找妈妈，哭着要回家。

就是这个女人！她得到了他，不愿意放他走，说上一大堆无病呻吟的话，总是让他去做一些傻游戏，想要从他这里得到些什么，一些他决意不给的东西。无所谓，他会等。他有耐心！等到有那么一天，一个阳光灿烂的日子，他就会回家去的。回到那些街道上，有那些男孩子们，那些漂亮的红色巴士和地铁，那些炸鱼和薯条，以及往来穿梭的车流和那一带的猫——他的心思充满渴望地徜徉在这一系列让他高兴的事物之中。他必须等待，这场战争不可能永远持续下去。他被困在这个鬼地方，而炸弹正落向整个伦敦地区，半个伦敦都在燃烧——哦！那得是怎样的熊熊烈火啊，房倒屋塌，生灵涂炭。

他的脑海中浮现出一幕幕惨烈的画面。

没关系，战争结束以后他就会回到妈妈身边。看到他长这么大了，她一定会大吃一惊的。

4

黑暗之中，米基·阿盖尔长吁了一口气。

战争结束了，他们打败了希特勒和墨索里尼……有些孩子回去了。时间过得很快……然后她从伦敦回来了，说他将留在艳阳角，成为她的小儿子……

他说："我妈妈在哪儿？被炸弹炸死了吗？"

如果她真的被炸弹炸死了，嗯，那也算不上很糟糕。很多男孩子的妈妈都赶上了。

但阿盖尔太太却说"没有"，她没被炸死。只不过她有一些很艰难的工作要做，没法好好地照顾孩子——反正就是这类话吧。好听，但毫无意义……他妈妈并不爱他，不想让他回去——他不得不待在这儿，永远地待下去……

自那以后，他就开始鬼鬼祟祟地四处窥探，试图偷听到一些谈话，而最终还真的被他听到了，那是阿盖尔太太和她丈夫对话时的只言片语。"真高兴能够摆脱他……完全漠不关心……"还有几句关于一百英镑的。于是他明白了——他母亲为了一百英镑卖了他……

那种羞辱、那种痛苦，他始终无法克服……她买了他！他隐隐约约把她看作是权力的象征，他那微不足道的力量在她面前根本毫无用处。但他会长大，总有一天会变得强壮，变成一个男人。到时候他会杀了她……

一旦下定决心，他就感觉好多了。

后来，他离开家去上学了，情况还不算很糟。但是他痛恨假期，因为她的缘故——她总是安排好一切事情，做好计划，给他各种各样的礼物。她看上去大惑不解，他竟然那么腼腆矜持，不露感情。他讨厌被她亲吻……再后来，他以违抗她为他制订的愚蠢计划为乐。去银行上班！去石油公司！他才不呢，他要自己去找工作。

上大学的那段时间里，他曾试图去找亲生母亲，却发现她已经死了好几年了——死于一场车祸，她和一个男人在一起，那个男人开着车，喝得酩酊大醉……

为什么不忘掉这一切呢？为什么就不能开开心心地好好过日子呢？他也不知道为什么。

而如今呢——如今还会发生些什么？她死了，不是吗？想到她用那区区一百英镑买下了他，想到她可以买到任何东西——房子和汽车，还有孩子，她自己一个孩子都没有。她就是全能的上帝！

　　好吧，她不是。只是用拨火棍在她的脑袋上猛敲了一下，她就变成了一具尸体，和其他尸体没什么两样！（就跟在大北路上发生的那起车祸中的那具金发的尸体一样……）

　　她死了，不是吗？那为什么还要担心呢？

　　他这是怎么了？是不是因为她死了，他就没法再恨她了？

　　所以这就是死亡……

　　没有了恨，他感到不知所措……既失落又害怕。

第十二章

1

柯尔斯顿·林德斯特伦身处一尘不染的卧室里，正把一头泛白的金发编成两个难看的辫子——准备上床睡觉。

她既担心又害怕。

警察不喜欢外国人。她在英国待了太长的时间，连她自己都已经不觉得自己是个外国人了。但警察并不这么认为。

那个卡尔加里博士——他为什么非要来这里，对她做出这样的事情呢？

正义已经得到了伸张。她想起了杰奎——然后她又对自己说，正义已经得到了伸张。

她想起了他，那是因为从他还是个小男孩时起她就认识他了。

总是，没错。杰奎总是在撒谎、骗人！却又那么讨人喜欢、那么令人愉快。别人总是能原谅他，总是会有人试图护着他，让他逃过惩罚。

他撒谎撒得太高明了，可怕之处就在于此。他能把谎撒得让人信以为真，而且是由不得人不相信。邪恶又残忍的杰奎。

卡尔加里博士或许以为他知道自己在说些什么！但卡尔加里

博士错了。实际上那不过是地点和时间上的不在场证明！安排这种事情对杰奎来说就是小菜一碟。没有人像她这样真正地了解杰奎。

假如她告诉他们杰奎其实是个怎样的人，会有人相信吗？而如今——就在明天，又会发生些什么呢？警察会来。而每个人都那么闷闷不乐、疑心重重，彼此面面相觑……不知道该相信什么。

而她呢，那么深深地爱着他们所有人……那么深。她比任何其他人都更了解他们所有的人。比起阿盖尔太太来说更是多得多了。阿盖尔太太被她强烈的母性占有欲蒙蔽了双眼。他们是她的孩子，她便把他们看作她的附属品。不过柯尔斯顿却把他们当作一个个独立的人来看——他们就是他们自己，都有各自的缺点和优点。如果她有自己的孩子的话，她想，或许她也会有那种占有欲。不过她在很大程度上并非是个母性十足的女人，她主要的爱还是会留给她那未曾谋面的丈夫吧。

对她来说，阿盖尔太太这样的女人是很难理解的。痴迷于一大堆不是自己亲生的孩子，却对丈夫视若无物！一个好男人，也是个翩翩君子，没有比他更好的人了。却那样被忽视，被推开。而阿盖尔太太过于沉浸在自己的世界之中，以至于都没有注意到就在她鼻子底下发生的事情。那个秘书——一个漂亮的姑娘，女人味儿十足。好吧，对于利奥来说还不算太晚——还是说现在已经太迟了？眼下，本已尘封的谋杀案又从它的坟墓里抬起头来，那两个人还敢走到一起去吗？

柯尔斯顿快快地叹了口气。会发生什么呢？米基，对他的养母一直怀有深深的、近乎病态的怨恨。赫斯特，缺乏自信又充满野性——不过赫斯特马上就要从那个正派且喜怒不形于色的年轻医生那里找到平静与安宁了。利奥和格温达,他们两个有动机和机会,没错,这一点不得不去面对,他们肯定已经意识到了。蒂娜,那个如猫一般漂亮灵敏的女子。还有那个自私而铁石心肠的玛丽,到她结婚之前,就从没对任何人表露过她的感情。

柯尔斯顿想,她自己也曾经对她的雇主满心钦佩、心怀感情。她记不清楚是从什么时候开始讨厌她、去评判她,并且发现她的不足之处的了。那么自信、乐善好施却专横——活脱脱一个"妈妈什么都最清楚"的化身。可她并不是个真正的母亲!生过孩子的话,或许能让她谦逊几分。

干吗还总想着蕾切尔·阿盖尔呢?蕾切尔·阿盖尔已经死了。

她得想想自己了——以及其他的人。

还有明天可能会发生的事情。

2

玛丽·达兰特倏然惊醒。

她刚才在做梦——梦见她是个孩子,又回到了纽约。

真奇怪啊。她有很多年没再想起过那段日子了。

她居然还能记起来,也真是令人吃惊。那个时候她多大?五岁?六岁?

她梦见她被从酒店带回了那间破败的公寓。阿盖尔夫妇要坐船回英国去,压根儿没打算带上她。有那么一小会儿,她觉得怒火中烧,然后她意识到,这只不过是个梦而已。

多么美妙啊。被带上汽车,坐着电梯来到酒店的十八层。宽大的套房,漂亮的浴室,发现这个世界上竟然还有这些东西——如果你有钱的话!如果她能待在这儿,如果她能拥有这一切——

永远拥有……

实际上完全没有什么困难，只需要表现出一些爱；但这对她来说从来都不是一件简单的事，因为她天生就不是一个会表达感情的人，不过她还是想方设法做到了。这样一来，她就确保了自己的生活！富有的父母，衣服、汽车、轮船、飞机、伺候她的仆人、昂贵的洋娃娃和玩具。童话成真了……

可惜的是还有其他孩子在那儿。当然，这是战争的缘故——还是说无论如何都会是那样？那种贪得无厌、永不满足的母爱！真的有些反常。太不理性了。

她一直对她的养母怀有一丝鄙视。看看她挑中的那些孩子们，都透着愚蠢，全都来自社会底层！有像杰奎那样有犯罪倾向的；像赫斯特那样情绪不稳定的；像米基那样野蛮不开化的；还有蒂娜，一个混血儿！难怪他们全都那么不成器。而她其实并不会因为他们的叛逆而责备他们。她也叛逆过。她记得她遇见菲利普，那个风度翩翩的年轻飞行员的时候，她母亲并不同意。"这么着急就结婚吗，等到战争结束以后吧。"但她不想等。她的决心和她母亲的一样坚定，而父亲是支持她的。他们结婚了，在那之后没多久战争也结束了。

她想要菲利普完全属于她，从而摆脱母亲的阴影。但打败她的是命运，而不是母亲。先是菲利普赚钱的计划泡汤了，接着就是那可怕的打击——会导致瘫痪的脊髓灰质炎。菲利普刚刚能出院他们就来到了艳阳角。看起来事情已经无可挽回了，他们不得不在这儿安家。菲利普自己似乎也觉得这是不可避免的。他已经花光了所有的钱，而她能从信托基金中得到的补贴也不是很多。她曾经想多要一点儿，但得到的答复是，或许暂时住在艳阳角比较明智一些。然而她想要菲利普属于她，完完全全属于她，她不想让他成为蕾切尔·阿盖尔的最后一个"孩子"。她也并不想要一个自己的孩子——她只想要菲利普。

不过菲利普本人似乎对去艳阳角这件事还挺赞同的。

"这样对你来说会更轻松一些。"他说,"而且那儿总是人来人往的,能让你分分心。再说了,我一直觉得你父亲特别好相处。"

为什么他就不能像她只想和他在一起那样,也只想着和她在一起呢?为什么他会渴望着其他人——她父亲,还有赫斯特来作伴呢?

玛丽觉得心头拂过一阵徒劳的怒气。跟以前一样,她母亲还是想干什么就干什么。

不过她已经不能为所欲为了……她死了。

而如今,这一切又要被重新翻出来。为什么,哦,为什么啊?

菲利普又为什么非要操心这件事呢?问问题,试图找出答案,非要把自己跟这件和他八竿子打不着的事情搅和在一起?

下个套……

下个什么样的套呢?

3

利奥·阿盖尔眼看着淡薄的晨曦缓缓填满整个房间。

他把所有的事情都仔仔细细地考虑过了。

对他来说,一切一目了然——他很清楚他们,他和格温达,要面对的是什么。

他躺在那儿,用休伊什警司大概会选取的角度来审视整件事情。蕾切尔进来,告诉他们关于杰奎的事——他如何放肆以及他发出的威胁。格温达很识趣地去了隔壁房间，随后他试着去安慰蕾切尔，告诉她说她态度坚决是完全正确的，过去帮助杰奎其实什么好处也没有——不管好赖，他必须得接受他所面临的处境。而她走的时候心里已经舒坦多了。

接着格温达回到了屋里，把要寄出去的信收拾起来，并问还有什么是她可以做的。她的口气听上去像是藏着很多要表达的东西。他向她表示了感谢，说没有什么需要做的了。她道了晚安之后就离开了房间。穿过走廊、下了楼梯，路过蕾切尔的房间，就这样走出了屋子，却没被一个人看见……

他继续独自坐在书房里，没人能证明他是否曾经离开过书房，下楼去了蕾切尔的房间。

就是这样——两个人都有机会。

还有动机，因为那个时候他已经爱上格温达了，而且她也爱他。没有人能够证明他们两个人究竟是有罪还是无辜。

4

四分之一英里以外，格温达欲哭无泪地躺在那里，夜不能寐。

她双手紧握，想着她究竟有多恨蕾切尔·阿盖尔。

此刻，在黑暗之中，蕾切尔·阿盖尔说："你以为我一死你就可以拥有我丈夫了，但你没戏——你没戏。你永远都得不到我的丈夫。"

5

赫斯特在做梦。她梦见她和唐纳德·克雷格在一起，却是在一个无底深渊的边缘。他突然离她而去。她害怕得大叫起来，接着她看见亚瑟·卡尔加里站在无底深渊的另一边，双手伸向了她。

她嗔怪地冲他大喊。

"你为什么要这样对我？"

而他回答道："我可是来帮你的啊……"

她醒了。

6

蒂娜静静地躺在狭小客房的床上，呼吸舒缓而均匀，只是怎么都睡不着。

她想起了阿盖尔太太，既没有感激，也没有怨恨——只有爱。因为有了阿盖尔太太她才有的吃、有的喝，有温暖、有玩具，还有舒适和安逸。她爱阿盖尔太太。她死了让她很难过……

但事情没有那么简单。

原来说凶手是杰奎的时候还没什么要紧的……

可现在呢？

第十三章

休伊什警司彬彬有礼地环顾了一下所有人。他说话的口气很令人信服,还带着一些歉意。

"我知道这肯定让你们大家都很痛苦,"他说,"不得不重温全过程。不过说真的,在这件事情上我们没有选择。我想你们都看见那则声明了吧?所有的早报上都登了。"

"一项特赦令。"利奥说。

"这种措辞总是很刺激人的。"休伊什说,"说起来有点落伍了,就像很多法律术语一样。但它的意思是很清楚的。"

"那意味着你们犯了个错误。"利奥说。

"是的,"休伊什承认得干脆利落,"我们犯了个错误。"片刻之后他又补充道,"当然,是因为之前没有卡尔加里博士的证词——这也是在所难免的啊。"

利奥冷冷地说道:"你逮捕我儿子的时候他就告诉你说那天晚上他搭了便车。"

"哦,是啊,他告诉我们了,我们也尽了最大的努力去核实——但确实没找到任何能够证明他的叙述的证据。我明白,阿盖尔先生,这件事的前前后后肯定让你极其痛苦。我不是在找借口,也不是想道歉。我们警察必须要做的就是收集证据,证据最终会呈递给检察官,由他来决定要不要立案。在当时的情况下,他决定立案。如果有可能的话,我想请你们先尽可能地把痛苦抛开,只要再回顾一下事件和时间就可以了。"

"现在说这些还有什么用啊?"赫斯特陡然高声说道,"不管是谁干的,也都跑到千里之外去了,你们永远都找不着。"

休伊什警司转过头来看着她。

"或许是这样……或许不是。"他委婉地说道,"你要是知道我们抓到了多少我们想抓的人,会大吃一惊的——有时候还是在很多年之后呢。耐心使然啊——耐心加上永不罢休的劲头。"

赫斯特把头转了过去,格温达打了个激灵,仿佛有一阵冷风从她身边吹过似的。她丰富的想象力让她感受到了这平静话语背后暗藏着的威胁意味。

"现在,如果你们愿意的话……"休伊什说,他满含期待地看着利奥,"我们就从你开始吧,阿盖尔先生。"

"你究竟想要知道什么呢?你们肯定有我最初的证词吧?现在我很可能已经说不了那么准确了,确切的时间是很容易被忘记的。"

"哦,这个我们明白。不过也常常会有一些小事被想出来,一些当时被忽视了的事。"

"俗话不是说,"菲利普说道,"多年之后再回首,更有可能让人恰如其分地看待事情吗?"

"是有这种可能,没错。"休伊什扭过脸来,饶有兴趣地看着菲利普说道。

聪明的家伙,他心想,我怀疑关于这件案子他是不是已经有了自己的想法……

"那现在,阿盖尔先生,你就给我们大致回顾一下事情发生的经过吧。你们那天喝下午茶了?"

"是的。跟平时一样，五点钟的时候下午茶会在餐厅里准备好。除了达兰特夫妇之外，我们大家都在那儿。达兰特太太把她自己和丈夫的茶点拿上楼，到他们的起居室里享用去了。"

"当时的我比现在更像个残废。"菲利普说，"我那会儿刚刚出院。"

"明白了。"休伊什重新转向利奥，"你们大家……是……？"

"我太太和我本人，我女儿赫斯特，以及沃恩小姐和林德斯特伦小姐。"

"然后呢？用你自己的话来告诉我。"

"用完下午茶以后，我和沃恩小姐回到了这里。我当时正在修订一本关于中世纪经济学的书，在弄其中的一章。我太太去了她的起居室兼办公室，就在一楼。你也知道，她是个大忙人。她那时正在审阅关于新建一个儿童游乐场的计划，她打算呈交给这里的地方议会。"

"你听见你儿子杰克回来了吗？"

"没有。更确切地说，我不知道那是他。我听见了，我们两个人都听见前门的门铃响了。但我们不知道那是谁。"

"你认为是谁呢，阿盖尔先生？"

利奥看上去有点儿被逗乐了。

"那时候我整个人还在十五世纪呢，不在二十世纪。我根本没走脑子。有可能是任何人或者任何东西。我太太、林德斯特伦小姐、赫斯特，可能还有一个每天来帮忙做家务的人，都在楼下。"利奥直截了当地说，"没有人指望我去开门。"

"那之后呢？"

"什么事都没发生。直到过了好久，我太太进来了。"

"过了有多久？"

利奥眉头紧蹙。

"眼下我真的没办法确切地告诉你了。那个时候我肯定跟你说过我估计的时间。有半个小时……不，更久，或许四十五分钟吧。"

"我们是在五点半刚过的时候喝完了下午茶。"格温达说，"我觉得阿盖尔太太大约是在差二十分钟七点的时候进书房的。"

"她说什么了？"

利奥叹了口气，有点儿反感地开口了。

"这些事情我们已经说过很多次了。她说杰奎刚才和她在一起，他遇到麻烦了，他的态度很粗暴，恶语相向，张嘴就要钱，还说除非马上拿到钱，否则他就得去坐牢了。我太太说她明确地拒绝了他，说一分钱都不会给他。但她有点儿担心这么做到底是对还是不对。"

"阿盖尔先生，我可以问你个问题吗？这小伙子开口要钱的时候，你太太为什么没有叫你呢？为什么她只是在事后告诉你呢？这件事在您看来不奇怪吗？"

"不，没什么奇怪的。"

"在我看来那样做才是最自然的啊。你们俩之间没有什么……不和吧？"

"哦，没有。只不过我太太她习惯于单独去处理所有实际的决策问题。她常常事前跟我商量，听听我的想法，也会把她的决定拿来跟我讨论。在这件事上，她和我一起非常严肃地谈过杰奎的问题——到底怎么做才最好。我们俩在管教那孩子这方面一直特别失败。她好多次掏出很大一笔钱去保护他，料理他的行为造成的后果。我们决定，再有下一次的话，那最好让杰奎去吃些苦头，接受点教训。"

"尽管如此,她还是有点心烦意乱?"

"是的,她是有点烦心。假如他没那么粗暴,没说什么威胁的话,她或许就心软再帮他一次了,不过他的态度让她下定了决心。"

"那个时候杰奎已经离开家了吗?"

"哦,是的。"

"这个是你自己知道的,还是阿盖尔太太告诉你的?"

"她告诉我的。她说他骂骂咧咧地走了,还扬言说会回来,说到时候她最好已经替他把现金准备好了。"

"那你——这个很重要——当你想到这孩子还会再回来的时候,有没有吓一跳?"

"当然没有。我们已经习惯了,我只会把杰奎的这种行为看作是虚张声势。"

"你脑子里就从来没想过他会回来,并且袭击她吗?"

"没想过。我之前就是这么告诉你的。你们说他是凶手的时候,我都惊呆了。"

"似乎你是完全正确的。"休伊什轻声说道,"袭击她的不是他。阿盖尔太太离开你那会儿……确切来说是什么时候?"

"这个我记得。我们事后经常说起来。就在七点之前……大概差七分钟的样子。"

休伊什转向格温达·沃恩。

"你能确认吗?"

"能。"

"谈话的内容也如阿盖尔先生刚才所说的那样?你没有什么要补充的了?他没忘记什么吗?"

"我没听全。阿盖尔太太告诉我们杰奎的要求之后,我就想我最好还是回避一下,以免有我在场他们会觉得尴尬,没法自由自在地说话。我去了那里面……"她指了指书房后面的那扇门,"那是我平时打字的小房间。听到阿盖尔太太离开以后我就回来了。"

"而那个时候是差七分钟七点?"

"反正是七点差五分之前,没错。"

"在那之后呢,沃恩小姐?"

"我问阿盖尔先生还想不想继续工作,但他说思路已经被打断了。我问他还有什么我能做的,他说没有了。于是我收拾好我的东西,就走了。"

"什么时候?"

"七点五分。"

"你下楼从前门走的?"

"是的。"

"阿盖尔太太的起居室正好在前门的左手边?"

"是的。"

"房门开着吗?"

"门没关……开了大概一英尺吧。"

"你没走进去,跟她道个晚安?"

"没有。"

"你通常都不这么做吗?"

"不。打断她手头正在做的事情,只为了说声晚安,这挺傻的。"

"假如你进去了……你可能就会发现她倒在那里,已经死了。"

格温达耸了耸肩。

141

"我猜是吧……不过我想象着……我是说我们那时候都想象着，她是后来被杀死的。杰奎不可能……"

她停了下来。

"你还是在以是杰奎杀了她为前提想问题。不过情况已经不是这样的了。所以说，她也有可能当时就在那儿，死了，对吧？"

"我想……没错。"

"你离开这栋房子后就直接回家了？"

"是的。进门的时候我的女房东还跟我说话了呢。"

"确实。那你在路上也没有遇见任何人？就在房子附近。"

"我想没有遇见……没有。"格温达皱起了眉头，"我现在真的记不起来了……那天很黑，又冷，那还是个死胡同。我觉得我一路上没有碰到任何人，一路到了瑞德莱恩。家附近倒是有一些人。"

"也没有汽车跟你擦身而过？"

格温达看上去吓了一跳。

"哦，有的，我记得有一辆车。我穿着裙子，它溅了我一身泥。到家之后我不得不把那些泥点子洗掉。"

"什么样的车？"

"我不记得了。我当时没注意。它正好在那条路的路口从我身边开过去，可能是去任何一栋房子的。"

休伊什又转回到利奥这边。

"你说你在你太太离开房间之后过了一会儿听到了门铃响？"

"呃……我觉得我听到了。不过我不那么确定。"

"那时候是几点？"

"我不知道。我没看时间。"

"你不觉得那可能是你儿子杰奎又回来了吗?"

"我不这么觉得。我又……开始工作了。"

"还有一点,阿盖尔先生,你知道你儿子结婚了吗?"

"完全不知道。"

"他母亲也不知道?你不觉得她有可能知道,但没有告诉你吗?"

"我非常确信,她对这件事情一无所知。她要是知道的话会立刻跑来跟我说的。而第二天他妻子出现在这里的时候我真的大吃一惊。林德斯特伦小姐到这个房间里来说:'有个年轻女子在楼下,这姑娘说她是杰奎的妻子。这不可能是真的。'那时我几乎无法相信。她看起来心乱如麻,不是吗,柯尔斯顿?"

"我根本无法相信。"柯尔斯顿说,"我让她说了两遍,然后就上楼找阿盖尔先生去了。简直令人难以置信。"

"我知道你对她很客气。"休伊什对利奥说道。

"我做了我能做的。她后来再婚了,我非常高兴。她的新丈夫看起来是个挺正派挺稳重的家伙。"

休伊什点点头。接着他转向了赫斯特。

"现在,阿盖尔小姐,你再告诉我一遍那天喝完下午茶之后你都干了些什么吧。"

"我现在想不起来了。"赫斯特面带愠色地说道,"我怎么可能记得?都过去两年了。我干了什么都是有可能的。"

"我想你去帮林德斯特伦小姐清洗茶具了。"

"完全正确。"柯尔斯顿说道,"然后呢?"她又补充道,"你上楼回你的卧室了,你还记得吧?后来你出去了。你要去德赖茅斯剧场看一场戏,《等待戈多》。"

赫斯特看上去依然闷闷不乐,不愿意配合。

"这些你都已经写下来了，"她对休伊什说，"干吗还要再问？"

"因为你永远都不会知道什么信息可能有用。那么，阿盖尔小姐，你又是几点钟离开家的呢？"

"七点钟……左右吧。"

"你听到你母亲和你弟弟杰克之间的争吵了吗？"

"没有，我什么都没听见。我在楼上。"

"但你在离开家之前看见阿盖尔太太了？"

"对。我想要些钱。我身上正好没钱，而我又想起来我的汽车快没油了。我得在去德赖茅斯的路上加油。所以我出门之前去了母亲的房间，找她要点钱。也就几英镑——我就要了这点。"

"她给你钱了？"

"柯尔斯顿给我了。"

休伊什看上去稍微有些意外。

"我不记得在最初的证词里面有这个。"

"好吧，事情是这样的。"赫斯特针锋相对地说道，"我进了屋，问她能不能给我点钱，柯尔斯顿在门厅里听见了，就大声说她那儿有一些，可以给我，她自己也正要出去。然后母亲就说：'好，从柯尔斯顿那儿拿吧。'"

"我当时正拿着几本关于插花的书，打算去一趟妇女协会呢。"柯尔斯顿说，"我知道阿盖尔太太很忙，不想被打扰。"

赫斯特像受了委屈似的说道："是谁给我的钱又有什么关系呢？你想知道我最后一次看见我母亲活着是什么时候？就是那个时候。她坐在书桌前，盯着那一大堆计划。我说我想要点现金，然后柯尔斯顿大声说她可以给我。我从她那儿拿了钱，接着又回到我母亲的房间，跟她道了晚安。她说她希望我喜欢那出戏，并且让我开车小心。她总是那么说。然后我就走出房子去了车库,把车开了出来。"

"那林德斯特伦小姐呢?"

"哦,她一把钱给我就走了。"

柯尔斯顿·林德斯特伦马上接口道:"我正好走到门外那条路尽头的时候,赫斯特开着车超过了我。她肯定是跟在我后面出发的。她往山上开,去了大路的方向,而我往左拐,去村子里。"

赫斯特张了张嘴,仿佛要说话,接着很快闭上了。

休伊什有点纳闷。柯尔斯顿·林德斯特伦是努力想要证明赫斯特没有作案时间吗?有没有可能赫斯特并没有安安静静地和阿盖尔太太说晚安,而是大吵了一架呢——一场争执,然后赫斯特把她打倒在地?

他稳稳地转向柯尔斯顿,说道:"那么林德斯特伦小姐,我们来听你说说你都记得些什么吧。"

她很紧张,双手不自在地扭在一起。

"我们喝完下午茶,马上收拾利落了。赫斯特帮了我的忙,接着她就上楼去了。然后杰奎就来了。"

"你听见他来了?"

"是我让他进来的。他说他把钥匙弄丢了,一进来就直奔他母亲的房间。进屋后他立马说'我遇到麻烦了,你得帮我摆脱困境'。别的我就没听到了。我回到厨房里,准备晚饭,还有好多事呢。"

"你听见他离开了吗?"

"嗯,听见了。他在那儿大喊大叫的。我从厨房里出来,看到他就站在前厅那儿——非常生气,喊着说他还会回来的,让他母亲最好把钱给他准备好。'要不然的话!'这就是他的原话,

'要不然的话!'这是一种威胁。"

"然后呢?"

"他出去的时候摔上了门。阿盖尔太太从屋里出来,到了门厅。她面色很苍白,一脸难过的样子。她跟我说:'你听见了?'我说:'他有麻烦了?'她点点头。接着就上楼去书房找阿盖尔先生去了。我把晚饭的桌子摆好,然后上楼去换上外出的衣服。妇女协会第二天要举办一个插花比赛,我们答应过要给他们一些插花方面的书。"

"你带着这些书去了协会。那你是什么时候回来的?"

"肯定是在七点半之后。我用我自己的钥匙开门进来的,立刻就去了阿盖尔太太的房间——向她转达他们的感谢,还有一张便条——她在书桌前,头伏在双手上,旁边是那根拨火棍,扔在地上。书桌的抽屉被拉出来了。进贼了,我想。她受到了袭击。而让我说中了。现在你们知道我是正确的了!就是个贼,是从外头进来的!"

"还是阿盖尔太太放进来的?"

"为什么不会呢?"柯尔斯顿带着点挑衅意味说道,"她人很好——总是太好心了。而且她不害怕——不怕人也不怕事。再说了,她又不是一个人在家啊,还有别人在呢——她丈夫、格温达和玛丽。她只要大声叫唤就可以啦。"

"但她没有大声叫。"休伊什提醒道。

"是没叫。因为不管那人是谁,肯定给她讲了些听起来特别可信的故事。她很会倾听。于是,她又坐回到书桌前——或许是要找她的支票簿。她毫无戒心,所以他才有机会抄起拨火棍来打了她。或许他甚至根本没想过要杀了她,只想把她打晕,找到钱和珠宝,然后走人。"

"他并没怎么翻箱倒柜地找,只是翻出来了几个抽屉而已。"

"也许他听见了屋子里的动静,或者他有点慌了,或者也可能,他发现自己杀了人,于是仓皇逃走了。"

她倾身向前,眼神中既有害怕,又有恳求。

"肯定就是这么回事儿……肯定是!"

她的坚持让休伊什觉得很有意思。她是在为自己担心吗?也有可能是她杀了雇主,然后把抽屉拽出来,给人留下一种逼真的有盗贼光顾的印象。死亡时间被圈定在七点到七点半之间,医学证据没办法更精确了。

"看起来似乎一定是这样的了。"休伊什很愉快地表示了同意。能看出她轻轻地松了一口气,向后靠去,坐直了身子。休伊什转向了达兰特夫妇。

"你们两个人,有谁听见什么了吗?"

"什么都没听见。"

"我拿了个托盘、端着茶点上楼回了我们的房间。"玛丽说道,"那个房间和屋子里的其他房间是隔开的。我们一直待在那儿,直到听见有人大叫。是柯尔斯顿,她刚刚发现母亲死了。"

"在那之前你们都没有离开过房间吗?"

"没有。"她清澈的目光与丈夫的眼神相遇,"我们那时正玩牌呢。"

菲利普不知道自己为什么觉得有些心神不宁,波莉正在按照他告诉她的方法去说。或许是因为她的态度举止太完美了吧,沉着冷静,不慌不忙,使得她的话听起来完全令人信服。

波莉,亲爱的,你真是个了不起的骗子!他心中暗想。

"而我呢,警司,"菲利普嘴上说,"那时候是、现在依然还是,没办法到处走来走去的。"

"不过你已经好多了，不是吗，达兰特先生？"警司爽朗地说道，"总有一天，我们会让你重新站起来走路的。"

"那可任重道远了。"

休伊什又转向家里的另外两名成员，他们一直一言不发地坐在那里。米基的胳膊交抱在胸前，脸上微带讥笑。小巧玲珑的蒂娜则向后靠在椅子里，看看这个，又看看那个。

"我知道，你们两个人当时都不在这栋房子里。"休伊什说，"不过或许你们可以帮助我恢复一下记忆，告诉我你们那天晚上都在干什么？"

"你的记忆真的需要恢复吗？"米基言语中的讥讽意味愈发明显了，"我可以说说我自己。我那天在外面试车呢，离合器出了毛病，我试了好长一段路。从德赖茅斯到明钦山，沿着摩尔路经伊普斯利回去。只可惜汽车不会说话，没法作证。"

蒂娜终于转过头来。她直勾勾地盯着米基，脸上依然毫无表情。

"那你呢，阿盖尔小姐？你是在雷德敏的图书馆工作吧？"

"是的。图书馆五点半关门，我去商业街买了点东西，然后就回家了。我有一间公寓——不过是个小屋子——在莫尔库姆大厦里。我自己做了晚饭，打开留声机播放唱片，度过了一个平静的夜晚。"

"你没出去过？"

稍微停顿了一下之后，她说："没有，我没出门。"

"你确定吗，阿盖尔小姐？"

"是的，我确定。"

"你有辆车，不是吗？"

"是的。"

"她有一辆泡泡车①。"米基说道,"泡泡车,泡泡车,一天到晚麻烦多。"

"我是有辆泡泡车,没错。"蒂娜镇静又严肃地说道。

"你把它停在哪儿?"

"就在街上。我没有车库。公寓附近有条小巷,路边停的都是车。"

"那你……没有什么有所帮助的事情告诉我们了?"

休伊什自己也搞不清楚为何还要这样坚持。

"我觉得我没有什么可以告诉你的了。"

米基迅速地瞥了她一眼。

休伊什叹了口气。

"我恐怕也帮不上你多大的忙,警司。"利奥说道。

"这可难说,阿盖尔先生。我猜你已经意识到整个案子中最奇怪的一件事情了吧?"

"我?我不太确定我懂你的意思。"

"钱的问题。"休伊什说,"那笔阿盖尔太太从银行取回来的钱,里面有一张五英镑的钞票,背面写着'博特尔贝里太太,班戈路17号'。这桩案子里一项很强有力的证据就是,杰克·阿盖尔被捕的时候,在他身上找到了这张五英镑。他发誓说这是他从阿盖尔太太那里拿来的,而阿盖尔太太明确地告诉了你和沃恩小姐,她没给杰奎一分钱——那他是怎么拿到那五英镑的呢?他不可能回到这里来——卡尔加里博士的证词让这个问题板上钉钉——所以他肯定是在离开的时候就已经拿到这笔钱了。谁把钱给了他?是你吗?"

---

①泛指一种体积很小的微型汽车,在战后二十世纪五十年代的欧洲一度兴起,大多由德国制造,多为三个轮子,因其顶篷圆滚,外观类似气泡,故而得名泡泡车。

休伊什径直转向柯尔斯顿·林德斯特伦,她的脸气得通红。

"我?不,当然不是。我怎么可能给他?"

"阿盖尔太太把从银行取回来的钱放在哪儿了?"

"她通常都放在书桌的抽屉里。"柯尔斯顿说。

"上锁吗?"

柯尔斯顿思索了一下。

"多半在她上床睡觉以前会把抽屉锁上吧。"

休伊什看着赫斯特。

"你从抽屉里拿钱给你弟弟了吗?"

"我连他来这儿了都不知道。而且我又怎么可能在母亲不知道的情况下把钱拿出来?"

"在你母亲上楼去书房和你父亲商量的时候,你可以很轻松地把钱拿到手啊。"休伊什提醒道。

他不知道她会不会识破并且避开这个陷阱。

结果她一头栽了进去。

"可那时候杰奎已经走了啊。我——"她惊慌失措地住了口。

"我看你的确知道你弟弟是什么时候离开的。"休伊什说。

赫斯特立即激动地说道:"我……我……现在知道了,但我那时候不知道。我告诉过你了,我在楼上,在我自己的房间里,我根本什么都没听到。而且不管怎么说,我是不会给杰奎一分钱的。"

"我也来告诉你。"柯尔斯顿说道,她的脸依旧气得通红,"就算我给了杰奎钱,那也是我自己的钱!我才不会去偷钱呢!"

"我相信你不会的。"休伊什说,"但你们也看到了,这一证据会带领我们得出什么结论。阿盖尔太太她——不管她是怎么告诉你的,"他看着利奥说,"肯定亲自给了他那笔钱。"

"我真没法相信。为什么她这么做了却不告诉我呢？"

"她可不是第一个对待儿子比她自己愿意承认的还要心软的母亲。"

"你错了，休伊什，我太太她从来都不会逃避任何事。"

"我想这一次，她确实允许自己逃避了。"格温达·沃恩说，"实际上她肯定这么做了……正如警司所说的，这是唯一的答案。"

"毕竟，"休伊什轻声说道，"我们现在必须从一个不一样的角度来看待整件事情了。逮捕杰克·阿盖尔的时候我们认为他在撒谎，但如今我们发现他所说的搭了便车的事是实情，那么想来他在钱的问题上说的也应该是实话。他说是他母亲把钱给了他，所以很可能的确是她给的。"

屋子里一片沉默——一阵令人不安的沉默。

休伊什站起身来。"好了，谢谢你们。恐怕时至今日，各种记忆都已经淡了——不过这也难说。"

利奥把警司送到门口，回来的时候叹了口气，说道："好了，暂时算是过去了。"

"永远过去吧。"柯尔斯顿说，"他们搞不清楚的。"

"那样对我们有什么好处？"赫斯特叫道。

"亲爱的，"父亲向她走去，"冷静一下，孩子。别那么紧张，时间会治愈一切的。"

"有些事情不会。我们该怎么办？哦，我们该怎么办啊？"

"赫斯特，跟我来。"柯尔斯顿把一只手搭在她的肩上。

"我谁也不想要。"赫斯特跑出了房间。片刻之后，他们就听到前门发出砰的一声。

柯尔斯顿说："这些事啊！这样对她不好。"

"我也觉得这么说不对。"菲利普·达兰特若有所思地说道。

"哪句话不对?"格温达问道。

"说我们永远都搞不清真相……我倒有一种预感……"

他那张像农牧神一样近乎恶作剧的脸上浮现出一丝怪异的笑容。

"拜托了,菲利普,说话要多加小心。"蒂娜说。

他惊讶地看着她。

"小蒂娜,关于这一切你又知道些什么呢?"

"我倒希望我知道。"蒂娜明白无误地说道,"可我什么都不知道。"

第十四章

1

"我猜你没问出什么来吧?"警察局长说道。

"没什么确定的结果,长官。"休伊什说,"可是……时间也不能说全浪费了。"

"愿闻其详。"

"嗯,主要的时间和前提还是一样的。七点以前,阿盖尔太太还活着,跟她丈夫以及格温达·沃恩说过话,后来赫斯特·阿盖尔在楼下看见过她。这三个人是不会串通一气的。杰奎·阿盖尔的问题现在已经厘清了,这也就意味着,她可能在七点五分到七点半之间的任何时候被她丈夫杀害,有可能是在七点五分的时候被正打算离开的格温达·沃恩杀害,也有可能是在那之前被赫斯特杀害,还有可能是被柯尔斯顿·林德斯特伦在她后来回来的时候杀害的——时间恰好在七点半之前。达兰特的腿脚不灵便给了他一个不在场证明,但他太太的不在场证明可就全指望他的说辞了。假如她真想,而她丈夫又打算在背后支持她的话,她就也有可能在七点到七点半之间,下楼去把她母亲给杀了。尽管我看不出来她为什么要这么做。实际上,就我所知,只有两个人有实实在在的犯罪动机,那就是利奥·阿盖尔和格温达·沃恩。"

"你觉得是他们中的一个干的,或者是他们俩一起?"

"我觉得他们没有合谋。在我看来,这是一起冲动犯罪,并非蓄谋已久。阿盖尔太太进了书房,告诉他们俩杰奎找她要钱并且威胁她的事情。假定后来利奥·阿盖尔下楼去跟她谈杰奎或者其他什么事情。房子里很安静,周围没有人。他走进她的起居室。她在屋里,背对着他坐在书桌前。而那根拨火棍就在那儿,或许依然在杰奎拿着它威胁完她之后把它扔下的地方。那种平时寡言少语、压抑内敛的男人有时真的会突然爆发。他用手绢裹住手以便不留下指纹,然后抄起拨火棍,照着她的脑袋打下去就大功告成了。接着他拽出一两个抽屉,造成一种有人在找钱的假象。然后再回到楼上,直到有人发现尸体。或者假定是格温达·沃恩在出门前往屋里看了一眼,一种冲动突然涌上心头。杰奎将成为一个完美的替罪羊,而她和利奥·阿盖尔的婚姻之路也会从此铺就。"

芬尼少校若有所思地点点头。

"对,有可能。而且他们理所当然会小心翼翼,不立刻宣布订婚的消息,一直等到杰奎那个可怜的小鬼被判谋杀罪,才算木已成舟。没错,这样似乎足够合理了。犯罪这种勾当都是千篇一律的。丈夫和第三者,要么就是妻子和第三者——总是老一套。可是我们又能干点儿什么呢,休伊什,嗯?我们能做什么?"

"长官,我也看不出来,"休伊什慢吞吞地说道,"我们能做些什么。我们或许很有把握……可是证据在哪儿呢?没有能在法庭上站得住脚的证据啊。"

"是啊……是啊。不过你有把握吧,休伊什?你自己心里很确信?"

"还达不到我想要的那种确信。"休伊什警司垂头丧气地说道。

"啊！为什么达不到？"

"因为他这个人——我是指阿盖尔先生……"

"不是那种会去谋杀别人的人？"

"主要不是这个，不在于杀人这一块。而在于那个孩子，我不认为他会有意陷害那个孩子。"

"别忘了，他不是他的亲生儿子。他可能没那么喜欢孩子——甚至有可能对他心怀不满，不满他太太倾注在他身上的那些爱。"

"有可能是这样的。但他似乎是喜欢所有孩子的，他看上去很喜欢他们。"

"当然，"芬尼一边思索一边说道，"他知道那孩子不会被绞死……那可能就另当别论了。"

"啊，长官，或许您说得有道理。他可能觉得无期徒刑大概也就意味着坐上十年牢，估计对那孩子也不会造成什么伤害。"

"那个年轻的女人，格温达·沃恩呢？"

"如果是她干的，"休伊什说，"我猜她对杰奎不会有一丝内疚。女人是无情的。"

"至少，凶手就在那两个人中间，你很满意这个结论，对吧？"

"没错，相当满意。"

"没什么别的了？"警察局长穷追不舍。

"没了。有一些事情正在发生，您或许会称之为暗流涌动。"

"把话说清楚，休伊什。"

"其实我想要了解的是，他们是怎么想的，关于彼此。"

"哦，我懂了，我明白你的意思了。你想要知道他们知不知道是谁干的？"

"是的。我还拿不定主意,他们都知道吗?还有,他们是一致同意要保密的吗?我不这么认为。我觉得他们有可能是各怀鬼胎。那个瑞典女人——她紧张极了,如坐针毡,或许因为是她干的。她这个年龄的女人,正好处在可能发点这样那样的疯癫的阶段,她也许在为自己或者其他什么人担惊受怕。也可能我说得不对,但我有这种感觉,她是为了其他什么人。"

"利奥?"

"不是,我觉得利奥不是让她感到心烦意乱的原因。我认为是为了年轻的那个——赫斯特。"

"赫斯特,嗯?有没有可能就是赫斯特干的呢?"

"表面上看没有动机。但她是那种感情炽烈,或许情绪还稍稍有点儿不稳定的人。"

"而林德斯特伦对这姑娘的了解没准远远超过我们。"

"是的。还有那个在县图书馆工作的黑黑的小个子。"

"她那天晚上不在那栋房子里,对吗?"

"不在,但我觉得她知道些什么。没准儿知道是谁干的呢。"

"是猜测,还是说确实知情?"

"她很焦虑。我认为不仅仅是猜测。"

他继续说道:"还有另一个小伙子呢。米基。他也不在场,不过他开着车在外面,没人跟他在一起。他说他当时正在试车,一直开到荒郊野外的明钦山去了。关于这件事,我们只有他的一面之词。他也有可能把车开回来,走进家门,杀了她之后再把车开走。格温达·沃恩说了些她原先证词中没提过的事情。她说有辆车和她擦身而过,就在那栋房子所在的那条路的入口处。那条路上有十四栋房子,车子有可能是去其中的任何一栋,事情过去两年了,没人还记得。但这也意味着一种可能性,即那辆车是米基开着的。"

"他为什么要杀害养母呢?"

"我们现在还不知道原因,但应该是有原因的。"

"谁会知道呢?"

"他们都知道。"休伊什说,"不过他们不会告诉我们。换句话说,一旦他们意识到说漏嘴了,就不会再说下去了。"

"我明白你的鬼主意了。"芬尼少校说,"你打算从谁身上下手呢?"

"我想,就林德斯特伦吧,假如我能够瓦解她的防线的话。我还希望挖出她本人跟阿盖尔太太之间有没有什么龃龉呢。还有那个瘫痪了的家伙,"他补充道,"菲利普·达兰特。"

"他又怎么了?"

"呃,我觉得他对于这整件事情开始有一些想法了。我猜他是不会想要把那些想法跟我说的,不过我没准儿能够揣摩出一点儿他的心思。他是个精明的家伙,要我说还是个很会观察的人。他或许已经注意到一两件挺有意思的事情了。"

2

"出来吧,蒂娜,咱们去透透气。"

"透透气?"蒂娜一脸疑惑地望着米基,"可天太冷了啊,米基。"她微微打了个冷战。

"我觉得你是讨厌新鲜空气,蒂娜。这也是为什么你能够忍受整天被禁锢在那个图书馆里的原因。"

蒂娜莞尔一笑。

"冬天的时候我可不介意被禁锢起来,图书馆里又舒服又暖和。"

米基看着她。

"而你就坐在那儿,蜷成一团,跟一只在炉火前舒适惬意的小猫咪一样。不过尽管如此,出去走走还是会对你有好处的。来吧,蒂娜,我想跟你说会儿话。我想要……哦,喘口气,把警察这档子该死的事忘掉。"

蒂娜从她的椅子里慵懒而优雅地站起身来,样子恰似米基刚刚把她比喻成的小猫。

在门厅里,她用一件毛皮领子的呢子大衣把自己裹好,然后他们一起走了出去。

"你连件外套都不打算穿吗,米基?"

"不穿。我从来都不觉得冷。"

"哦,"蒂娜温婉地说道,"我是有多讨厌这个国家的冬天啊。我想到国外去。我想去个总是阳光明媚、气候温暖、空气湿润的地方。"

"刚好有人给我提供了一个去波斯湾工作的机会。"米基说,"是一家石油公司。职责是照管汽车运输方面的事情。"

"你要去吗?"

"不,我觉得我不会去的……有什么好处啊?"

他们绕到了房子后面,沿着一条蜿蜒的林间小径往下走去,这条小径最终通往下面的河滩,途中有一座小凉亭可以用来避风。他们没有立即坐下,而是站在凉亭前,遥望河面。

"这里很美,不是吗?"米基说。

蒂娜漠然地看着眼前的景色。

"是啊,"她说,"没错,或许是吧。"

"但你其实并没有意识到,对吗?"米基含情脉脉地看着她,说道,"你并没有意识到这里的美景,蒂娜,你从来都没有过。"

"我不记得了。"蒂娜说,"不记得在我们住在这里的那些年里,你曾经欣赏过这里的景色。你总是那么焦躁不安,一心向往着回伦敦去。"

"那是另一码事,"米基不耐烦地说,"我不属于这里。"

"这就是问题所在,不是吗?"蒂娜说,"你不属于任何地方。"

"我不属于任何地方,"米基有些茫然地说道,"也许真相就是这样。我的老天爷,蒂娜,想想多吓人啊。你还记得那首老歌吗?我记得柯尔斯顿经常给我们唱,是关于一只鸽子的。哦,美丽的鸽子啊,哦,温柔的鸽子,哦,挺着雪白雪白胸膛的鸽子啊。你还记得吗?"

蒂娜摇了摇头。

"没准儿她是唱给你听的,只是——不,我也记不得了。"

米基继续半哼半唱地继续说道:"哦,最亲爱的姑娘啊,我不在这里。我无家可归,无处可去,无论大海还是岸边,都没有我的栖身之地,我只住在你心底。"他看着蒂娜,"我猜这可能是真的。"

蒂娜把一只小手放在了他的胳膊上。

"来,米基,坐这儿吧。这里背风,没那么冷。"

他顺从地坐下,她则继续说道:"你非得老是这么不高兴吗?"

"我亲爱的小姑娘,你连最起码的事情还没弄明白呢。"

"我懂的多了去了。"蒂娜说,"米基,你为什么就不能忘了她呢?"

"忘了她?你是在说谁?"

"你母亲啊。"蒂娜说。

"忘了她!"米基恶狠狠地说道,"在经过了今天早上,被问了那些问题之后,还有多大的可能去忘掉啊!如果有人被谋杀了,他们是不会让你'忘了她'的!"

"我不是这个意思,"蒂娜说,"我指的是你的亲生母亲。"

"我为什么还要想起她?自我六岁以后就再也没见过她了。"

"可是米基,你确实想着她。一直都是。"

"我这么跟你说过吗?"

"有时候这种事情别人是能看出来的。"蒂娜说。

米基转过脸来看着她。

"蒂娜,你真是个安静又温柔的小东西,就像一只小黑猫。我好想顺着你的毛皮轻轻地抚摸你啊。好猫咪咪!漂亮的小猫咪!"他的手轻抚着她大衣的袖子。

蒂娜纹丝不动地坐在那里,面带微笑地看着他。米基说:"你并不恨她,对吧,蒂娜?我们其余的人都恨。"

"那样做不对。"蒂娜说,冲他摇了摇头,随后打起精神来,继续说道,"看看她都给了你、给了你们所有人什么?一个家、温暖、体贴、好吃的食物、好玩的玩具,还有人照顾你,保护你的安全——"

"是是,"米基不耐烦地说道,"一碟子一碟子的奶油,还总有人摸着你的毛哄你。这就是你想要的全部,对不对,小猫咪?"

"我对此心存感激,"蒂娜说,"而你们谁都没有。"

"蒂娜,你难道不理解,当一个人应该感激的时候反倒不能表现出感激吗?从某些方面来说,如果感激变成了一种义务,那样会更糟糕。我不想被带到这儿来,我不想要如此奢华的环境,我不想被人从自己的家里带走。"

"你有可能会被炸弹炸死，"蒂娜提醒道，"你很可能会被炸死。"

"那又怎么样？我又不在乎被炸死。我就该死在我自己的地盘上，有亲戚朋友在身边，那是属于我的地方。你瞧，我早就这么说过了，我们现在又回到这个话题上来了。没有什么事情比没有归属感更糟糕的了。但是你呢，小猫咪，你只关心物质上的东西。"

"从某种程度上来说，你的话或许是对的。"蒂娜说，"也许这就是我和你们其他人的感受不一样的原因吧。我感受不到你们大家似乎都感受到了的那种奇怪的怨恨和不满——特别是你，米基。你知道，我是很容易产生感恩之心的，因为我并不想成为我自己。我不想待在我原来待的地方，我想要逃避自我，想要变成另外一个人。而她把我变成了另外一个人。她让我成了有家有爱的克里斯蒂娜·阿盖尔。心里踏实，有安全感。我爱母亲，因为她给了我所有这些东西。"

"那你的亲生母亲呢？你就从来没有想过她吗？"

"我为什么要想？我几乎都不记得她了。别忘了，我来这里的时候才三岁。和她在一起的时候我总是那么害怕，总是感到恐惧。她跟那些水手吵翻了天，她自己呢——如今我岁数足够大了，也能回忆得更准确一些了，我猜她大多数时间里都是醉醺醺的。"蒂娜以一种超然冷漠、带着些疑惑的口吻说道，"不，我不会想起她的，也不会记得她。阿盖尔太太是我母亲，这里是我家。"

"这对你来说太轻而易举了，蒂娜。"米基说。

"对你来说怎么就那么难呢？这都是你自己造成的！你恨的

人不是阿盖尔太太,米基,你恨的是你亲妈。没错,我知道我所说的是实情。而假如是你杀了阿盖尔太太的话,因为有可能是你干的啊,那么你想要杀的人其实是你的亲生母亲。"

"蒂娜!你到底在说些什么啊?"

"现如今,"蒂娜继续平静地说道,"你再也没人可恨了,而这让你觉得特别孤独,不是吗?但你得学会不要带着仇恨去生活,米基。这也许很难,却是能做到的。"

"我不明白你在说些什么。你说我有可能杀了她是什么意思啊?那天我根本就不在这附近,这一点你知道得太清楚了。我当时在给一个客户试车呢,我开到摩尔路上去了,在明钦山那边。"

"是吗?"蒂娜说。

她站起身来,往前走了几步,一直来到可以俯瞰下方河面的观景台。

"你说这些是什么意思啊,蒂娜?"米基跟在她身后。

蒂娜指着下面的河滩。

"下面那两个人是谁?"

米基草草地瞟了一眼。

"赫斯特和她那个医生朋友吧,我想。"他说,"蒂娜,你究竟是什么意思啊?看在上帝的分上,你可别站错队了。"

"怎么?你想把我推下去吗?可以啊。你也知道,我块头很小的。"

米基声音嘶哑地说道:"你凭什么说我那天晚上可能在这里?"

蒂娜没有回答。她转过身去,沿着小径往屋子的方向走去。

"蒂娜!"

蒂娜用她柔和的嗓音轻声说道:"我挺发愁的,米基。我很为赫斯特和唐·克雷格发愁。"

"别去管赫斯特和她男朋友了。"

"但我的确很在意他们啊。我怕赫斯特会不高兴。"

"我们刚才不是在谈论他们。"

"我是在谈论他们。要知道,他们很重要。"

"蒂娜,你是不是自始至终都认为母亲被杀的那天晚上我就在这儿?"

蒂娜没有回答。

"你当时可什么都没说。"

"我为什么要说啊?没那个必要吧。我的意思是,是杰奎杀了她,这在当时太显而易见了。"

"而现在看来,杰奎并没有杀她,这一点同样显而易见。"

蒂娜再次点了点头。

"所以呢?"米基问道,"所以怎么样?"

她没有回答他,只是继续沿着小径一路向上,朝着房子走去。

3

在观景台下面的河滩上,赫斯特用鞋尖蹭着沙子。

"我不明白,这还有什么好谈的。"她说。

"你非得说说这件事不可。"唐·克雷格说。

"我不明白为什么……光是谈谈,向来都没什么用。谈了也不会让事情变得更好。"

"你至少可以告诉我今天早上都发生了些什么。"

"什么也没发生。"赫斯特说。

"你什么意思?什么也没发生?警察来过了,不是吗?"

"哦，对，他们来过了。"

"好，那么，他们问你们大家问题了吗？"

"没错，"赫斯特说，"他们问了。"

"什么样的问题？"

"全是通常的那些，"赫斯特说，"其实就和以前问的一样。问我们在什么地方，问我们在干什么，以及最后看见母亲还活着是在什么时候。说真的，唐，我不想再谈论这个了，这件事已经过去了。"

"不，这件事还没完呢，亲爱的。问题的关键就在这儿啊。"

"我不明白你为什么要这么大惊小怪的。"赫斯特说，"你又没搅和到这件事情里面来。"

"亲爱的，我想要帮助你啊，你不明白吗？"

"好吧，光是说说可帮不了我。我只想把它忘掉。如果你能帮我把它忘了，那就是另一回事儿了。"

"赫斯特，亲爱的，逃避问题是没有用的，你必须直面现实。"

"我一直都在直面现实，就像你说的那样，整个上午都是。"

"赫斯特，我爱你。这你是知道的，不是吗？"

"我想是吧……"赫斯特说。

"这话什么意思啊，你想是吧？"

"你就喜欢揪住这些没完没了的。"

"但我不得不这样啊。"

"我搞不懂为什么，你又不是警察。"

"谁是最后一个看见你母亲活着的人？"

"是我。"赫斯特说。

"我知道，那会儿正好快七点，对不对，就在你准备出来见我之前。"

"就在我准备出门去德赖茅斯——去剧场之前。"赫斯特说。

"嗯,我当时就在剧场,不是吗?"

"对,你当然在。"

"你那个时候就知道了,对吗,赫斯特,知道我爱你?"

"我还不太确定,"赫斯特说,"我那时候甚至都不确定我有没有爱上你。"

"你没有理由、没有任何理由杀死你母亲,对吗?"

"没有,没什么真正的理由。"赫斯特说。

"你说没什么真正的理由,是什么意思?"

"我常常想着杀了她。"赫斯特以一种就事论事的语气说道,"我常常说'我希望她死掉,我希望她死掉'。有时候,"她补充道,"我还梦见我杀了她。"

"你在梦里是用什么方法杀了她的?"

有那么一会儿,唐·克雷格的身份仿佛不再是个情人,而成了一个对这件事情感兴趣的年轻医生。

"有时候我会冲她开枪,"赫斯特满不在乎地说道,"有时候我会猛击她的脑袋。"

克雷格医生咕哝了一声。

"那只是梦。"赫斯特说,"在梦里我经常特别粗暴。"

"听我说,赫斯特。"年轻人一把抓住了她的手,"你必须告诉我实情,你必须信任我。"

"我不明白你是什么意思。"赫斯特说。

"事实真相,赫斯特。我要听实话。我爱你,我会站在你这边。如果……如果是你杀了她,那我……我想我能找出原因所在。我不会认为错全在你。你能理解吗?当然了,我绝不会去告诉警察的。这件事只有你知我知，没有其他人会因此受到折磨。整件事会因为缺少证据而逐渐平息下去，但是我得知道真相。"他着重强调了最后两个字。

赫斯特看着他。她的眼睛张得很大，眼神近乎茫然。

"你想让我跟你说什么啊？"她说。

"我想让你告诉我事实真相。"

"你觉得你已经知道事实真相了，对不对？你觉得……是我杀了她。"

"赫斯特，亲爱的，别那样看着我。"他抓着她的肩膀，轻轻地摇晃着她，"我是个医生，我了解这种事情背后的原因。我知道有时人们无法为自己的行为承担责任。我知道你是个什么样的人，温柔可爱，从根本上来说是好的。我会帮助你，我会照顾你，我们会结婚，然后过上幸福的生活。你再也不用感到失落，感到自己多余，再也不用受人欺压。我们所做的事情经常出于大多数人无法理解的原因。"

"这倒很像我们大家对杰奎的看法，不是吗？"赫斯特说。

"别再管杰奎了。我现在想的是你。我爱你爱得那么深，赫斯特，但我得知道真相。"

"真相？"赫斯特说。

她的嘴角缓缓上扬，浮现出一丝嘲讽的笑容。

"求你了，亲爱的。"

赫斯特转过头，向上面看去。

"格温达在叫我呢，肯定是到吃午饭的时间了。"

"赫斯特！"

"如果我告诉你我没有杀她，你会相信吗？"

"我当然会！我相信你。"

"我觉得你不会的。"赫斯特说。

她猛然转过身背对着他,开始沿着小径向上跑去。他刚想要跟上她,随即又放弃了。

"哦,见鬼。"唐纳德·克雷格说,"哦,真他妈见鬼!"

第十五章

"可我现在还不想回家呢。"菲利普·达兰特说，他的语气中带有一种哀怨的躁怒。

"但是菲利普，说真的，已经没什么必要再在这儿待下去了。我是说，为了讨论事情，我们不得已过来见了马歇尔先生，又等着警察来讯问。不过现在已经没有什么能够阻拦我们马上回家去了。"

"我觉得我们要是能再待上一阵子，你父亲会很高兴的。"菲利普说，"他喜欢晚上有人陪他下下棋。要我说，他在下棋方面还真是个奇才呢。我觉得我下得就算不赖了，但我从来都没赢过他。"

"父亲可以找其他人陪他一起下棋。"玛丽没好气地说。

"什么？从妇女协会招呼个人过来吗？"

"而且再怎么说，我们也该回家了。"玛丽说，"明天是卡登太太擦那些铜器的日子。"

"波莉，你真是个没得挑的家庭主妇！"菲利普哈哈大笑着说道，"话说回来，那个姓什么的太太没有你也能擦铜器吧。要是她擦不了的话，就给她发个电报，告诉她让那些个铜器再脏上一个星期就是了。"

"家里这些日常用品方面的事你不懂，菲利普，你不知道那有多难弄。"

"我还真没看出来哪个难弄,除非是你把它们变难了。不管怎么说,我要留在这儿。"

"哦,菲利普。"玛丽恼怒地说道,"我真的很讨厌待在这儿。"

"为什么啊?"

"这里太阴郁了,太让人压抑了,而且……而且所有那些事都是在这儿发生的。谋杀,还有一切的一切。"

"哦,得了吧,波莉,可别告诉我你对这些玩意儿紧张得不得了。我敢担保,你就算听见谋杀都会面不改色心不跳。不,你想回家是因为你想打理那些铜器、打扫一下屋子、确认没有蛾子飞到你的毛皮大衣里面……"

"冬天蛾子才不会飞到毛皮大衣里面去呢。"玛丽说。

"好吧,你明白我的意思,波莉。大体就是这种想法吧。但是你知道,从我的观点来看,待在这儿要有意思得多啊。"

"比在我们自己家还要有意思吗?"玛丽的声音听起来既震惊又痛苦。

菲利普迅速地瞟了她一眼。

"对不起,亲爱的,是我表达得不太好。没有哪儿会比咱们自己家更美好,而你又把咱们家操持得实在太漂亮了。舒适,整洁,迷人。你知道,假如……假如我能像我以前那样,情况就会大不相同了。我是说,我每天都有一大堆事情要做,我会在各种方案计划里忙得不可开交。那样的话,回到你身边,回到我们自己家里,给你讲讲白天发生的所有事情,真是再好也不过的了。但你明白,现在不一样了。"

"哦,我知道在哪方面是不一样了。"玛丽说,"别以为我把那些都忘了，菲尔。我真的很在意，我在意得不得了。"

"是啊。"菲利普的话差不多是从牙缝里挤出来的，"没错，你就是太在意了，玛丽。你那么在意，有时候搞得我更在意。我想要的只是消遣一下，分散一下注意力，而且——不，"他抬起他的手来，"别跟我说想要消遣的话可以玩玩拼图，还有所有那些做职业治疗用的小玩意儿，要么就是找人来给我做康复，或者没完没了地看书。有时候我太想全力以赴地去做点什么事情了！而在这儿，在这栋房子里，就有些事情可以让我全情投入。"

"菲利普，"玛丽不禁屏住了呼吸，"你不会还在念念不忘……你那个想法吧？"

"抓凶手的游戏？"菲利普说，"谋杀，谋杀，凶手是谁呢？没错，波莉，你差不多说中了。我太想知道究竟是谁干的了。"

"可是为什么啊？而且你又怎么能知道呢？如果是某个人破门而入，或者发现门是开着的……"

"还在喋喋不休外人进来行凶的说法啊？"菲利普说，"你也知道，这个不靠谱。老马歇尔看起来挺若无其事的，但其实他只是在帮我们留脸面呢。没人相信那个听起来漂亮的说法，因为那压根儿就不是真的。"

"那你肯定也明白，如果那不是真的，"玛丽打断了他的话头，"如果不是真的，如果如你所言，是我们当中的一个人所为的话——我也不想知道是谁。为什么要知道啊？难道……难道不是不知道要好得多吗？"

菲利普·达兰特抬起头，目光探询地看着她。

"这是要逃避现实吗，啊，波莉？你天生就没有好奇心吗？"

"我告诉你了，我不想知道！我觉得这一切太可怕了。我想忘掉这件事，不愿意再想了。"

"难道你对你母亲的关心都不足以让你想知道是谁杀了她吗?"

"知道是谁杀了她又有什么用啊?这两年我们一直相当确信是杰奎杀了她。"

"是啊,"菲利普说道,"我们全都确信这件事,还真是挺有意思的。"

他妻子一脸疑惑地看着他。

"我不太……我是真的不太明白你这话是什么意思,菲利普?"

"难道你还不明白吗,波莉?从某种程度上来说,这对我是一种挑战。你不明白这是对我智力的挑战吗?我并不是说对于你母亲的死,我感到多么深切的同情,或者说我有多喜欢她。我没有。她想尽了一切办法阻止你嫁给我,但在这件事上,我一点都不记恨她,因为我还是成功地把你娶到了手。难道不是吗,我的姑娘?不,不是出于复仇的愿望,甚至也不是出于什么正义感。我觉得这是……没错,主要是出于好奇心,或许对此还有更好的解释。"

"这种事情你就不该掺和进去,"玛丽说,"你掺和到这里面来什么好处也没有。哦,菲利普,求你了,求你别管这事了。我们回家去吧,把这一切都忘掉。"

"好啊,"菲利普说,"你大可以想把我推到哪儿去就推到哪儿去,不是吗?不过我想要待在这儿。你不是有时候也想让我做我自己想做的事吗?"

"我想让你在这个世界上要什么有什么。"玛丽说。

"你不是真的这么想,亲爱的。你只想像照顾怀里抱着的孩子那样照顾我,弄清楚什么对我来说是最好的,绞尽脑汁,每天如此。"他哈哈大笑起来。

玛丽不明就里地看着他,说道:"我从来都不知道你哪句话是认真的,哪句话不是。"

"抛开好奇心来说,"菲利普·达兰特说道,"你要知道,也该有人去找出真相。"

"为什么啊?那能有什么好处?再送个人去坐牢?我觉得这种想法真够可怕的。"

"你还没明白。"菲利普说,"我可没说无论凶手是谁——如果我能发现是谁的话——我都要去向警方检举揭发这个人。我认为我不会的。当然了,这也得视情况而定。或许就算我把他交给警察,也没什么用,因为我觉得不可能有什么真凭实据了。"

"如果没有什么真凭实据,"玛丽说,"你又打算怎么去挖出点儿东西来呢?"

菲利普说:"哦,想要摸清楚情况,想要彻底地了解他们,有很多种方法。而你要知道,我认为这么做已经势在必行了。这栋房子里发生的事情看起来不妙,而且很快就会变得更糟。"

"你这话是什么意思?"

"你还没注意到吗,波莉?你父亲和格温达·沃恩的事?"

"他们怎么了?我父亲到了这把年纪为什么还想再结婚——"

"这件事我能理解,"菲利普说,"归根结底,是因为他在婚姻里遭遇了不公。如今他有机会得到真正的幸福了。你愿意的话,可以管它叫暮年的幸福,反正他已经得到这个机会了。或者我们也可以说他曾经拥有过,但现在他们好像处得不太好。"

"我想,是所有这些事情……"玛丽含糊其辞地说道。

"一针见血,"菲利普说,"是所有这些事情。这些事让他们日渐疏远。而造成这种情况有两个可能的原因。猜疑,或是负罪感。"

"猜疑谁?"

"呃,彼此猜疑吧。要么就是一方猜疑,而另一方有负罪感,或者反过来也一样,随你怎么想。"

"别啊,菲利普,你把我说糊涂了。"突然之间,玛丽的举止中微微显出了一丝活力,"这么说,你觉得是格温达干的?"她说,"或许你是对的。哦,要真是格温达的话,那可要谢天谢地了。"

"可怜的格温达。你这么说,就因为她不是家里人?"

"是啊,"玛丽说,"我是说那样就不会是我们当中的一个了。"

"这就是你的所有感受了,对吗?"菲利普说,"这件事会对我们有什么影响?"

"当然。"玛丽说。

"当然、当然。"菲利普有几分恼火地说道,"波莉,你的问题就在于你没有任何想象力。你不会站在别人的角度上去考虑问题。"

"为什么要这样啊?"玛丽问道。

"是啊,为什么要这样呢?"菲利普说,"我想,要是说实话的话,我会说那是为了打发时间。但我能设身处地地替你父亲,或者替格温达去考虑,如果他们确实是无辜的,那肯定是种折磨。对格温达来说,突如其来地被疏远得有多难受啊。在内心深处,她知道她终究是不可能和她所爱的男人结婚了。然后,你可以再站在你父亲的立场上去想想。他很清楚,他没法不知道,他爱着的这个女人有机会实施谋杀,同样她也有动机。他希望不是她干的,也认为不是她干的,但他不确定。而且他永远都无法确定。"

"在他这个年纪……"玛丽开口说道。

"哦,在他这个年纪,在他这个年纪……"菲利普不耐烦地说,"难道你意识不到,对于他这个年纪的男人来说这样更糟糕吗?这是他这一辈子最后的爱情,不会再有了。这份爱用情至深。而从另一个角度来看,"他继续说道,"利奥一直设法生活在他那个独立封闭的世界中,假如他从那片迷雾和阴影中走出来了呢,假如就是他把他妻子打倒在地了呢?人们几乎都会为这个可怜的家伙感到惋惜,不是吗?倒不是说,"他沉思着补充道,"我真的想象过他会干出这样的事情来。不过我毫不怀疑警方肯定会这么想。好啦,波莉,听听你的意见吧。你觉得是谁干的呢?"

"我怎么可能知道啊?"玛丽说。

"好吧,或许你不知道,"菲利普说,"但你可能有很好的想法——假如你想想的话。"

"我告诉过你了,我根本就不会去想这种事情。"

"我不明白为什么……仅仅因为不喜欢吗?还是说……也许……因为你真的知道?也许在你那沉着冷静的头脑中已经十分确定……确定到你不愿意再去想,不愿意告诉我的地步了?你心里想的是不是赫斯特?"

"赫斯特究竟凭什么想杀了母亲啊?"

"没什么真正的理由,对吗?"菲利普若有所思地说,"但你要知道,你会读到这样的事情。一个儿子或者女儿,从小就被悉心照顾、宠爱有加,然后有一天,发生了某件愚蠢的小事。溺爱的父母拒绝为一场电影或者一双新鞋买单,或者要求你跟男朋友出去的话必须在十点钟之前回来——很可能根本就不是什么大不了的事。但就像点燃了一根早已埋下的导火索,我们说起的这个年轻人突然之间头脑一热,抄起一把锤子或者一把斧子,也可能是一根拨火棍什么的,事情就是这样。通常都难以解释,但就是发生了。那是一系列长期压抑的叛逆到达了顶峰。一种很符合赫斯特情况的模式。你瞧,对于赫斯特来说,麻烦就在于没人知道她那个挺可爱的脑瓜儿里究竟在想些什么。当然了,她挺软弱的,同时她又很厌恶自己的软弱。而你母亲恰恰是那种能够让她意识到自己的软弱的人。没错。"菲利普兴致勃勃地俯身向前,说道,"我觉得我能给赫斯特找出一个特别好的理由自圆其说。"

"哦,你能别再说这个了吗!"玛丽叫道。

"哦,我不说啦。"菲利普说,"光是说说什么用也没有。还是说……真能有点儿用处?归根结底,你必须先在脑子里判定谋杀可能是以什么模式进行的,再把这种模式套用到每个与之有关的人身上。然后当你最终确认是哪种方式的时候,你就可以布下小小的陷阱,看看他们会不会一不留神掉进去了。"

"那时这幢房子里只有四个人,"玛丽说,"你这么一说好像有六七个似的。我同意你的看法,不可能是父亲干的,要说赫斯特有任何理由去做这种事情,听起来也很荒唐。那就剩下柯尔斯顿和格温达了。"

"你更倾向于哪一个?"菲利普问道,语气中隐约带着一点嘲讽。

"我真的没法想象柯尔斯顿做了这种事。"玛丽说道,"她一直那么有耐心,脾气那么好,对母亲真是一片忠心。但她也有可能突然变得很古怪。我确实听说过这样的事情,不过她看上去一点也不古怪。"

"确实。"菲利普边思索边说道,"要我说,柯尔斯顿是个特别正常的女人,是那种喜欢过正常生活的女人。从某种程度上来说,她跟格温达有点儿类似,只不过格温达长得好看,妩媚动人,而可怜的老柯尔斯顿相貌平平,就像块葡萄干圆面包似的。我猜任何男人都不会想看她第二眼。但她想让他们多看她几眼。她也想要恋爱结婚。作为一个女人,如果你的相貌天生乏善可陈,毫无吸引力,尤其是再没有任何特殊的才能或者良好的头脑来弥补的话,那肯定非常惨。事实是,她在这里待得太久了。她本该在战争结束以后就离开的,继续做她擅长的女按摩师,没准儿就能钓上哪个有钱的老头儿呢。"

"你跟所有的男人一样,"玛丽说,"你觉得女人除了结婚,就不想别的了。"

菲利普咧开嘴笑了。

"我依然认为这是所有女人的首选。"他说,"顺便问一句,蒂娜有男朋友了吗?"

"就我所知,还没有。"玛丽说,"不过她不怎么谈她自己的事情。"

"是啊,她就像一只安安静静的小耗子似的,不是吗?说不上很漂亮,但气质非常优雅。我不清楚她对于这件事情知道些什么?"

"我觉得她什么都不知道。"玛丽说。

"你觉得她不知道?"菲利普说,"我觉得她知道。"

"哦,那都是你的想象。"玛丽说。

"这不是我想象出来的。你知道那姑娘是怎么说的吗?她说她希望自己什么都不知道。这么说多奇怪啊。我打赌她的确知道些什么。"

"知道什么啊?"

"或许有些什么事情,在某些地方和这件事有关,但她还没有意识到这种关联在哪里。我希望能从她那里得到答案。"

"菲利普！"

"没用的，波莉。我的人生已经有了一项使命，我已经说服了自己，要认真地去做这件事情，因为这太符合大众利益了。现在，我应该从哪儿着手呢？我觉得我得先从柯尔斯顿开始。从很多方面来说她都是个头脑简单的老实人。"

"我希望……哦，我多希望，"玛丽说道，"你能放弃所有这些疯狂的念头回家去啊。我们那么幸福，事事顺心……"她转过身去的时候说话的声音都变了。

"波莉！"菲利普很关切地叫道，"你真的那么在意吗？我真没意识到你的心情那么不好。"

玛丽转回身来，眼神中流露出希望。

"那你愿意回家，把这些事情都忘掉吗？"

"我没法把它们都忘掉。"菲利普说，"我只会继续操心、继续困惑、继续思考。无论如何，玛丽，我们在这里待到周末吧，到那时候，嗯，我们再看。"

第十六章

"要是我再待几天,您会介意吗,爸爸?"米基问道。

"不,当然不会了。我挺高兴的。你们公司那边没问题吧?"

"没问题。"米基说道,"我给他们打过电话了,这个周末之前都不需要我回去。他们在这件事上还挺通融。蒂娜也会在这儿过完周末。"米基说。

说完他来到窗边,向外看了看,接着双手插在兜里穿过房间,抬起头来凝望着书架,然后冷不丁以一种局促的声音开口说话了。

"知道吗,爸爸,我真的很感激您为我所做的一切。最近我刚刚意识到……呃,意识到我一直以来是多么的忘恩负义。"

"从来都不存在什么感激不感激的问题。"利奥·阿盖尔说,"你是我儿子,米基。我一直都是这么看待你的。"

"您对待儿子的方法挺奇特的,"米基说,"从来没对我发号施令。"

利奥·阿盖尔微微一笑,是他特有的那种疏离而淡然的微笑。

"你真的觉得那是作为父亲唯一的作用吗?"他说,"对他的孩子们发号施令?"

"不,"米基说,"没有,我觉得不是的。"他急急忙忙地继续说下去,"我一直是个他妈的白痴!没错,一个他妈的白痴。从某种程度上来说还真是可笑啊。您知道我想要干什么，知道我正打算做什么吗？我想去远在波斯湾的一家石油公司谋个职位，而那正是母亲一开始想要安排我去干的事啊——去一家石油公司。但我那会儿说什么都不接受！非要甩开她自己来。"

"你那会儿正好在那个年纪。"利奥说，"你想要自己的路自己选，痛恨别人替你做出的任何选择。你向来都是那个样子，米基。假如我们想给你件红毛衣，你就会坚持要件蓝的，但其实你一直想要的可能就是件红的。"

"是这么回事儿。"米基笑了一声，说道，"我一向是个对什么都横挑鼻子竖挑眼的家伙。"

"还是年轻啊。"利奥说，"就是要为所欲为，害怕被套上缰绳，害怕被装上鞍子，害怕受制于人。每个人在这一生中都会有一段时间有这种感觉，不过最终，我们还是不得不面对。"

"对啊，我想是这样的。"米基说。

"我很高兴，你对将来有了打算。"利奥说，"你知道吗，我觉得仅仅当个汽车销售员或者给人做做演示什么的，对你来说不够好。说起来虽然还不错，但终究不会有什么大出息。"

"我喜欢汽车，"米基说，"我喜欢发挥出它们的最佳性能。如果非要说的话，我也能说出一套一套来。各种行话、套话、溜须拍马屁的话，不过我不喜欢这样的生活，去他妈的吧。再怎么说，这是个跟车辆运输有关的工作，能控制汽车的检修保养。是相当重要的呢。"

"你要知道，"利奥说，"任何时候你都有可能需要一些钱，去买进你认为值得的产业什么的。钱就在那儿，随时可以用。你也知道自由裁量信托的事吧，我都做好准备了，只要交易的细节能通过并且被接受，需要的钱我都可以批准。在这个问题上我们会听取专家的意见。但钱就在那儿，已经为你准备好了，只要你需要。"

"谢谢，爸爸，但我不想靠您来养着我。"

"这不是养着你的问题，米基，那就是你的钱啊。肯定会转交给你的，跟对其他几个孩子一样。我只有财产指定权，决定什么时候给你和怎么给你。但那不是我的钱，不算是我给你的。那是你的。"

"其实那是妈妈的钱。"米基说。

"信托基金在几年前就设立了。"利奥说。

"我一分钱都不想要！"米基说，"我不想碰它！我不能！照现在的情况来看，我不能。"和父亲的目光相遇时，他的脸一下子涨得通红。他迟疑不决地说道："我不……我不是有意这样说的。"

"你为什么不能碰那些钱？"利奥说，"我们收养了你。也就是说，我们要为你承担全部的责任，包括经济上的，还有其他方面，这是一种职责。你会像我们的亲生儿子一样被抚养长大，并且这一生都会得到妥善的照顾。"

"我想要自食其力。"米基重复道。

"是啊。我明白你确实想……那好吧，嗯，米基。不过如果你改主意了，别忘了钱就在那儿等着你呢。"

"谢谢您，爸爸。您能理解真是太好了。或者说哪怕不理解，至少能让我按照自己的想法去做。我希望我能够解释得更好些。您知道，我并不想因此而受益——我不能因此而受益——哦，真他妈该死，想说清楚这个太难了。"

这时响起了敲门声，就像有什么东西撞在了门上一样。

"我猜是菲利普。"利奥·阿盖尔说，"米基，你能替他把门打开吗?"

米基走过去开了门,菲利普操控着他的轮椅进了房间。他愉快地咧嘴一笑,跟他们两个人打了招呼。

"你很忙吗,先生?"他问利奥,"如果很忙就直说。我会保持安静不打扰你的,我只是来随便看看书架上的书。"

"不忙,"利奥说,"我今天没什么事情要干。"

"格温达不在?"菲利普问道。

"她打过电话来说她头疼,今天来不了了。"利奥说,声音显得波澜不惊。

"我明白了。"菲利普说。

米基说道:"好啦,我该去找找蒂娜了,让她出去散会儿步。那姑娘痛恨新鲜空气。"

他迈着轻快而有活力的步伐走出了房间。

"是我搞错了吗?"菲利普问道,"还是说米基近来有了变化?他不再像平常那样对整个世界都那么横眉竖目的了,是吗?"

"他正在长大,"利奥说,"做到这一点花了他很长时间。"

"嗯,他挑了个很奇怪的节骨眼儿振作起来了。"菲利普说,"昨天跟警方的会面可真说不上令人鼓舞啊,你觉得呢?"

利奥平静地说:"整个案子要重新展开调查,这当然是件痛苦的事情。"

"像米基这样的小伙子,"菲利普沿着书架前行,一边漫不经心地拽出一两本书来一边说道,"你觉得他有良知吗?"

"这是个很奇怪的问题,菲利普。"

"不,并不奇怪。我刚才正在琢磨他。这就像是唱歌五音不全似的,有些人是真的丝毫不会感到内疚或者自责,甚至都不会为他们的行为感到懊悔。杰奎就不会。"

"是，"利奥说，"杰奎肯定不会。"

"而我想要知道的是，米基怎么样？"菲利普说。他停顿了一下，接着以一种超然世外的口吻继续说道："你介意我问你个问题吗，先生？你对于你们这个由收养来的孩子组成的家庭，有多少真正意义上的了解呢？"

"你为什么想知道这个呢，菲利普？"

"我想只是好奇吧。要知道，人总是想弄明白，这里面遗传所起的作用有多大。"

利奥没有回答。菲利普目光炯炯，饶有兴趣地观察着他。

"或许，"他说，"我问这个问题让你为难了。"

"这个嘛……"利奥说着站起身来，"说来说去，你又凭什么不能问呢？你是这个家里的一员。此时此刻，这个问题问得正中要害，这个谁都无法掩饰。但正如你所说的，我们这个家并不是通常意义上的那种收养家庭。你太太玛丽是合法的正式收养，而其他几个孩子都是通过不那么正规的方式来到这个家里的。杰奎是个孤儿，是由他的老祖母交给我们的。她后来死在了德军的空袭中，而杰奎就留下来和我们待在一起了。就是这么简单。米基是个私生子，他妈妈只对男人感兴趣。她想要一百英镑，我们给了她。我们一直不知道蒂娜的母亲后来怎么样了。她从来都没给孩子写过信，战争结束以后也从没来要求把她领回去，而想要找到她，简直就是不可能的事情。"

"赫斯特呢？"

"赫斯特也一样，是个私生女。她母亲是爱尔兰一家医院里的年轻护士。赫斯特被送到我们这里来没多久她就嫁给了一个美国大兵。她恳请我们收留这个孩子，压根没打算告诉她丈夫世上有这个孩子存在。战争结束后,她跟着丈夫去了美国,而我们也就再也没有听到过她的任何消息。"

"从某种程度上来说,全是悲惨的往事啊。"菲利普说,"都是些没人要的可怜的小家伙。"

"是啊,"利奥说,"这也正是蕾切尔对所有孩子都感情深厚的原因啊。她决心要让他们感受到关爱,给他们一个真正的家,要成为他们真正的妈妈。"

"确实是善举啊。"菲利普说。

"只不过……只不过事情的发展没有如她所期望的那样。"利奥说,"她秉持着一个信念,那就是血缘关系并不重要。但你知道,血缘关系很要紧。亲生子女的身上通常会有某种东西,某种性格气质上的特点,某种感受方式,这些东西你可以意会而无须言传。而你与收养的孩子之间就没有这种纽带。对于他们心里在想些什么,你不会有那种直觉。当然了,你也可以去判断去猜测,运用你的想法和感觉,但你要很明智地认识到,那些想法和感觉可能与他们的想法和感觉有着天壤之别。"

"我想,一直以来你都懂得这一点。"菲利普说。

"在这个问题上我告诫过蕾切尔,"利奥说,"不过当然了,她并不相信。她不想相信这个。她想让他们都变成她的亲骨肉。"

"在我看来,蒂娜像一匹黑马一样让人捉摸不透。"菲利普说,"或许是因为她有一半非白人的血统吧。她父亲是谁,你知道吗?"

"我认为是个海员什么的。可能是个东印度水手。她母亲嘛,"利奥干巴巴地补充道,"就没什么可说的了。"

"谁也不知道她会对事情做出什么反应,或是她心里在想些什么。她话太少了。"菲利普顿了一下,接着突然问道,"关于这件事情，有什么是她知道而又没说出来的呢？"

他看到利奥·阿盖尔正在翻动文件的手停下来了。在片刻的停顿之后，利奥开口了。

"你为什么觉得她没有把所知道的事情都说出来呢？"

"得了吧，先生，那也太显而易见了，不是吗？"

"对我来说并没有那么显而易见。"利奥说。

"她知道些什么。"菲利普说，"你觉得会不会是对某个特定的人不利的事情？"

"我觉得吧，菲利普，如果你能原谅我这么说的话，在这里猜来猜去实在不是什么明智之举。人很容易臆想出很多事情。"

"你是在警告我别沾这件事吗，先生？"

"这真是你的事吗，菲利普？"

"你言下之意是说我又不是警察？"

"没错，我就是这个意思。警察得履行他们的职责，他们得去进行调查。"

"而你不想进行调查？"

"或许吧，"利奥说，"我有点儿害怕我可能会发现的东西。"

菲利普坐在轮椅里，手因为激动而攥得紧紧的。他轻声说道："也许你知道是谁干的。对吗，先生？"

"我不知道。"

利奥唐突而有力的回答吓了菲利普一跳。

"不知道。"利奥说道，同时把手放到书桌上。突然之间他像变了个人似的，不再是菲利普所熟悉的那副脆弱、单薄、内向寡言的样子。"我不知道是谁干的！你听到没有？我不知道。对此我一点儿想法都没有。我……我也不想知道。"

第十七章

"你在干吗呢,赫斯特,我亲爱的宝贝?"菲利普问道。

他坐在轮椅里,自己操纵着沿过道往前走。路过一扇窗户时,看到赫斯特正把头探出窗外。赫斯特闻言吓了一跳,忙把头缩了回来。

"哦,是你啊。"她说。

"你是在观察宇宙,还是在考虑自杀的事啊?"菲利普问道。

她桀骜不驯地看着他。

"你凭什么说出这样的话来?"

"很显然你心里是有这个念头的。"菲利普说,"不过说实话,赫斯特,如果你真的深思熟虑要走出这一步的话,那扇窗户没用的,垂直距离不够。你想想,假如说你没那个福气得到你所渴望的那种一了百了,反倒是折胳膊或断腿,那该有多惨啊?"

"米基以前常常从这个窗口,顺着这棵木兰花树爬下去。这是他出入的秘密通道。母亲从来都不知道。"

"那些父母从来都不知道的事!关于这个都能写一本书了。不过假如你正想着自杀的事儿呢,赫斯特,就去凉亭那儿吧,那儿是个比较好的跳下去的地点。"

"从它凸出到河面上的地方?是啊,人会摔在下面的石头上!"

"赫斯特，你的问题在于你的想象力过于丰富，总是小题大做。大多数人要是能够把他们自己整整齐齐地摆在煤气炉旁边，或者给自己数出一大堆安眠药片来，就已经相当满意了。"

"我很高兴你在这儿。"赫斯特出人意料地说道，"你不介意聊几句，对吧？"

"嗯，事实上，我现在也没有太多其他事情可干。"菲利普说，"到我房间里来，我们可以多说会儿话。"看到她有些犹豫，他又继续说道："玛丽在楼下，打算亲手给我准备一些早上吃的美味小食品。"

"玛丽理解不了。"赫斯特说。

"没错，"菲利普赞同道，"玛丽是一点儿都理解不了。"

菲利普操纵着轮椅前行，赫斯特走在他旁边。她打开起居室的门，看他操纵轮椅进到屋里，然后跟着进去了。

"可你能理解。"赫斯特说，"为什么呢？"

"嗯，你要知道，会有那么一段时间，你会思考这些事情……举个例子来说，当初这个病找到我头上的时候，我就知道我可能这辈子都要是个残废了……"

"是啊，"赫斯特说，"那肯定糟透了。糟糕透顶。而你那时候还是个飞行员吧，对不对？你开飞机。"

"就像悬在天际的茶盘，高高地凌驾于世界之上。"菲利普表示赞同。

"我非常非常抱歉。"赫斯特说，"我是真心的。我本该多想想这些，多一些同情心的！"

"谢天谢地你没那样。"菲利普说，"但不管怎么说，那个阶段已经过去了。要知道，人对任何事情都能够习以为常。这些你在此时此刻还领会不了，赫斯特，但你终究会明白的。除非你先做了什么特别轻率鲁莽或者特别愚蠢的事情。现在来吧，给我讲讲来龙去脉。出什么问题了？我猜你跟你男朋友，那个严肃的年轻医生吵架了，对不对？"

"不算是吵架，"赫斯特说，"比吵架可糟糕多了。"

"会没事儿的。"菲利普说。

"不，不会的。"赫斯特说，"永远都……不会。"

"你这话说得太极端了。凡事对你来说非黑即白，不是吗，赫斯特？就没有什么中间色。"

"我没法不那样，"赫斯特说，"我一向都是如此。每一件我觉得我能做或者我想做的事总会出岔子。我想要有自己的生活，想要出人头地，想做一番事业。可这些全都不行，我干什么都不行。我常常想自行了断，从我十四岁那年就开始了。"

菲利普饶有兴趣地盯着她，以一种平静、就事论事的口吻说道："当然啦，在十四岁到十九岁之间，有很多人自杀。这正好是人这辈子当中最容易把很多事情格外夸大的年纪。男生们自杀是因为他们觉得通不过考试，女生们自杀则是因为她们的母亲不让她们跟不合适的男朋友去看电影。在这个阶段，一切事物似乎都应该是绚丽多彩的。要么高兴，要么绝望；要么愁闷沮丧，要么欣喜若狂。但人是会从这一阶段中走出来的。赫斯特，你的麻烦就在于，比大多数人都要花更长的时间才能走出来。"

"母亲总是正确的。"赫斯特说，"在所有她不让我做的事情和我想要做的事情上她都是对的，而我都是错的。我受不了，我就是忍受不了这样！所以我觉得我必须勇敢起来，我必须离开家自力更生，必须考验一下自己。可是我把这一切都搞砸了。对于表演，我一点儿都不在行。"

"你当然不行了，"菲利普说，"你又没接受过训练。套用他们戏剧界的人的话来说,你接不住戏。你太忙于去夸张地表演,去吸引眼球了,我的小丫头。你现在就在表演。"

"接着,我又以为我会拥有一份真正意义上的爱情。"赫斯特说,"不是那种傻乎乎的、像少女时期一般的感情。他是个年长一些的男人,已经结婚了,但是生活得特别不幸福。"

"老一套的把戏。"菲利普说,"毫无疑问,你被他利用了。"

"我还以为这会是一段……哦,一段轰轰烈烈的恋情呢。你不是在笑话我吧?"她停了下来,满腹狐疑地看着菲利普。

"不,我可没有笑话你,赫斯特。"菲利普温和地说道,"我很理解,对你来说,这简直太煎熬了。"

"不是什么轰轰烈烈的恋情,"赫斯特苦涩地说,"只是一段廉价的玩闹而已。他告诉我的关于他的生活、他的妻子和所有事情,没有一件是真的。我……我只是对他百般讨好,投怀送抱。我就是个傻瓜,一个又蠢又贱的小傻瓜。"

"有时候,你只有吃一堑才会长一智。"菲利普说,"要知道,赫斯特,那些都没对你造成什么伤害,没准儿还帮助你成长了呢。或者说,只要你愿意,它就会对你有所帮助。"

"母亲在这一切面前表现得太……太说一不二了。"赫斯特说道,语气中流露出愤慨和怨气,"她一来就把事情都摆平了,还告诉我说,假如我真想演戏的话,就去戏剧学校规规矩矩地学,正经八百地演。但我其实并不是真的想演戏,而且那个时候我也已经知道了自己不是这块料,所以我就回家来了。要不我还能干什么呢?"

"或许有一大堆事情可做呢。"菲利普说,"不过回来是最简单的。"

"哦,是啊,"赫斯特满腔热情地说道,"你可真是善解人意啊。你知道，我其实可差劲、可没用了。我的确总是想做容易的事情。而假如我做出反抗的话，也总是会采取某种愚蠢、荒唐，并且没什么实际效果的方法。"

"你特别缺乏自信，是吗？"菲利普慈声说道。

"或许因为我只是被收养的吧。"赫斯特说，"你知道，我一直都不知道，直到快十六岁的时候我才知道其他人是被收养来的，于是有一天我就问了，结果……我发现我也是被收养的。这让我太难受了，感觉就像无家可归了似的。"

"你还真是个特别多愁善感的姑娘啊。"菲利普说。

"她不是我母亲，"赫斯特说，"她从来都没有真正理解过一点点我的感受。只是纵容又慈爱地看着我，给我制订各种计划。哦！我恨她。我这样很招人讨厌！我也知道我这样很招人讨厌，但我就是恨她！"

"你知道吗，事实上，"菲利普说，"大多数女孩子都会经历这么一个憎恨母亲的短暂时期。这真的没什么不同寻常的。"

"我恨她是因为她是正确的。"赫斯特说，"当别人总是正确的时候，那种感觉太让人难受了。会让你觉得自己越来越一无是处。哦，菲利普，所有的事情都那么糟糕，我要怎么办？我还能怎么办？"

"跟那个挺不错的小伙子结婚吧。"菲利普说，"安定下来，去做一名优秀医生的妻子。还是说，对于你来讲这样仍然不够好呢？"

"现在他不想跟我结婚了。"赫斯特悲哀地说道。

"你确定吗？是他这么跟你说的？还是说这仅仅是你的想象？"

"他认为是我杀了母亲。"

"哦,"菲利普说完沉默了片刻。"是你吗?"他问道。

她转过身来,面朝他。

"你为什么问我这个?为什么?"

"我觉得知道一下挺有意思的。"菲利普说,"可以说咱们是一家人嘛,我不是为了向当局告发。"

"假如真是我杀了她,你觉得我会告诉你吗?"赫斯特说。

"不告诉要明智得多。"菲利普表示同意。

"他告诉我说他知道是我杀了她。"赫斯特说,"他还告诉我说只要我承认,只要我向他坦白,就不会有任何问题,我们会结婚,他会照顾我的。还说……还说他不会让这件事成为我们两个人之间的芥蒂。"

菲利普吹了声口哨。

"好啊,好啊,好啊。"他说。

"这有什么好的啊?"赫斯特问道,"告诉他我没有杀她也无济于事,他不会相信的,对不对?"

"他应该相信,"菲利普说,"假如你这么告诉他的话。"

"我没有杀她,"赫斯特说,"你明白吗?我没有杀人。我没有,我没有,我没有。"她突然住口了。"这话听起来没法让人相信。"她说道。

"真相听起来确实常常没法让人相信。"菲利普鼓励她道。

"我们都不知道,"赫斯特说,"没人知道。我们大家面面相觑。玛丽看着我,还有柯尔斯顿,她对我那么亲切体贴,那么呵护备至。可她也觉得就是我干的。我还有什么机会啊?还是到海角那儿自己跳下去得了,那样可能还好些,可能会好得多……"

"看在上帝的分上,你别犯傻了,赫斯特,还有其他事情要做呢。"

"什么其他事情？怎么还会有其他事情呢？我已经失去一切了，我要如何这样日复一日地活下去啊？"她看着菲利普，"你觉得我疯了，精神失常了。好吧，没准儿就是我杀了她呢，没准儿我一直被悔恨和自责折磨着呢，没准儿我就是无法释怀呢——就在这儿。"她戏剧性地用手捂住了心口。

"别当个小傻瓜。"菲利普说。他伸出一只手，把她向自己身边拉过来。

赫斯特半个身子靠在他的轮椅之上。他吻了她。

"你需要的是一个丈夫，我的小姑娘，"他说，"不是那个叫唐纳德·克雷格的、一本正经的年轻蠢货，他满脑子只有精神病和那些行业术语。你又傻又笨，还特别可爱，赫斯特。"

这时房门开了。玛丽·达兰特冷不丁出现在门口，一动不动地站在那里。赫斯特挣扎着站直了身子，菲利普则有些尴尬地冲着他的太太咧嘴一笑。

"我正在逗赫斯特开心，波莉。"他说。

"哦。"玛丽说。

她小心翼翼地走进屋来，把托盘放在一张小桌子上，然后把桌子推到了他身边。她没看赫斯特。赫斯特不知所措地看了看这对夫妻。

"哦，好吧……"她说，"或许我该走了……去一趟……"她没把话说完就走出了房间，随手关上了房门。

"赫斯特情绪很不好。"菲利普说，又加上一句，"一直想着自杀的事，我刚才正试着劝阻她。"

玛丽没理他。

他向她伸过一只手去，她躲开了。

"波莉，我惹你生气了吗？你特别生气吗？"

她没有回答。

"我猜是因为我吻了她？好啦，波莉，别为了那傻乎乎的小小的一个吻就这么记恨我啦。她那么可爱，又那么傻。而且我突然之间觉得……呃，我觉得时不时调调情，重新做回个爱找乐子的人也挺好玩儿的。来嘛，波莉，亲亲我。亲一下就和好啦。"

玛丽·达兰特说："要是再不喝的话，你的汤就要凉了。"

说完她走进了卧室，并且把门关上了。

第十八章

"下面有一位年轻的女士想见您,先生。"

"年轻女士?"卡尔加里看上去很意外,他想不出谁有可能会来拜访他。他看了看乱七八糟的桌子,皱了皱眉头。此时门房又开口说话了,这一次还小心谨慎地压低了声音。

"真是个年轻女士,先生,还是个很漂亮的年轻女士。"

"哦,好吧。那带她上来吧。"

卡尔加里忍不住暗自微微一笑。门房轻声慎语的样子和那副担保的口气触发了他的幽默感,他很纳闷儿,这个想要见他的人会是谁。门铃声响起,他走过去开门,发现站在门前的竟然是赫斯特·阿盖尔。他完全惊呆了。

"是你!"这声惊呼饱含诧异,"请进,请进,"随即他说道,把她拉进屋里,关上了房门。

说来也怪,再次见她,他对她的印象几乎和第一次见到她时一样。她的衣着打扮完全不考虑伦敦城的惯例——她没戴帽子,一头乌黑的卷发凌乱不堪地披散在脸旁,厚重的粗花呢外套里面穿着深绿色的裙子和毛衣。那样子看上去仿佛刚刚进行完一次荒野徒步,还有点儿上气不接下气。

"求求你,"赫斯特说,"求你了,你得帮帮我。"

"帮你?"卡尔加里吃了一惊,"怎么个帮法?如果能的话,我当然会帮你。"

"我不知道该怎么办,"赫斯特说,"也不知道该去找谁。但是得有人帮帮我。我走不下去了,而你就是那个人。一切都是因你而起的。"

"你是遇到什么麻烦了吗?很严重的麻烦?"

"我们全都陷入麻烦之中了。"赫斯特说,"不过,人都是自私的,不是吗?我是说,我只会考虑我自己。"

"坐下吧,亲爱的。"他温柔地说道,拿开一把扶手椅上的文件让她坐下来。随后走到角柜边。

"你得来一杯酒。"他说,"来一杯干雪莉吧,行吗?"

"随你。无所谓。"

"外面很湿很冷,你得喝点儿什么。"

他转过身来,手里拿着酒瓶和玻璃杯。赫斯特瘫坐在椅子里,散发着一种锋芒毕露的奇怪魅力——那种全然的自暴自弃令卡尔加里有些感触。

"别发愁了。"他把杯子放在她旁边,倒上酒,轻声说道,"你也知道,事情一向不像看上去的那么糟糕。"

"大家都这么说,不过这并非事实。"赫斯特说,"有时候它们比看起来的还要糟。"她抿了一口酒,然后用责备的口吻说道,"直到你来之前,我们都挺好的。相安无事。接着呢,接着这一切就开始了。"

"我不想假装不懂你是什么意思。"亚瑟·卡尔加里说道,"你第一次跟我这么说的时候我彻底惊呆了,不过如今我能明白,我……我带来的消息究竟给你们带来什么了。"

"只要我们大家都认为是杰奎……"赫斯特话说了一半就停住了。

"我明白,赫斯特,我明白。但你要知道,你得再往深处想想看。你们过去一直都生活在一种虚假的安全感之中,那不是真实情况,只是种虚幻的东西,纸糊的假象而已,就像是舞台上的布景一样。有些时候那似乎意味着安全,但其实它永远无法给你真正的安全感。"

"你是在说,"赫斯特说,"人必须要有勇气。一件事如果是虚假的,但是容易得到,人便总想去抓住它,可这是没用的,对不对?"她停顿了片刻,接着说道,"你就有这种勇气!我意识到这一点了。你亲自来找我们,告诉我们真相,并不知道我们会有什么感受,会做何反应。这就是你的勇敢之处。你知道吗,我钦佩这种勇气,因为我自己其实并不是很勇敢。"

"告诉我吧,"卡尔加里轻柔地说道,"告诉我现在你究竟有什么麻烦。是一件具体的事情,对不对?"

"我做了一个梦,"赫斯特说,"梦里有个人……一个年轻的男子……一个医生……"

"我明白了。"卡尔加里说,"你们是朋友,或者说,不只是朋友?"

"我认为……"赫斯特说,"我们已经不只是朋友了……而他也这么想。但你看,如今所有这一切从天而降了……"

"嗯?"卡尔加里说。

"他认为是我干的。"赫斯特说,接着她就像打开了话匣子似的,"也可能他认为不是我干的,但他拿不准。他没法儿确定。他觉得——我能看出来他是这么觉得的,他觉得我是最有可能干那件事的人。或许我是吧。没准儿我们全都这样彼此猜疑呢。而我想着得有人来帮助我们走出这一团可怕的困境。因为做了那个梦,我就想到了你。你知道,在梦里我迷路了,找不到唐了。他离我而去，那儿还有个巨大的峡谷似的东西——一个无底深渊。没错，就是这个词儿。无底深渊。听起来就特别深，不是吗？那么深还那么……那么难以逾越。而你就在深渊的那一边，你伸出手，说'我想帮助你'。"她深吸了一口气，"于是我就来找你了。我跑出来、到这儿来找你，是因为你非得帮助我们不可。如果你不帮助我们的话，我不知道会发生什么事情。你必须帮助我们，是你引发了这一切。也许你会说，这一切都与你毫不相干，说你告诉过我们，告诉了我们所发生的事实真相，但这些都不关你的事。你还会说——"

"不会的。"卡尔加里打断了她的话，说道，"那样的话我一句都不会说的。这是我的事，赫斯特。我同意你所说的。当你开始做一件事情的时候，你就得接着做下去。在这一点上，我跟你的感受完全一样。"

"哦！"赫斯特顿时一脸通红。出乎意料，她这副样子看上去漂亮极了。"所以说，我并不是孤身一人喽！"她说，"还有人跟我一样。"

"是啊，亲爱的，还有人跟你一样——不管有用没用。到目前为止我没派上什么大用处，但我在努力，我永远都不会袖手旁观的。"卡尔加里坐了下来，把他的椅子拉得离她更近一些。"现在，把事情原原本本都告诉我吧。"他说，"是不是已经很严重了？"

"你也明白，肯定是我们当中的一个人干的。"赫斯特说，"我们全都知道这个。马歇尔先生来了一趟，而我们装作认定肯定是某个外人闯进来干的，但他知道其实不是。是我们中的一员。"

"还有你的男朋友——他叫什么名字来着？"

"唐。唐纳德·克雷格。他是个医生。"

"唐觉得是你干的?"

"他害怕是我干的。"赫斯特说,看着他,两只手夸张地绞在一起,"或许你也觉得是我干的吧?"

"哦,不,"卡尔加里说,"没有,我很清楚你是无辜的。"

"你这么说就好像你真的特别确定似的。"

"我十分确定。"卡尔加里说。

"可为什么啊?你怎么能那么确定呢?"

"就因为在我告诉你们所有人真相准备离开你们家的时候你对我说的那些话。你还记得吗?除非你是无辜的,不然你不会那么说的——你也不会有那种感觉。"

"哦!"赫斯特叫道,"哦——我可算是解脱了!真的会有人这么想啊!"

"现在,"卡尔加里说道,"我们可以冷静地讨论这个问题了,对不对?"

"对。"赫斯特说,"现在我感觉……感觉截然不同了呢。"

"出于好奇——你是知道我对于这件事情的感受的——为什么会有人认为是你杀了你的养母呢?"

"因为有可能是我干的啊。"赫斯特说,"我也常常这么想。人有时候真的会气昏了头,会觉得自己那么没出息,那么……那么无能为力。而母亲总是那么镇静,那么高高在上,什么事情都知道,什么事情都正确。有时候我会想'哦!我想要杀了她'。"她看了看他,"你能理解吗?你年轻的时候难道就没有过这种感觉?"

最后这句话让卡尔加里突然之间感到一阵心痛,或许这种心痛跟在德赖茅斯的酒店里听见米基说"看上去不止几十几岁来着?"时是一样的。他年轻的时候?——在赫斯特看来那是很久远以前的事了吗?他的思绪飘回到从前,他回忆起自己九岁那年,和另一个小男孩在预科学校的花园里商量事情的情景。他们那时想知道,用何种方法除掉他们的年级主任沃伯勒先生最好。他还记得看到沃伯勒先生在评语中极尽讽刺挖苦的时候,那种因为愤怒而引发的、足以吞噬他的无奈感。卡尔加里觉得这正是赫斯特此时体会到的感觉。只不过,尽管他和那个小——叫什么名字来着——珀奇,对,那个小男孩就是叫珀奇——尽管他和小珀奇商量过,也做过计划,但他们从来没采取过积极的做法,去送沃伯勒先生上西天。

"要知道,"他对赫斯特说道,"你应该在好多年之前就已经从这种感觉中走出来了。当然,我能理解这种感觉。"

"母亲对我就是会产生这种影响。"赫斯特说,"我现在开始明白了,这都是我自己的错。我觉得只要她能活得再久一点儿,活到我再稍微长大一些,再稍稍安定下来一些,那样的话……那样,我们就有可能以一种奇怪的方式成为朋友。我会很高兴接受她的帮助,听从她的建议。可是……可是实际上我却忍受不了。因为你知道,那样会让我觉得自己一无是处,愚蠢至极。我做的每件事都会出问题,我自己也明白我做的都是些蠢事。而我做这些只是因为我想要反抗,想要证明我就是我,不是其他任何人。我像是流动的液体,没错,就是这么回事儿。"赫斯特说,"这种说法分毫不差。流动的液体,永无定形,只是在模仿——学这个学那个,学那些我欣赏的人的样子。你瞧,我觉得如果我离家出走,登上舞台当了演员,再和哪个人搞出点儿风流韵事,那样就——"

"那样你就能感受到你自己了,或者说无论如何能有些存在感了,对吧?"

"对啊,"赫斯特说,"没错,就是这个意思。当然啦,其实我现在也很清楚我那时候做的事情就像一个傻乎乎的孩子。不过卡尔加里博士,你不知道我此时此刻有多么希望母亲还活着啊。因为这一切太不公平了——我的意思是说,对她来说太不公平了。她为我们做了那么多,给了我们那么多,我们却没有给她任何回报。而现在已经太迟了。"她顿了一下,"这也是为什么,"她的言语之间突然又恢复了活力,"我下定决心不再做傻事,不再孩子气了。而你会帮助我的,对不对?"

"我已经说过了,为了帮助你,我可以赴汤蹈火。"

她冲他莞尔一笑。

"告诉我,"他说,"究竟发生了什么?"

"只是我认为会发生一些事情。"赫斯特说,"我们大家一直面面相觑,想知道是怎么回事,却又无从知晓。父亲看着格温达,觉得可能是她;她看着父亲,心里也拿不准。我现在认为他们结不了婚了,这件事毁了一切。而蒂娜觉得米基跟这件事有点儿关系,我不知道是什么缘故,那天晚上他没在那儿啊。柯尔斯顿以为是我干的,还努力想要保护我。而玛丽呢——就是你没见过的我的姐姐,玛丽觉得是柯尔斯顿干的。"

"那你觉得是谁干的呢,赫斯特?"

"我?"赫斯特听上去大吃一惊。

"是啊,你。"卡尔加里说,"知道吗,我认为,了解你是怎么想的相当重要。"

赫斯特两手一摊。"我也不知道,"她带着哭腔说道,"我就是不知道啊。我——这话说出来都让人难受——但我现在害怕每一个人。就好像在每一张脸的后面还有另一副面孔,一副……一副我不了解的邪恶面孔。我不确定父亲还是不是父亲，而柯尔斯顿不停地跟我说不要信任任何人，甚至也包括她。我看着玛丽，觉得我对她其实一无所知。格温达呢，我一直很喜欢格温达，父亲打算和格温达结婚我也很高兴，但如今我对格温达也拿不准了。在我眼里她变成了截然不同的另一个人，冷酷无情而且……而且深藏仇恨。我不知道每个人究竟是什么样子的，这种痛苦的感觉真可怕。"

"是的，"卡尔加里说，"对此我感同身受。"

"而让我觉得那么痛苦的原因还在于，"赫斯特说，"我总是忍不住去想，或许杀人凶手也同样觉得很痛苦。这可能是最糟糕的了……你认为会是这样的吗？"

"我猜有可能吧。"卡尔加里说，"不过我表示怀疑。当然了，我不是这方面的专家，但我怀疑凶手是否真的会无法释怀。"

"可是为什么不会呢？我总觉得这是最糟糕的事情了，就是知道你自己杀了个人。"

"没错，"卡尔加里说，"这是件很糟糕的事情，因而我认为，杀人凶手无外乎这两种人中的一种——要么对于这个人来说，杀个人根本就没什么可怕的，这种人会对自己说：'好吧，干这种事情是迫于无奈。当然，是有几分遗憾，不过为了我自己的幸福，这也是必需的。再怎么说，这不是我的错。我只是……呃，只是迫不得已。'另一种就是……"

"嗯？"赫斯特说，"另一类杀人凶手是什么样的呢？"

"你别忘了，我也不知道真凶是谁，我只是在猜测而已。不过我觉得，假如你就是你刚刚所说的另一类凶手的话，你是无法带着由于你的所作所为而导致的痛苦生活下去的。也可以这么说，你会去坦白认罪，否则你就得为了自己去改写事实，把责任归咎到别人头上,说'我永远都不会做出这样的事情,除非——',说出各种各样的原因。'我其实也不能算是杀人凶手,因为我并不是有意要这么干,事情就这样发生了。所以说,这其实是命运使然,而不是因为我。'我想要表达的意思你能明白一些吗?"

"能。"赫斯特说,"而且我觉得这很有意思。"她眯起眼睛,"我正试着去想……"

"没错,赫斯特,"卡尔加里说,"想一想,尽你所能地去想。因为就算我能帮助你,我也得透过你的想法去看问题。"

"米基恨母亲。"赫斯特缓缓说出口,"他一直恨她……我不知道为什么。蒂娜呢,我觉得她爱她。格温达不喜欢她。柯尔斯顿一向对母亲忠心耿耿,尽管她并不认为她做的所有事情都是正确的。父亲嘛……"她沉吟良久。

"怎么样?"卡尔加里鼓励她说下去。

"父亲又一次走得远远的了。"赫斯特说,"你知道吗,母亲死后的他和现在大不一样。没有那么——我该怎么形容呢——没有那么疏离。他那时更有人情味儿,更有活力。但如今他又回到某个……某个被阴影笼罩的地方,让人无法接近了。说真的,我并不知道他对母亲是怎么看的,我猜想他娶她的时候是很爱她的。他们从来不吵架,但我不知道他对她的看法。哦……"她的双手又一次摊开,"一个人其实并不能知道其他人的感受,对吗?我是说,你没法知道在他们的面孔背后,在他们每天挂在嘴边的那些好听的话背后,他们的心里其实在想些什么,对吧?他们也许正被仇恨践踏、被爱意折磨、被绝望蹂躏,而你不会知道!这太吓人了……哦,卡尔加里博士,这太吓人了!"

他握住了她的两只手。

"你不再是个孩子了,"他说,"只有小孩子才会被这个吓到。你是个成年人,赫斯特。你是个成年女人了。"他松开她的手,平心静气地说道,"你在伦敦有地方可住吗?"

赫斯特看上去有点儿困惑。

"我觉得有吧。我也不知道,母亲通常住在柯蒂斯酒店。"

"嗯,那是家很好很安静的酒店。我要是你的话,就去那儿订一个房间。"

"你让我做什么我就做什么。"赫斯特说。

"好姑娘。"卡尔加里说,"现在几点了?"他抬头看看钟,"啊,已经快七点了,要不你这就去给自己订个房间吧,我差一刻钟八点的时候去接你出来吃晚饭,你觉得怎么样?"

"那太好了呀。"赫斯特说,"你是说真的?"

"是啊。"卡尔加里说,"我说的是真的。"

"然后呢?接下来怎么办?我也不能一直待在那儿,永远住在柯蒂斯酒店啊,对吗?"

"你要管的事看起来还有很多啊。"卡尔加里说。

"你这是在笑话我吗?"她疑惑地问道。

"有那么一点儿吧。"他说着微微一笑。

她脸上的神情微微一变,随后也跟着微笑起来。

"我看啊,"她推心置腹地说道,"我刚刚又在自我陶醉了。"

"我猜,更确切地说,这是你的一种习惯吧。"卡尔加里说。

"这也是我觉得若能登台演出,我应该能如鱼得水的缘故吧。"赫斯特说,"不过我真的不行,完全不在行。哦,我是个蹩脚的演员。"

"要我说的话,所有你想演的戏你都会在日常生活中如愿以偿的。"卡尔加里说,"现在,我打算把你送上出租车,亲爱的,让你到柯蒂斯酒店去。你到那儿以后洗洗脸、梳梳头。"他接着说道,"你带着行李吗?"

"哦,有,我带着一个小旅行包。"

"好。"他给了她一个微笑。"别担心,赫斯特,"他再次说道,"咱们会有办法的。"

第十九章

1

"我想跟你谈谈,柯尔斯顿。"菲利普说。

"行,当然可以了,菲利普。"

柯尔斯顿·林德斯特伦停下了手里的活儿。她刚带进来一些洗好的衣物,正把它们放进衣柜里。

"我想跟你谈谈这整件事情。"菲利普说,"你不介意吧?"

"已经谈得太多了,"柯尔斯顿说,"这就是我的看法。"

"不过呢,在我们自己人中间,"菲利普说,"还是应该得出些结论,不是吗?你知道眼下正在发生什么事情,对不对?"

"所有的事情都在出岔子。"柯尔斯顿说。

"你现在觉得利奥和格温达还会结婚吗?"

"为什么不结?"

"有几个原因。"菲利普说,"首先,或许因为利奥·阿盖尔是个聪明人,他意识到假如他和格温达结婚,就会正中警方下怀,这是个谋杀妻子的绝好动机。要不然就是因为利奥怀疑格温达是凶手。作为一个敏感的人,他实在不想娶一个杀害了他第一任妻子的女人作为第二任妻子。对此你会说些什么呢?"

"什么也没有。"柯尔斯顿说,"我该说什么啊?"

"你非要守口如瓶，对吗，柯尔斯顿？"

"我不明白你什么意思。"

"你在包庇谁，柯尔斯顿？"

"用你的话来说，我没在'包庇'任何人。我认为应该少说话，我认为大家不应该再待在这栋房子里了，这对他们没什么好处。我觉得你，菲利普，应该跟你太太回你们自己家去。"

"哦，你就是这样想的，对吗？为什么特别针对我？"

"你总在问问题，"柯尔斯顿说，"你在试图查出点什么来，而你太太不想让你干这事。她比你聪明。你可能会发现一些你本不想发现，或者她本不想让你发现的东西。你该回家去了，菲利普。你应该马上回家去。"

"我不想回家。"菲利普说，他说话的样子就像个任性的小男孩。

"那是孩子才会说的话。"柯尔斯顿说，"他们会说我不想干这个、我不想干那个。而那些更有生活阅历、更识时务的人则不得不连哄带劝，让他们去做那些他们本来不想做的事。"

"这就是你的劝人方式，对吗？"菲利普说，"对你发号施令。"

"不，我没有对你发号施令，我只是在帮你出主意。"她叹了口气，"我对他们所有人也都是这么劝说的。米基应该回去工作，像蒂娜那样，她已经回图书馆去了。我很高兴赫斯特走了，她应该去一个不会让她总是想起所有这些事情的地方。"

"对，"菲利普说，"在这一点上我同意你的看法。关于赫斯特你说的没错。不过你自己呢，柯尔斯顿？你难道不应该也离开吗？"

"是啊，"柯尔斯顿说着叹了口气，"我也该走了。"

"你为什么没走?"

"你不会理解的。对我来说来不及了。"

菲利普若有所思地看着她,随后说道:"有那么多的变奏,不是吗——关于一个主题的各种变奏。利奥认为是格温达干的,格温达认为是利奥干的。蒂娜了解一些情况,让她对于是谁干的起了疑心。米基知道是谁干的,但他并不在乎。玛丽觉得是赫斯特干的。"他停顿了一下之后又接着说道,"但是如我所言,柯尔斯顿,事实上这些只是围绕一个主题的各种变奏而已。我们心里很清楚是谁干的。不是吗,柯尔斯顿?你和我?"

她立即瞥了他一眼,眼神中透着惊恐。

"果然不出我所料。"菲利普洋洋得意地说道。

"你什么意思?"柯尔斯顿说,"你想说什么?"

"我其实并不知道是谁干的,"菲利普说,"但你知道。你不是单纯地觉得是谁干的,是真的知道。我说对了,对吗?"

柯尔斯顿向门口走去。她打开门后转过身来,开口说道:"这么说话可能不太客气,但我还是要说,你就是个白痴,菲利普。你正在试图玩火。你了解某一类危险,你曾经是个飞行员,在天上飞的时候面对过死亡。难道你还看不出来吗?如果你再稍微接近真相的话,你就会面临跟你在战争中曾经面对过的同样巨大的危险。"

"那你呢,柯尔斯顿?假如你知道真相,你不也一样身临险境吗?"

"我能照顾好自己啊。"柯尔斯顿一脸严肃地说道,"我可以小心提防。但你呢,菲利普,你只能坐在轮椅里,束手无策。想想吧!再说了,"她又补充道,"我没有到处跟人说我的看法,我更愿意让事情顺其自然……因为老实说吧,我觉得那样对每个人来说都是最好的。如果每个人都能离开这儿，去干他们自己的事，也就不会再有麻烦了。如果有人问起，我自有对外的正式说法。我依然会说是杰奎干的。"

"杰奎？"菲利普瞪大了眼睛。

"为什么不呢？杰奎很聪明，杰奎可以策划一件事情，同时还能够确保他不会受到牵连。打从他还是个孩子的时候就经常这么干了。再怎么说，不在场证明都是可以伪造的，这种事不是每天都在上演吗？"

"可这次不是他伪造的啊。卡尔加里博士——"

"卡尔加里博士！卡尔加里博士！"柯尔斯顿不耐烦地说道，"就因为他名声在外，就因为他众所周知，你说'卡尔加里博士'的时候就好像他是上帝一样！但是，让我来告诉你吧，要是你跟他一样也得过脑震荡的话！事实有可能全然不同呢，在全然不同的日子，全然不同的时间，全然不同的地点！"

菲利普盯着她，脑袋稍稍歪向一边。

"所以，这就是你的说法，"他说，"还在坚持这么讲。真是一个非常值得赞赏的尝试啊。不过其实你自己也不相信，对吗，柯尔斯顿？"

"我警告过你，"柯尔斯顿说，"我没法说得更多了。"

她转身离去，接着又冷不丁地把头探进门来，用一贯的那种不动声色的口吻说道："告诉玛丽，我把洗干净的衣服收在那边的第二个抽屉里了。"

对于这句令人扫兴的结束语，菲利普报以微微一笑，但笑容随即烟消云散……

他内心的激动和兴奋在膨胀。他有一种感觉，觉得自己已经非常接近了。拿柯尔斯顿做试验的结果令他极其满意，不过他不确定还能不能从她那儿再探听出什么来。她对他的担忧让他觉得烦躁不堪——虽然他是个残废，但也不等于说他就像她所说的那样不堪一击，他也能提高警惕啊。而且，看在老天爷的分上，难道他还不算处于全天候的看护之下吗？玛丽对他几乎是寸步不离。

他拽过来一张纸，在上面写起来。简要的笔记：名字、问号、一个可供调查的薄弱环节……

他突然点了点头，在纸上写下"蒂娜"……

他思索着……

接着他又拽过来一张纸。

玛丽进屋的时候他几乎连头都没抬一下。

"你在干什么呢，菲利普？"

"在写信。"

"给赫斯特？"

"赫斯特？不，我连她现在在哪儿都不知道。柯尔斯顿刚刚收到一张她寄来的明信片，上面写着伦敦，仅此而已。"

他冲妻子咧嘴一笑。

"我相信你是吃醋了，波莉。对吗？"

她那双蓝色的眼睛透出冷冰冰的眼神，直直地看向他。

"或许吧。"

他觉得有点儿不自在。

"你在给谁写信呢？"她又上前了一步。

"给检察官。"菲利普欢快地说道，尽管他的心底已经激荡起了一股冷冷的怒气。难道连写封信都不能逃过被盘问一番吗？

可当他看见她的脸的时候，心又软了下来。

"只是开个玩笑，波莉。我在给蒂娜写信呢。"

"给蒂娜？为什么呀？"

"蒂娜是我下一步行动的目标。你要上哪儿去啊，波莉？"

"去卫生间。"玛丽走出屋子的时候嘴里说道。

菲利普笑了。去卫生间，跟谋杀案发生那天晚上一样……一回想起他们关于这个问题的对话他就又笑出声来。

2

"来吧，小家伙，"休伊什警司鼓励地说道，"从头到尾说来听听。"

西里尔·格林小少爷深吸了一口气。还没容他开口，他母亲就说话了。

"休伊什先生，你或许会说，我那个时候没怎么特别留意。你也知道这些孩子都是什么样子的。嘴上说的、心里想的总是那些太空飞船之类的事情。他回家来找我并且跟我说，'妈妈，我看见一颗人造卫星，它掉下来了。'呃，我是想说，在这之前他说的都是飞碟。总是会有些什么玩意儿，就是那些俄国人往他们脑子里灌输了这些东西。"

休伊什警司叹了口气，心想假如这些妈妈不是非得坚持陪着儿子来，还替他们说话的话，事情不知道会简单多少。

"说说吧，西里尔。"他说，"你回到家，告诉了你妈妈，是这样的，对不对？说你看见了那颗俄国人造卫星——别管它是什么了吧。"

"那时候我也不知道会是什么，"西里尔说，"我那时候还是个小孩儿呢。那是两年以前了。当然了，现在我清楚了。"

"是泡泡车。"他妈妈插嘴道，"在当时还挺新鲜的。那时候这附近还一辆都没有呢。所以很自然，当他看见那辆车的时候——而且那辆车还是大红色的——他意识不到那只不过是一辆普通的汽车而已。后来到第二天早上，我们听说阿盖尔太太被杀了的时候，西里尔他就来跟我说。'妈妈,'他说,'是那些俄国人，他们坐着人造卫星下来了，肯定是他们进去把她杀了的。''别胡说八道。'我说。当然了，在那天晚些时候，我们就听说她儿子因为这事被抓起来了。"

休伊什警司又一次耐心地对西里尔说道："据我了解那是在傍晚，对吧？具体是什么时间你还记得吗？"

"那时我喝完了下午茶。"西里尔说，因为在竭力回想，他连呼吸都变得沉重起来，"妈妈去协会了，所以我就又出去了一会儿，跟其他孩子在一起，我们沿着那条新路玩了一小会儿。"

"我就想知道你去那儿干什么了。"他妈妈又插了一句。

这时候，带来这项让人看到希望的证据的古德警员接话了。对于西里尔和那些孩子们在那条路上干了什么，他心知肚明。那里有好多家住户都气愤地报过警，说他们种的菊花不翼而飞。而他太了解村子里的那些坏家伙了，他们暗地里唆使小孩子们去替他们摘花，然后拿到市场上去卖钱。古德警员明白，现在不是去调查这些青少年的违法行为的时候。他闷声说道："男孩子就是男孩子嘛，格林太太，他们就爱闹着玩。"

"对啊，"西里尔说，"我们只是玩几个游戏嘛。我就是在那儿看见的。'唔,'我说,'这是什么啊？'当然现在我知道了，我不再是个傻小子了，不过是一辆泡泡车罢了。是大红色的。"

"时间呢？"休伊什警司耐着性子问道。

"呃，我说啦，喝完了下午茶我们就出去玩了。玩到钟声响起，我心想妈妈要回家了，如果我没在的话，她会不会大发雷霆呢。于是我就回家了。我告诉妈妈我好像看见俄国卫星掉下来了，妈妈说那是一派谎言。确实。只不过当然啦，我现在才知道。你看，我那时候只是个小毛孩儿。"

休伊什警司说他明白，又问了几个问题之后他把格林太太母子打发走了。古德警员留了下来，脸上洋溢着一种年轻警官在展现出自己的聪明才智之后的欣慰表情，他希望这番表现能够给他带来赞许。

"我灵光一闪，"古德警员说道，"想到那孩子就在附近。他说什么是俄国人杀了阿盖尔太太，我就暗想，嗯，这可能意味着什么。"

"这确实意味着什么。"警司说道，"蒂娜·阿盖尔小姐有一辆红色的泡泡车，看起来我还得去问她几个问题。"

3

"那天晚上你在那儿吧，阿盖尔小姐？"

蒂娜看着警司。她的手随意地放在膝盖上，一双乌黑的眼睛一眨不眨，从那里面你什么都读不出来。

"过去那么久了，"她说，"我真的记不得了。"

"有人在那儿看见了你的车。"休伊什说。

"是吗？"

"好啦，阿盖尔小姐。我们问到你那天晚上的行踪的时候，你告诉我们说你回家了，晚上也没出去。你声称独自做了晚饭，听了留声机。但现在看来，那不是实话。就在七点钟之前，有人在离艳阳角很近的地方看到了你的车。你在那儿干什么？"

她没有回答。休伊什等了一会儿，接着再次开口说道："你进屋了吗,阿盖尔小姐?"

"没有。"蒂娜说。

"但你在那儿?"

"是你说的我在那儿。"

"不止是我这么说的问题,我们有证据表明你在那儿。"

蒂娜叹了口气。

"对,"她说,"我那天晚上的确开车去过那儿。"

"但你说你没进屋?"

"是的,我没进屋。"

"那你干什么了?"

"我又开回雷德敏了。然后,就像我告诉你们的那样,我独自做了顿晚饭,并且打开了留声机。"

"如果你没进屋,那你为什么要开车去那儿呢?"

"我改主意了。"蒂娜说。

"是什么让你改主意了,阿盖尔小姐?"

"我到那儿以后又不想进去了。"

"是因为你看见或者听到了什么吗?"

她没有回答。

"听着,阿盖尔小姐,那可是你母亲被谋杀的晚上。她在那天晚上七点到七点半之间被人杀害了,你在那儿,你的车也在那儿,就在七点之前的某个时候。车子在那里放了多久我们并不知道。但你要知道,车子有可能已经在那儿停了一段时间,你有可能进了那栋房子……我想,你有钥匙。"

"没错。"蒂娜说,"我有一把钥匙。"

"或许你进了屋,或许你进了你母亲的起居室,发现她已经死在那儿了。又或许……"

蒂娜抬起头来。

"又或许是我杀了她？这就是你想说的吗，休伊什警司？"

"这只是一种可能性。"休伊什说，"不过阿盖尔小姐，我觉得更大的可能是别的什么人杀了她。如果是这样的话，我认为你知道，或者对某个人有很强烈的怀疑——这个杀人凶手到底是谁？"

"我没进屋。"蒂娜说。

"那你就是看见或者听见什么了。你看见有什么人进了那栋房子或者从房子里出来，或许是某个不该出现在那儿的人。是你哥哥迈克尔吗，阿盖尔小姐？"

蒂娜说："我谁也没看见。"

"那就是你听见了些什么。"休伊什敏锐地说道，"你听见什么了呢，阿盖尔小姐？"

"我告诉你了，"蒂娜说，"我只是改主意了。"

"请你原谅我，阿盖尔小姐，我不信。你从雷德敏开车回去见你的家人，却谁都没见就开回去了，你为什么要这样做呢？有什么事让你改了主意？是你看到或者听到的。"他俯身向前，"我认为你知道，阿盖尔小姐，是谁杀了你母亲。"

她极其缓慢地摇了摇头。

"你知道些事情，"休伊什说，"一些你铁了心不说的事情。但是想想吧，阿盖尔小姐，仔细想想看。你能意识到你正迫使你所有的家人经受着怎样的折磨吗？你想让他们全都背负嫌疑吗？除非我们找出真相，否则这种事情就无法避免。杀害你母亲的人无论是谁，都不值得被袒护。你在袒护某个人，不是吗？"

那双黯淡无光的黑眼睛再一次与他对视。

"我什么都不知道。"蒂娜说，"我没听到什么，也没看见什么，我只是……改主意了。"

第二十章

1

卡尔加里和休伊什互相对视着。在卡尔加里眼中，休伊什是他所见过的最阴郁、最沮丧的人之一，他看上去像是处于失望的汪洋之中。这让卡尔加里不由得猜测，休伊什警司的职业生涯肯定是一长串的失败经历。稍后他才惊讶地发现，实际上休伊什警司在他的职业领域极其成功。另一方面休伊什看到的，则是一个形容清瘦、华发早生、身形有些佝偻的男人，一张感性的脸上挂着无比迷人的微笑。

"恐怕您还不知道我是谁。"卡尔加里先开口说道。

"哦，我们对您了解得一清二楚，卡尔加里博士。"休伊什说，"您就是那个冷不丁冒出来，把阿盖尔这桩案子搅得天翻地覆的神秘人物嘛。"说完，他愁容凸显的嘴角上浮现出一缕意想不到的微笑。

"如此说来，您对我应该不会有什么好感。"卡尔加里说。

"这也没什么好奇怪的吧，"休伊什警司说，"这件案子本来一清二楚，无论谁这么想都不能算错。不过这种事情就是会发生。"他继续说道，"我老妈就总跟我说，这些都是用来考验我们的。我们不会对此怀恨在心的，卡尔加里博士，再怎么说，我们所代表的是公平正义，不是吗？"

"所以我一贯相信，而且还会继续相信，"卡尔加里说，"不得以任何形式拒绝公正裁决。"他轻声低语道。

"《大宪章》。"休伊什警司说。

"没错，"卡尔加里说，"是蒂娜·阿盖尔小姐引用给我听的。"

休伊什警司眉头一挑。

"真的啊。你让我大吃一惊了。要我说的话，那位小姐对于帮助推动正义车轮的前行显得并不是特别积极。"

"何出此言？"卡尔加里问道。

"说老实话，"休伊什说，"因为她知情不报。这一点毫无疑问。"

"为什么呢？"卡尔加里问道。

"呃，这是人家的家务事，"休伊什说，"一大家子人抱成一团。不过您来找我又是为了什么呢？"他继而问道。

"我想了解一些信息。"卡尔加里说。

"关于阿盖尔这桩案子的？"

"是的。我知道在您看来我肯定是在多管闲事……"

"呃，在某种程度上也算与您有关，不是吗？"

"啊，您确实懂我的意思了。没错，我觉得我有责任，因为是我带来了麻烦。"

"法国人说过，不打破鸡蛋就做不了煎蛋饼。"休伊什说。

"有些事情我想知道。"卡尔加里说。

"比如说？"

"我想了解关于杰奎·阿盖尔的更多信息。"

"关于杰奎·阿盖尔。嗯，好吧，我还真没想到你会想知道这个。"

"我知道他劣迹斑斑，"卡尔加里说，"我想知道的是，其中的细节。"

"哦，很简单。"休伊什说，"他有过两次缓刑记录。还有一次盗用公款，只因为他及时把钱补回来了才得以免于刑罚。"

"实际上，他也就是个初出茅庐的年轻罪犯，对吧？"卡尔加里问道。

"非常正确，先生。"休伊什说，"正如您已经向我们澄清过的那样，他不是个杀人犯，但有一大堆其他的问题。不过请注意，并没有什么特别严重的。他还没有干一票大案子的头脑或者胆量，只是个小打小闹的罪犯而已。从收银机里偷点现金啊，从女人那儿骗点钱啊什么的。"

"而在这方面，他还挺在行的，"卡尔加里说，"我是指从女人那儿骗钱。"

"而且这是个非常安全的勾当。"休伊什警司说，"女人们很容易听信他的话，他选择的目标通常是中老年人，这类女性容易上当受骗的程度令人咋舌。他设下很漂亮的圈套，让她们相信他已经狂热地爱上了她们。一个女人要是愿意的话，没有什么是不能相信的。"

"然后呢？"卡尔加里问道。

休伊什耸耸肩膀。

"呃，她们的美梦迟早会醒来。不过你要知道，她们是不会告他的，她们不想让全世界的人都知道她们上当受骗了。没错，这条路太安全了。"

"他敲诈勒索过谁吗？"卡尔加里问道。

"就我们所知没有。"休伊什说，"注意，我不会说他肯定没有。我想说的是，不是那种纯粹的敲诈勒索，或许只是给一两个暗示、写几封信，那种愚蠢可笑的信，提一些她们的老公不会想知道的事情。用这种方法，他总能让女人闭嘴。"

"我明白了。"卡尔加里说。

"这就是您想知道的全部？"休伊什问道。

"阿盖尔家还有一个人我没见过，"卡尔加里说，"那个大女儿。"

"啊，达兰特太太。"

"我去他们家了，但是大门紧锁。他们告诉我她和她丈夫出门去了。"

"他们在艳阳角。"

"还在那儿？"

"是的。达兰特先生还想待下去。"休伊什补充道，"据我了解，他正在做一些小小的侦探工作。"

"他是个残疾人，不是吗？"

"没错，脊髓灰质炎。很悲惨。可怜的家伙，没有太多能用来打发时间的事情可做。这也是为什么他那么急切地想参与调查这桩谋杀案的原因。他还觉得有几分眉目了呢。"

"他真的有了？"卡尔加里问道。

休伊什耸了耸肩。

"还真有可能。而且你要知道，"他说，"比起我们，他有更好的机会。他了解那个家庭，而他这个人不仅聪明，还有很强的直觉。"

"您觉得他会有什么进展吗？"

"有可能。"休伊什说，"不过就算他有了进展也不会告诉我们的。他们会把这件事关在家门之内。"

"您知道谁是有罪的吗,警司?"

"您不能问我这样的问题,卡尔加里博士。"

"也就是说您确实知道?"

"人可以认为自己知道某件事情,"休伊什慢条斯理地说,"但如果你没有证据的话,也拿它没什么办法,对吗?"

"而您不可能得到您想要的证据吗?"

"哦!我们特别有耐心,"休伊什说,"我们会继续努力尝试的。"

"假如你们并未成功,在他们大家身上又会发生什么呢?"卡尔加里俯身向前,说道,"您考虑过这个吗?"

休伊什看着他。

"您就是在为这个操心吗,先生?"

"他们必须知道啊。"卡尔加里说,"无论发生什么事情,他们都非得知道不可。"

"您不觉得他们其实知道吗?"

卡尔加里摇了摇头。

"不,"他缓缓说道,"这正是悲剧所在。"

2

"哦,又是你啊!"莫林·克莱格说。

"又来打扰你,我万分抱歉。"卡尔加里说。

"哦,你一点儿都没有打扰我。进来吧。今天我休息。"

这一点卡尔加里已经知道了,这也正是他来这里的原因。

"我正想着乔马上就要回来了呢,"莫林说,"我从报纸上没怎么再看到杰奎的事了。我是指自从报上说他得到了特赦,提了几句在议会上问的问题,然后又说很显然人并不是他杀的之后。但是对于警察正在干什么,以及究竟是谁杀的人,就没有后续了。他们难道查不出来吗?"

"你也依然一无所知吗?"

"嗯,我是真的不知道啊。"莫林说,"不过假如是他们兄弟俩中的另一个干的,我倒是一点儿都不会感到惊讶。米基是个特别古怪、喜怒无常的人。乔有时候会看到他开车带着别人兜风。你知道,他在本斯集团公司工作,我觉得他长得相当英俊,就是太情绪化了。乔听人说他要到波斯还是什么地方去,我认为这听起来太糟糕了,不是吗?"

"我不明白哪里糟糕,克莱格太太。"

"呃,那可是个警察抓不着你的地方啊,不是吗?"

"你觉得他这是要逃跑?"

"他可能觉得他非跑不可。"

"我想这就是很多人都会说的那种话吧。"亚瑟·卡尔加里说道。

"现在是流言满天飞啊。"莫林说,"他们还说她丈夫和秘书是一伙儿的呢。不过要真是丈夫干的,我认为他更有可能下药毒死她。他们通常都是这么干的,不是吗?"

"嗯,你看的电影比我多,克莱格太太。"

"我其实不看电影。"莫林说,"要知道,如果你在那栋屋子里干活儿的话,就会觉得电影无聊透顶。哦,乔回来了。"

乔·克莱格见到卡尔加里时也有些吃惊,有可能还掺杂着不高兴。他们谈了一小会儿,随后卡尔加里向他说明了来意。

"我在想,"他说,"你介不介意告诉我一个名字和地址呢?"

他在笔记本上仔细地写了下来。

3

他心里暗想,她约莫五十岁,是个膀大腰圆的女人,这辈子恐怕从来就没有漂亮过。尽管如此,她那双棕色的眼睛还是挺好看的,显得和蔼可亲。

"呃,说真的,卡尔加里博士……"她看上去举棋不定,还有点儿沮丧,"呃,真的,我确定我也不知道……"

他向前倾了倾身子,尽其所能地打消她的疑虑和不情愿,让她平静下来,使她能够充分感受到他的同情心。

"那是很久以前了,"她说,"这个……我是真的不想再……旧事重提了。"

"我很理解。"卡尔加里说,"不过我不是要把什么事情公之于众,这点我真的可以保证。"

"可你不是说你想就这件事情写本书吗?"

"只是一本用来解释说明某一种性格类型的书。"卡尔加里说,"你知道,从医学或者心理学的角度来看,这挺有意思的。我不会提及名字的,只会写 A 先生、B 太太之类的。"

"你去过南极,是不是?"她突然说道。

她出其不意地转变了话题,这让他感到有些惊讶。

"是的,"卡尔加里说,"没错,我参加了海斯·本特利探险队。"

一片红晕浮上她的脸庞,让她看起来年轻了一些。有那么一瞬间,他似乎可以看到她年轻时的样子。"我过去时常读这些……你知道,我一直都对和极地有关的事情很痴迷。那个挪威人,阿蒙森,是他最先到达南极的,对不对?我觉得去过极地比征服珠穆朗玛峰或者那些卫星、登月什么的让人激动得多。"

他捕捉到了这个信号,开始跟她聊探险队的事。真奇怪,她充满浪漫色彩的兴趣点居然会在这里,在极地探险上面。最终,她叹了口气,说道:"能从一个亲自到过那里的人嘴里听到这些,真是太棒了。"她接着说道,"你想了解关于……关于杰基的所有事情?"

"是的。"

"你不会提到我的名字之类的吧?"

"当然不会,我已经告诉过你了。你知道这些事最终是怎么处理的,M太太或者Y小姐,这样就好了。"

"是的、是的,我看过那种类型的书。而且我猜,那就像你所说的,是病……病什么?"

"病态的。"卡尔加里说。

"没错,杰基肯定是个病态的例子。你知道,他能够永远表现得那么温柔可爱。"她说,"他好得无可挑剔,他说什么你就会信什么。"

"他或许说的都是真心话。"卡尔加里说。

"'我老得都够当你妈妈了。'我总是这么跟他说,可他会说他不喜欢女孩子。粗鲁,他总是这么评论女孩子们。他常说有经验并且成熟的女人才能吸引他。"

"他很爱你吗?"卡尔加里说。

"他说他爱。他看起来……"她的嘴唇有些发抖,"不过我想,他只是看重钱。"

"也不一定。"卡尔加里为了安抚她不惜歪曲事实,"要知道,他也有可能是真的被你迷住了呢。只不过……他就是忍不住想要骗钱。"

那张令人怜悯的中年妇人的脸上稍稍有了一点光彩。

"是啊,"她说,"这么想想也挺好的。嗯,就是这样。我们常常制订些计划——如果他这次的方案成功了的话,我们就一起去法国或者意大利之类的。他说,他只是需要一些本钱。"

都是套路,卡尔加里心想,还不知道有多少可怜的女人中了圈套呢。

"我也不知道我是怎么了,"她说,"我心甘情愿为他做任何事情——任何。"

"我相信你愿意。"卡尔加里说。

"我敢说,"她苦涩地说道,"我不是唯一的一个。"

卡尔加里站起身来。

"你能告诉我这一切真是太好了。"他说。

"他已经死了……但我永远都不会忘了他。他那张小猴子脸!他那副前一秒看起来悲伤无比,后一秒又会哈哈大笑的样子。哦,他挺有一套的。他并不是太坏。我确信他真的不是太坏。"

她带着几分惆怅看着他。

不过对于这一点,卡尔加里并不知道答案。

第二十一章

在菲利普·达兰特看来,没有任何迹象表明这一天会与众不同。

他丝毫不知道今天将会彻底决定他的未来。

一觉醒来,他觉得神清气爽。一缕秋日苍白的阳光从窗户射进来。柯尔斯顿给他带来了一条电话留言,更让他精神百倍。

"蒂娜要来喝下午茶。"玛丽进屋给他端来早餐的时候,他把这件事告诉了她。

"是吗?哦,对啊,她今天下午休息,是不是?"

玛丽的语气听上去有些心事重重。

"怎么啦,波莉?"

"没什么。"

她帮他把鸡蛋的壳剥掉了一半,他立即觉得有些恼火。

"我的手还能用,波莉。"

"哦,我想着这样能给你省点事儿。"

"你觉得我多大了,六岁吗?"

她看起来有一丝惊讶,随后冷不丁地说道:"赫斯特今天回家。"

"是吗?"因为满心想的都是如何对付蒂娜的计划,菲利普·达兰特心不在焉地随口回应道。接着他捕捉到了妻子脸上的表情。

"看在老天爷的分上,波莉,你是不是还觉得我对那个姑娘怀有什么见不得人的感情啊?"

她把头扭到了一边。

"你总是说她有多么多么可爱。"

"她确实挺可爱的。如果你喜欢漂亮的身材和脱俗的气质的话。"接着他又干巴巴地补上一句,"不过我也不太可能去拈花惹草,对吗?"

"你没准儿正巴不得那么做呢。"

"别瞎扯了,波莉。我还真不知道你这么爱吃醋。"

"你对我一点儿都不了解。"

他刚想开口反驳,却又忍住了。因为他突然想到,或许自己真的不是很了解玛丽,这个想法让他感到有些震惊。

她继续说道:"我想让你只属于我——全部属于我。我想让这世界上除了你和我,就没有其他人。"

"我们已经没什么话可说了,波莉。"

他这话说得轻描淡写,但他心里却觉得不太舒服。就连明媚的晨光也似乎一下子黯淡了下来。

她说:"我们回家吧,菲利普,求你了,我们回家去吧。"

"我们很快就会回家的,但不是现在。事情还在进展之中。我告诉过你了,蒂娜下午要来。"他想让她把思绪转移到新的方向上,于是继续说道,"我对蒂娜寄予厚望。"

"在哪方面?"

"蒂娜知道些什么。"

"你是说……关于谋杀案?"

"是的。"

"但她怎么可能知道？她那天晚上甚至都不在这儿。"

"我表示怀疑。你要知道，我认为她说了谎。说来挺有意思，你都不知道一些奇怪的小事情怎么就会冒出来帮了大忙。那个白天来干活儿的女佣，纳拉科特太太——就是高个子的那个，她告诉了我一些消息。"

"她告诉你什么了？"

"村子里的一些闲言碎语。也不知道是哪位太太家的厄尼——不对，是叫西里尔。他和妈妈一起去了趟警察局，因为在可怜的阿盖尔太太被害的那天晚上，他看见了些什么。"

"他看见什么了？"

"呃，这个嘛，纳拉科特太太也说不太清楚，她还没从那位太太嘴里问出来呢。不过咱们可以猜啊，对不对，波莉？西里尔当时没在屋里，所以他肯定是在外面看见了什么东西。这就给了我们两种可能的猜测。他要么看见了米基，要么看见了蒂娜。我猜是蒂娜那天晚上到这儿来了。"

"那她会说的。"

"不一定。很显然，蒂娜知道些什么但没说。假设她那天晚上开车出来了吧，或许她进了这栋房子，并且发现你母亲死了。"

"然后又一走了之，还什么都没说？胡说八道！"

"也许是有原因的……她有可能看见或者听见什么了，让她觉得自己知道是谁干的。"

"她从来没有喜欢过杰奎，我确信她是不会想要袒护他的。"

"那或许她怀疑的并不是杰奎……可是后来，当杰奎被捕之后，她认为她的怀疑大错特错了。但因为自己已经说过当晚不在这儿，所以她也只能一口咬定了。不过现在呢，当然，情况不一样了。"

玛丽不耐烦地说道："你只是在凭空想象，菲利普。你虚构了一大堆情节，根本不可能是真的。"

"很可能就是真的。我打算想办法让蒂娜把她知道的事情告诉我。"

"我不相信她知道些什么。你真的认为她知道是谁干的？"

"倒还不至于。我觉得她要么是看见、要么就是听见什么了。我想要弄清楚那究竟是什么。"

"如果蒂娜不想说的话，她是不会说的。"

"没错，我同意，她是个很能保守秘密的人。一张小脸总是板着，从那上面你什么都看不出来。但她其实并不太会说谎。比如说，在说谎这方面她就远远比不上你……我要用的方法是猜。把我的猜测当成问题问她，她只需回答是或不是。然后你知道会发生什么吗？三者必居其一。她要么说是——那就是了；要么她说不是——由于她不擅长说谎，我能知道她说的不是到底是不是真的；再或者她拒绝回答，摆出那张面无表情的脸——那样的话，波莉，就跟说'是'是同一个意思。怎么样？你得承认，这种方法是有希望的。"

"哦，别再管这件事了，菲尔！真的别再管了！这一切都会慢慢平息下去，渐渐被人淡忘掉的。"

"不，这件事情必须水落石出。否则的话，我们就会看到赫斯特从窗户那儿纵身跃下，而柯尔斯顿精神崩溃。利奥已经冷淡得像块钟乳石了。至于格温达那个老可怜嘛，她就要接受一份来自罗德西亚[①]的工作了。"

"他们怎么样又有什么关系呢？"

---

① 津巴布韦的旧称。

"除了咱们俩,别人都无所谓——你是这个意思吗?"

菲利普的脸色变得严峻起来,并且带些怒气。这让玛丽大吃一惊,她以前从来没见过丈夫这个样子。

她挑衅地看着他。

"我为什么那么在乎别人怎么样啊?"她问道。

"你从来都没在乎过,对吗?"

"我不明白你这是什么意思。"

菲利普发出一声刺耳且恼怒的叹息,并一把把早餐托盘推到了一边。

"把这玩意儿拿走,我不想吃了。"

"可是菲利普——"

他做了个很不耐烦的手势。玛丽端起托盘,走出屋去。菲利普操控轮椅来到写字台边,他手里拿着笔,眼睛凝望着窗外,感受到了一种奇怪的心灵上的压抑。就在刚才,他还觉得兴奋不已呢。而现在,他感到有些心神不宁。

不过很快他又抖擞起精神来,没一会儿工夫就写满了两页纸,然后靠回轮椅里思索起来。

看起来是合理的,也是有可能的。但他就是不能彻底满意。他的路子真的走对了吗?他没法确定。动机。最最缺乏的就是他妈的动机。大概是有某个因素被他忽略了吧。

他急不可耐地叹了口气。蒂娜,他几乎等不及了。只要这个问题能够澄清。就在他们这几个人之间。所需要的也就是这个了。一旦知道了,他们也就都自由了。从这种猜疑和绝望到令人窒息的氛围中解脱出来。他们全都可以继续过自己的日子,只有一个人除外。而他和玛丽会回家去,然后——

他的思绪停下了,激动的心情再次消失得无影无踪。他的面前摆着他自己的问题,他不想回家去……他想起了家里那臻于完美的井然有序——亮丽如新的印花布,光可鉴人的黄铜器,一座干净、明亮、精心打理过的牢笼!而他就身处笼中,受困于轮椅之上,被妻子充满爱意的关怀包围笼罩着。

他的妻子……每当念及妻子时,他似乎看到了两个人。一个是他所迎娶的那个金发碧眼、温柔含蓄的女孩。那是他所爱的姑娘,每当她困惑地皱着眉头盯着他看的时候,他都会取笑她。那是他的波莉。但还有另外一个玛丽——一个坚如钢铁、充满激情却不具备爱心的玛丽,一个除了她自己,别人谁都不重要的玛丽。即使是菲利普,之所以重要也只是因为他是属于她的。

一行法国诗句掠过他的脑海——怎么说的来着?

爱神对她的猎物施展威风[①]。

而那个玛丽,他爱不起来。那双冷冰冰的蓝眼睛背后的玛丽是个陌生人——一个他不了解的陌生人。

随后他笑话起自己来。他正变得紧张兮兮,就像这幢房子里的其他人一样,焦躁不安。他回想起岳母跟他说起过他的妻子,说起过在纽约的那个可爱的金发小女孩儿,说起过她用两只胳膊搂着阿盖尔太太的脖子,大叫着:"我想要和你待在一起,我永远都不想离开你!"

这就是爱,不是吗?然而,这一点儿都不像玛丽。从女孩儿成长为女人,会发生如此之大的变化吗?让玛丽说出她的爱、表达出她的真情实感,是那么难、近乎不可能吗?

刚好就在这个时候——他的思绪完全停滞了。难道说一切真的如此简单?没有感情,只有算计。为了达到目的而耍的手段,

[①] 原文出自法国剧作家拉辛的名剧《费德尔》第一幕第三场,此处是上海译文出版社一九八五年版《拉辛戏剧选》中的译文。

有意装出来的情感流露。为了得到她想要的，玛丽还能做出什么事来呢？

差不多任何事情吧，他心想——而想到这一点，让他自己都深感震惊。

菲利普愤怒地扔下笔，转动着轮椅离开起居室，来到隔壁卧室。他滑到梳妆台前，拿起发刷，把垂在前额的头发往后梳去。他觉得自己的脸看起来十分陌生。

我是谁，他想道，我要到哪儿去？这样的疑问他以前从未有过……他操控轮椅来到窗边，向外面看去。就在下方，一个白天来帮工的女佣站在厨房窗户外，正和屋子里的什么人说着话。他们带着柔柔的当地口音，话语飘上来传到了他的耳朵里……

他睁大了眼睛，仿佛出神了一般。

隔壁房间传来的声响让他如梦初醒，他操控着轮椅，来到了与之相连的那扇门。

格温达·沃恩正站在写字台边，她转过身来看着他，晨曦中她脸上的憔悴吓了他一跳。

"你好，格温达。"

"你好，菲利普。利奥觉得你可能想看《伦敦新闻画刊》。"

"哦，谢谢。"

"这房间真不错。"格温达环顾了一圈，说道，"我以前从没进来过。"

"十足皇家套房的风范，对不对？"菲利普说，"离所有人都很远，对于残疾人和新婚夫妇来说非常理想。"

他真希望他没说出"新婚夫妇"这几个字，不过已经太迟了。格温达的脸在颤抖。

"我得继续干活儿去了。"她有些茫然地说道。

"完美的秘书。"

"如今就连这个也不算不上了。我会犯错误。"

"我们不是都会吗?"接着他又故意追问了一句,"你和利奥打算什么时候结婚?"

"我们或许永远都不会结婚了。"

"那才是真的犯了错误呢。"菲利普说。

"利奥觉得那样做有可能会招来不好的议论,还是来自警方的!"

她的声音中带着几分尖酸。

"去它的吧,格温达,人总得冒点儿险。"

"我是愿意冒险的,"格温达说,"我从来都不在乎危险。在幸福这一问题上我愿意去赌一把。可是利奥……"

"哦?利奥怎么了?"

"利奥他,"格温达说,"很可能就要这么过一辈子了,作为蕾切尔·阿盖尔的丈夫。"

她眼神中的怒火和怨恨让他大吃一惊。

"她还不如活着呢。"格温达说,"她就在这儿……在这栋房子里……一直都在……"

第二十二章

1

蒂娜把车停在教堂院墙边的草地上。她小心翼翼地取下了带来的那束花外面的纸，随后穿过墓地大门，沿主路往前走去。她不喜欢这片新墓地，她很希望阿盖尔太太能够被安葬在环绕在教堂周围的旧墓地中，那里看起来仿佛具有往日时光的宁静祥和，还有紫杉树和爬满青苔的石头。而这片崭新的墓地，安排得如此井井有条，有条主路，还有由它发散的呈放射状分布的小径，每样东西看上去都像是超市里那些精心设计、批量生产的商品似的。

阿盖尔太太的墓被照管得很好。四周是嵌着花岗岩碎片的方形大理石边框，后部竖起一座花岗岩十字架。

蒂娜捧着康乃馨，弯下腰去读上面的碑文。"深情缅怀蕾切尔·路易丝·阿盖尔。"下面还有这样一行文字：

她的儿女一定会起来称她有福。[①]

[①] 语出《圣经·旧约》箴言 31:28，论贤妻中的一段，碑文较原文略有改动，原文译文为"她的儿女起来称她有福"。

这时她的身后响起一阵脚步声,蒂娜吃惊地回过头去。

"米基!"

"我看见你的车了,就跟了过来。至少——不管怎么说,我也打算来这儿的。"

"你也打算来这儿?为什么啊?"

"我也不知道。或许,只是想道个别吧。"

"跟她……道个别?"

他点点头。

"是啊。我已经接受了我告诉过你的那份石油公司的工作,大概在三周之内就会启程。"

"而你想先到这儿来跟母亲道个别?"

"是吧。或许也想谢谢她,并且说一句我很难过。"

"你有什么可难过的,米基?"

"我并不是为我杀了她而感到难过,如果这是你的言外之意的话。你一直都觉得是我杀了她,对吗,蒂娜?"

"我拿不准。"

"你现在也没法确定,对吗?我是说,就算我告诉你我没有杀她,也没有用。"

"那你为什么难过?"

"她为我做了很多,"米基缓缓说道,"我却从来都没有过一丝感激之情。我恨她所做的每一件事情,从来没对她说过一句好话,没给过她一次好脸。如今我真希望我曾经没这么过分,就是这样。"

"你什么时候开始不再恨她了?在她死了以后吗?"

"是吧。没错,我想是的。"

"你恨的其实不是她,对吗?"

"对，不是。在这个问题上你说的没错。我恨的是我的亲生母亲，因为我爱她。因为我爱她，而她却对我一点儿都不在乎。"

"而现在你甚至对这件事也不生气了？"

"不会了。我想她其实也是身不由己。归根结底，你生来是什么样就是什么样。她是个很阳光、很快乐的人。太沉迷男色又太好酒贪杯，而她想要对她的孩子们好的时候就会对他们好，她不会让任何人伤害他们。好吧，所以说她就是不喜欢我！这么多年来我一直不愿意承认，现在我承认了。"他伸出一只手来，"给我一支你的康乃馨，好吗，蒂娜？"他从她手里接过花，弯下腰去，把它放在碑文下面的墓地上。"给您的，妈妈，"他说，"对您来说我是个很差劲的儿子，而我觉得对我来说您也不是个非常明智的母亲。不过您是出于一番好心。"他看着蒂娜，"这样的道歉够好吗？"

"我觉得可以了。"蒂娜说。

她也弯下腰，把手里的康乃馨放在墓上。

"你经常来这里放花吗？"

"我一年来一次。"蒂娜说。

"小蒂娜……"米基说。

他们一同转身，沿着墓地小径向回走去。

"我没杀她，蒂娜，"米基说，"我发誓我没有。我想让你相信我。"

"我那天晚上在那儿。"蒂娜说。

他转过身来。

"你在那儿？你是说你在艳阳角？"

"是的。我当时正想着要换个工作，我想找父亲和母亲商量商量这件事。"

"哦,"米基说,"接着讲。"

发现她不再说话,他抓起她的胳膊摇晃起来。"说吧,蒂娜,"他说,"你必须告诉我。"

"到现在为止,我谁都没告诉过。"蒂娜说。

"说吧。"米基再次说道。

"我开车到了那儿。我没有把车一直开到大门口。你知道半路上有个地方比较容易掉头的吧?"

米基点点头。

"我在那儿下了车,往那幢房子走。我感觉自己有点儿举棋不定。你也知道在有些方面想跟母亲说说话有多难,我的意思是,她一贯都有自己的主张。我想把这件事尽可能地说清楚,于是我走到房子那儿之后又转身往车子的方向走,然后再一次折回来,就为了把事情想清楚。"

"那时候是几点?"米基问道。

"不知道,"蒂娜说,"现在想不起来了。我——时间对我来说并不那么重要。"

"是啊,亲爱的,"米基说,"你一向是一副无比悠闲的样子。"

"我那时在树下,"蒂娜说,"走路的脚步很轻……"

"你一向就跟一只小猫似的。"米基满怀柔情地说道。

"当时我听见……"

"听见什么了?"

"听见两个人在低声说话。"

"是吗?"米基的身体变得紧绷起来,"他们说什么了?"

"他们说……他们其中之一说:'在七点到七点半之间,就是这个时间,要记住,别把事情搞砸了。七点到七点半之间。'另一个人低声说：'你可以信任我。'随后，头一个人的声音又说道：'事成之后，亲爱的，一切就都会变得美妙无比。'"

一阵沉默之后，米基说道："呃……那你为什么一直瞒着不说出来呢？"

"因为我不知道，"蒂娜说，"我不知道说话的人是谁。"

"可你肯定能听出来啊！是个男人还是女人？"

"我不知道。"蒂娜说，"你不明白吗，当两个人窃窃私语的时候，你是听不出来他们的声音的。那只是……呃，只是一阵耳语声。我觉得，当然只是我认为的了，是一个男人和一个女人，因为……"

"因为他们所说的内容？"

"没错。但我并不知道他们是谁。"

"你觉得，"米基说道，"有可能是父亲和格温达？"

"有这种可能，不是吗？"蒂娜说，"那有可能意味着格温达要离开那栋房子，然后在那段时间之内返回来。或者也可能是格温达告诉父亲在七点到七点半之间下楼来。"

"假如是父亲和格温达的话，你就不想向警方告发他们。是这样的吗？"

"如果我能确定的话，"蒂娜说，"但我没法确定。那也有可能是其他什么人。有可能是……赫斯特和某个人？甚至有可能是玛丽，但不会是菲利普。不，不会是菲利普，这是当然的。"

"你说到赫斯特和某个人的时候，你指的是谁？"

"我不知道。"

"你没看见他，我是说，那个男的？"

"没有，"蒂娜说，"我没看见。"

"蒂娜，我认为你在说谎。那是个男人，对不对？"

"我当时折回去了,"蒂娜说,"朝着车的方向,然后有个人从路的另一边飞快地走过去。在黑暗之中他只是个影子。而那之后我觉得……我觉得我听见路的尽头有汽车发动的声音。"

"你以为那是我……"米基说。

"我不知道,"蒂娜说,"但那确实有可能是你。身高和块头都跟你差不多。"

他们来到蒂娜的小车旁边。

"来吧,蒂娜,"米基说,"上车吧。我跟你一起走。我们开车去艳阳角。"

"可是,米基……"

"就算我告诉你那不是我也没用,对吗?我还能说什么呢?来吧,开车去艳阳角。"

"你打算干什么啊,米基?"

"你为什么会觉得我打算干什么呢?不管怎么说,你不是也要去艳阳角的吗?"

"对,"蒂娜说,"我是要去。我这儿有一封菲利普的信。"她发动了小车。米基坐在她旁边,保持着一种紧张僵硬的状态。

"收到菲利普的信了是吗?他跟你说什么?"

"他请我过去一趟,说想要见见我。他知道我今天有半天休息。"

"哦。他说了想见你是为了什么吗?"

"他说他想要问我个问题,他希望我能够告诉他答案。他说我不需要告诉他任何事情——他会讲给我听的,我只需要回答是或不是。他说无论我跟他说了什么他都会保密的。"

"这么说来他正在策划什么事情,对吗?"米基说,"有意思。"

到艳阳角的路程很短。抵达之际，米基说道："你进去吧，蒂娜，我打算在花园里溜达一会儿，想想事情。去吧。去跟菲利普当面谈吧。"

蒂娜说："你该不会打算……你不会……"

米基大笑了一声。

"从情人崖跳下去自杀吗？得了吧，蒂娜，你知道我才不会呢。"

"有时候，"蒂娜说，"我觉得没人能了解另一个人。"

她在他面前转过身去，缓步走进房子。米基双手插在口袋里，头向前探着，望着她的背影。他正愁眉不展。接着他绕过房子的拐角，若有所思地抬起头看着它。所有的儿时记忆全都涌上了心头。那棵老木兰树还在那儿，他曾经三番五次地爬上去，从走廊上的那扇窗户钻进屋里。还有本应属于他的花园里的那一小块土地，倒不是说他多么中意于花园。他过去总是喜欢把所有的机械玩具都拆开。小破坏狂，他感到有些好笑地想道。

哎，人真是本性难移啊。

2

走进房子，蒂娜在大厅里遇见了玛丽。玛丽见到她的时候看起来吃了一惊。

"蒂娜！你是从雷德敏过来的吗？"

"是啊，"蒂娜说，"你不知道我要来吗？"

"我忘了呀，"玛丽说，"我相信菲利普的确提起过。"

她转身要走开。"我准备去厨房的，"她说，"去看看阿华田到了没有。菲利普晚上临睡前喜欢喝上一杯。柯尔斯顿刚刚给他把咖啡端上去，他喜欢喝咖啡胜过喝茶，他说喝茶会让他消化不良。"

"你为什么要像对待一个病人那样对待他呢，玛丽？"蒂娜说，"他其实不是个病人啊。"

玛丽的眼中闪过一丝冷冰冰的怒意。

"蒂娜，等你有了丈夫以后，"她说，"你就会更明白丈夫们都喜欢受到怎样的对待了。"

蒂娜温顺地说了声："对不起。"

"要是我们能离开这栋房子就好了，"玛丽说，"待在这儿对菲利普而言太糟糕了。还有，赫斯特今天也要回来。"她又补上一句。

"赫斯特？"蒂娜的语气听起来很惊讶，"是吗？为什么啊？"

"我怎么知道？她昨天晚上打电话来这么说的。我不知道她坐哪趟车来，我猜跟往常一样，应该是那趟快车吧。得有个人去德赖茅斯接她。"

玛丽的身影消失在了通往厨房的过道中。蒂娜迟疑了一下，随后步上楼梯。上到楼梯平台的时候，右边的第一扇门开了，赫斯特从里面走了出来。看见蒂娜她也显得很吃惊。

"赫斯特！我听说你要回来，但不知道你已经到了。"

"卡尔加里博士开车送我回来的，"赫斯特说，"回来后我直接上楼去了我的房间——我觉得没人知道我已经到了。"

"卡尔加里博士这会儿在吗？"

"不在。他把我撂下，然后就去德赖茅斯了。他想去见个人。"

"玛丽还不知道你已经回来了呢。"

"玛丽向来什么都不知道。"赫斯特说，"她和菲利普把他们自己跟外界隔绝了。我猜父亲和格温达现在在书房里。所有的一切看起来都跟往常一样。"

"为什么不该这样呢?"

"我也不知道。"赫斯特闪烁其词地说道,"我只是想,不管怎么说,所有这一切也该有所不同吧。"

她从蒂娜身边走过,下了楼梯。蒂娜继续往前走,经过书房,沿着走廊来到尽头那间达兰特夫妇居住的套房。柯尔斯顿·林德斯特伦正站在门外,手里端着托盘,她猛然回过头来。

"哎呀,蒂娜,你可吓了我一跳。"她说,"我正要给菲利普送些咖啡和饼干。"她抬手去敲门,蒂娜也跟着她一起敲了起来。

敲过之后,柯尔斯顿打开门走了进去。她走在蒂娜前面,高大而瘦削的身形挡住了蒂娜的视线,不过蒂娜还是听到柯尔斯顿倒吸了一口凉气。接着她的双臂失去了控制,托盘掉在地上,咖啡杯和盘子在壁炉栅栏上撞了个粉碎。

"哦,不!"柯尔斯顿叫道,"哦,不!"

蒂娜叫着:"菲利普?"越过了同伴,朝着菲利普·达兰特的轮椅所停放的桌边走去。她想,他刚才应该一直在写什么东西,因为他的右手边放着一支圆珠笔。但他的头却向前耷拉着,呈现出一种奇怪而扭曲的姿势。在他的后脑底部,她看到了什么,像是一片鲜红色的菱形印渍,浸染了他洁白的衣领。

"他被人杀了,"柯尔斯顿说,"他被人杀了……是捅死的。在那儿,脑袋下面。捅那么一下就要了命。"

她又提高了嗓门接着说道:"我警告过他了。我尽我所能了。但他就跟个孩子似的,喜欢玩那些危险的玩意儿,全然不知自己会遇到什么。"

蒂娜心想,这就像是一场噩梦。她静静地站在菲利普的肘边，在柯尔斯顿抬起他无力的手去触摸那已经不存在的脉搏的时候，她低下头看着他。他想要问她什么呢？不论他想问什么，现在都再也问不出口了。蒂娜其实并没在客观地思考，而是在观察并且记下各种细节。他刚才正在写东西，没错，笔就在那儿，但他面前没有纸——也没有什么写好的东西。不管是谁杀了他，杀他的人都把他写好的东西拿走了。她平静而面无表情地说道："我们必须告诉其他人。"

"是的，是的，我们必须下楼去找他们。我们必须告诉你父亲。"

两个女人肩并肩地走向门口。柯尔斯顿用胳膊搂着蒂娜。蒂娜的目光望向掉在地上的托盘和碎了一地的杯碟。

"那个不要紧，"柯尔斯顿说，"待会儿会有人清理干净的。"

蒂娜脚下差点儿被绊倒，柯尔斯顿的胳膊拦住了她。

"小心点儿，别摔倒了。"

她们沿着走廊往前走。书房的门开了，利奥和格温达走了出来。蒂娜用她清晰的嗓音低声说道："菲利普被人杀了。是被捅死的。"

这就像一场梦，蒂娜想。她父亲震惊地呼喊着，格温达从她身边飞奔而去，去看菲利普……那个已经死了的菲利普。柯尔斯顿撇下她，匆匆忙忙冲下楼去。

"我必须告诉玛丽。这个消息得和缓地告诉她。可怜的玛丽。这个打击太可怕了。"

蒂娜缓慢地跟在她后面。她感到愈发头晕眼花，如坠梦中。她这是要去哪儿？她也不知道。没有一样东西是真实的。她来到敞开的前门，随后走了出去。就在这时，她看见米基从房子的转角处绕了过来，仿佛是由脚步一直引领着一般，她不由自主地径直向他走了过去。

"米基,"她说,"哦,米基!"

他双臂张开,她直直地投入了他的怀抱。

"没事了,"米基说,"我抱着你呢。"

蒂娜在他的臂弯里微微蜷了蜷身子。就在赫斯特从房子里跑出来的那一刻,她瘫倒在地上,缩成小小的一团。

"她晕过去了,"米基手足无措地说道,"我还从来没见过蒂娜晕倒呢。"

"是吓坏了。"赫斯特说。

"你什么意思?吓坏了?"

"菲利普被人杀了,"赫斯特说,"难道你不知道吗?"

"我怎么会知道?什么时候?怎么被杀的?"

"就在刚才。"

他凝视着她,接着他抱起了蒂娜。在赫斯特的陪伴下,米基抱着她进了阿盖尔太太的起居室,把她放在了沙发上。

"给克雷格医生打电话。"他说。

"那就是他的车,"赫斯特看着窗外说道,"父亲刚才给他打电话说了菲利普的事。我……"她环视了一下四周,"我不想见到他。"她跑出房间上了楼。

唐纳德·克雷格下了汽车,从敞开的前门走进来。柯尔斯顿从厨房里出来迎上他。

"下午好,林德斯特伦小姐。我收到的消息是怎么回事?阿盖尔先生告诉我说菲利普·达兰特被人杀了?谋杀?"

"千真万确。"柯尔斯顿说。

"阿盖尔先生报过警了吗?"

"我不知道。"

"有没有可能他只是受了伤？"唐说，转身从车里拿出医用包。

"不。"柯尔斯顿说。她的声音平淡无波，充满疲惫。"他死了。这一点我十分确定。他是被捅死的……在这儿。"

她把手放在了自己的脑后。

米基从房间里出来，来到大厅里。

"嗨，唐，你最好来看一眼蒂娜，"他说，"她晕过去了。"

"蒂娜？哦，对了，是那个……那个从雷德敏来的，对不对？她在哪儿？"

"在屋里。"

"我上楼之前要先去看看她。"医生一边走进屋去一边扭头对柯尔斯顿说，"给她保保暖，去拿些热茶或者咖啡来，她一醒来就给她喝。你知道这些方法的。"

柯尔斯顿点点头。

"柯尔斯顿！"玛丽·达兰特从厨房里出来，沿着大厅缓步而来——柯尔斯顿向她走去，米基无能为力地盯着她。

"那不是真的，"玛丽声嘶力竭地喊道，"那不是真的！那是你编出来的谎话。我刚刚离开他的时候他还好好的，他那时候好得很呢。他在写东西，我告诉他不要写了，我告诉他不要。是什么促使他写的？他为什么偏要这么固执呢。为什么我想让他离开这栋房子的时候他就是不听呢？"

连哄带劝，柯尔斯顿使尽了浑身解数才让她放松下来。

唐纳德·克雷格大步走出了起居室。

"是谁说的这姑娘晕倒了？"他问道。

米基看着他。

"可她的确晕倒了啊，"他说。

"她晕倒的时候在哪儿?"

"她和我在一起……她从房子里出来,迎着我走来,接着……她就瘫倒在地了。"

"瘫倒了,是吧?没错,她瘫倒就对了。"唐纳德·克雷格表情冷峻地说道。他迅速地走向电话机,说:"我必须叫辆救护车,马上。"

"救护车?"柯尔斯顿和米基一齐瞪着他。玛丽仿佛没听见。

"对。"唐纳德怒气冲冲地拨着电话号码。"那姑娘不是晕倒了,"他说,"她被人捅了。你们听见了吗?捅在后背上了。我们必须马上送她去医院。"

第二十三章

1

在酒店房间里，亚瑟·卡尔加里一遍又一遍地看着自己所做的笔记。

不时地，他还会点点头。

没错……现在他的方向对头了。从一开始，他就犯了个错误，他把心思都集中在了阿盖尔太太身上。十件案子中有九件采取这种思路都是正确的，不过这件案子刚好是那第十件。

他一直觉得存在着一个未知的因素。他一旦能够将这个因素抽离出来并且予以确认，这案子也就迎刃而解了。为了找到这个因素，他一直在那个死去的女人身上纠缠。不过如今他看明白了，那个死去的女人其实并没有那么重要。从某种意义上来说，随便谁死了都一样。

他变换了视角——回到所有这一切开始的那一刻。他把视角放回到了杰奎的身上。

不仅是一个因为一桩自己没有犯过的罪行而遭到不公正宣判的年轻人杰奎——而是从根本上来讲作为一个人的杰奎。难道说就像那句古老的加尔文派教义所说的，杰奎是"一艘注定会沉的船"吗？他这一生中被给予了所有的机会，不是吗？不管怎么说，麦克马斯特医生的意见是，他是个生下来就铁定会步入歧途的人，没有什么外部环境能够帮助他或者拯救他。这是真的吗？利奥·阿盖尔曾经带着迁就纵容、带着同情怜悯谈起过他。他是怎么说的来着？"一个天生就与周围的一切格格不入的人。"他已经接受了现代心理学的说法。他是个病人，不是个罪犯。赫斯特是怎么说的呢？直截了当，杰奎一向都是那么讨厌！

一句很直白、很孩子气的评价。而柯尔斯顿·林德斯特伦又是怎么说的呢？杰奎很缺德。没错，她的措辞就是这么强烈。缺德！蒂娜说过："我从来就没有喜欢或者信任过他。"所以笼统地说，他们的看法是一致的，不是吗？只是到了他的遗孀嘴里，这些看法才从笼统变得具体起来。莫林·克莱格完全是从她自己的角度来看杰奎的。她曾经在杰奎身上白白浪费了时光。她为他的魅力所折服，而对于这一事实她又感到愤恨。如今，踏踏实实地再婚之后，她开始夫唱妇随。她曾经向卡尔加里坦陈过一些杰奎干的令人起疑的事情，以及他搞到钱的方法。钱……

在亚瑟·卡尔加里疲惫不堪的头脑中，这个字眼变得硕大无比，在墙上舞动着。钱！钱！钱！就像是一出戏剧中的主题一样，他想。阿盖尔太太的钱！放在信托基金里的钱！放在年金保险里的钱！留给她丈夫的剩余财产！从银行里取出来的钱！书桌抽屉里的钱！赫斯特冲出家门冲向她的汽车的时候，钱包里分文不剩，她从柯尔斯顿·林德斯特伦那里拿了两英镑。而在杰奎身上找到的钱，他发誓说那是他母亲给他的。

整件事情形成了一种模式——由各种与钱有关的、不相干的细节交织而成的模式。

而毫无疑问，在这种模式中，那个未知的因素正变得明晰起来。

他看了看表。他答应过赫斯特在他们商定好的时间给她打电话。他把电话拉到跟前,要求接通那个号码。

没过一会儿他就听到了她的声音,清晰,又带点儿孩子气。

"赫斯特,你没事儿吧?"

"哦,是的,我没事儿。"

他花了会儿工夫才领会到这句话所强调的"我"字的言外之意。随后他单刀直入地说道:"发生什么事情了?"

"菲利普被人杀了。"

"菲利普!菲利普·达兰特?"

卡尔加里似乎还不肯相信。

"是啊。还有蒂娜——不过她还没死。她在医院里呢。"

"告诉我。"他命令道。

她给他讲了事情的经过。他不厌其烦地一遍又一遍追问,直到得知了所有的事实。

然后他严肃地说道:"坚持住,赫斯特,我这就过来。我要到你那儿去。"他看了看表,"在一个小时之内。我得先去见见休伊什警司。"

2

"您究竟想知道些什么,卡尔加里博士?"休伊什警司问道,不过就在卡尔加里开口之前,休伊什桌子上的电话响了,警司抓起了听筒。"是。是,我就是。稍等一下。"他拽过来一张纸,拿起笔来准备记录。"好了。说吧。嗯。"他在纸上写着,"什么?最后一个词是怎么拼的?哦,我明白了。没错,看起来似乎没什么意义,对吧?好的。没别的了吧?好的。谢谢。"他挂上了电话，说，"是医院打来的。"

"蒂娜？"卡尔加里问道。

警司点点头。

"她几分钟之前醒过来了。"

"她说什么了吗？"卡尔加里问道。

"我真的不知道我为什么要告诉您这些，卡尔加里博士。"

"我请求您告诉我，"卡尔加里说，"因为我觉得在这个问题上我可以帮助您。"

休伊什若有所思地看着他。

"您对于所有这一切都极其上心，对不对，卡尔加里博士？"他说。

"没错，我是很上心。您看，对于重启这件案子的调查我认为我负有责任。甚至对于这两起悲剧我也觉得我负有责任。那个姑娘能活下来吗？"

"他们觉得能，"休伊什说，"刀刃没扎到心脏，不过也够悬的了。"他摇摇头，"麻烦总是出在这里，人们不相信杀人凶手是危险的。这话说出来很奇怪，不过事实就是这样。他们都知道他们当中有一个凶手，他们理应把所知道的讲出来。如果凶手就在身边的话，唯一安全的做法就是立即把你所知道的事情都告诉警方。好吧，但他们并没有这么做，他们在对我隐瞒。菲利普·达兰特是个好人，是个聪明的家伙，不过他把这件事当成一场游戏了。他一直在四处打探，给人下套儿。然后他有了些眉目，或者说他认为自己有了些眉目。而另外某个人也认为他查出了什么。结果就是：我接到个电话，说他死了，被人从脖子后面捅死了。这就是胡乱插手谋杀案并且意识不到它的危险性所带来的后果。"

他停了下来，清了清嗓子。

"那个姑娘呢？"卡尔加里说。

"那姑娘知道点儿什么，"休伊什说，"一些她不想说的事。依我看，"他说，"她爱着那个小伙子呢。"

"您说的是……米基？"

休伊什点点头。"没错。而且我还得说，在某种程度上，那个米基也喜欢她。不过假如在你害怕得发疯的情况下，光是喜欢某个人是不够的。不管她知道些什么，可能都比她所意识到的更要命。这也是为什么当她发现达兰特死了以后，冲出去径直扑到他怀里，而他则趁机捅了她一刀。"

"这些仅仅是您的推测，不是吗，休伊什警司？"

"也不全是推测，卡尔加里博士。刀就在他的口袋里。"

"实际用来行凶的那把刀？"

"没错。刀上面有血迹。我们打算检验一下，若是她的血就是肯定的了。有她的血，还有菲利普·达兰特的血！"

"可是……这不可能啊。"

"不可能？"

"赫斯特。我给她打过电话，她把这件事全都告诉我了。"

"她说了吗？好吧，事实非常简单。玛丽·达兰特在差十分钟四点的时候下楼去厨房，离开的时候她丈夫还活着——那个时候在房子里的人有利奥·阿盖尔和格温达·沃恩，他们在书房。赫斯特·阿盖尔在二楼她自己的卧室里，还有柯尔斯顿·林德斯特伦，她在厨房。四点钟刚过的时候，米基和蒂娜开车过来了。米基去了花园，蒂娜则上了楼，跟恰好上楼给菲利普拿咖啡和饼干的柯尔斯顿前后脚。蒂娜站住跟赫斯特说过几句话，然后又跟上了林德斯特伦小姐，她们一起发现菲利普死了。"

"而这整段时间里米基都在花园。这无疑是个完美的不在场证明吧？"

"卡尔加里博士，您有所不知的是，在那幢房子旁边长着一棵很大的木兰树。孩子们以前常常爬那棵树，尤其是米基。那曾是他进出那幢房子的方式之一。他有可能爬上那棵树，进入达兰特的房间，捅了他一刀，然后再原路返回。哦，这么做需要对时间的拿捏分毫不差，不过有时候胆大之徒就是会有惊人之举。而且他已经孤注一掷了，不惜任何代价他也得阻止蒂娜和达兰特见面。为了安全起见，他不得不把他们俩都杀死。"

卡尔加里思索了片刻。

"警司，您刚才说蒂娜已经醒过来了，难道她还不能明确地说出是谁扎了她一刀吗？"

"她还有点前言不搭后语。"休伊什慢条斯理地说道，"实际上，我怀疑她现在这样算不算真正意义上的恢复了神志。"

他疲惫地笑了笑。

"好吧，卡尔加里博士，我来告诉您她究竟说了些什么。首先她说了一个名字。米基……"

"这么说，她是在指控他了。"卡尔加里说。

"看起来像是。"休伊什点点头，说道，"但她说的其他那些话就讲不通了，听上去有些不着边际。"

"她说什么了？"

休伊什低头看了看面前的便笺纸。

"'米基。'然后是一个停顿。接着是，'杯子是空的……'然后又一个停顿，再接着是，'鸽子在桅杆上。'"他看着卡尔加里，"您能明白这些话的意思吗？"

"不明白。"卡尔加里说。他摇了摇头，费解地说道："鸽子在桅杆上……这话似乎有点太离奇了。"

"就我们所知,没有什么桅杆,也没有什么鸽子。"休伊什说,"不过对她来说那肯定意味着什么,一些她自己内心里的东西。不过您也知道,这些话有可能跟谋杀毫无关系。天晓得她说这话的时候脑子跑到哪儿去了呢。"

卡尔加里沉默了片刻。他坐在那儿仔细想了想,随后说道:"您已经逮捕米基了?"

"我们已经把他拘押起来了。二十四小时之内他就会受到指控。"

休伊什好奇地看着卡尔加里。

"我猜,这个叫米基的小伙子不是您对于这个问题的答案吧?"

"不是,"卡尔加里说,"不,米基不是我的答案。即使是现在——我也不知道。"他站起身来。"我依然觉得我是对的,"他说,"不过我也很清楚,我还没有弄到足够的证据让您相信我。我必须得再去一趟那儿,我必须见见他们所有人。"

"好吧。"休伊什说,"您自己多加小心,卡尔加里博士。顺便问一句,您到底有什么想法?"

"如果我告诉您,"卡尔加里说,"我相信这是一桩跟情欲有关的犯罪,对您来说有意义吗?"

休伊什的眉毛挑了挑。

"情欲有很多种,卡尔加里博士。"他说,"仇恨,贪婪,奢求,恐惧,这些都是情欲。"

"我说跟情欲有关的犯罪,"卡尔加里说,"指的就是人们通常用到这个词的时候所代表的那个意思。"

"如果您是指格温达·沃恩和利奥·阿盖尔的话,"休伊什说,"您要知道,我们一直有这方面的考虑,不过看起来似乎对不上啊。"

"比那个要复杂多了。"亚瑟·卡尔加里说道。

第二十四章

亚瑟·卡尔加里来到艳阳角的时候又是黄昏时分，这天晚上与他第一次来时的那天晚上十分相像。毒蛇角，他一边按响门铃一边心中暗想。

事情似乎是在自我重复。是赫斯特来开的门，她的脸上还是挂着那副抗争的表情，同样表现出绝望的神态。跟他上次来时见过的一样，在她身后的大厅里，他看到了充满警惕、疑神疑鬼的柯尔斯顿·林德斯特伦的身影。历史在重演。

接着，这种模式动摇了，开始发生了改变。怀疑和绝望的神情从赫斯特的脸上消失殆尽，转而变成一抹表示欢迎的迷人微笑。

"是你啊。"她说，"哦，你能来我太高兴了！"

卡尔加里抓住了她的双手。

"赫斯特，我想见见你父亲。他在楼上的书房里吗？"

"是的，没错，他在那儿，跟格温达在一起。"

柯尔斯顿·林德斯特伦向他们走过来。

"你为什么又来了？"她责问道，"看看你上次带来的麻烦吧！看看在我们大家身上都发生了些什么。赫斯特的生活被毁了，阿盖尔先生的生活被毁了，还死了两个人。两个！菲利普·达兰特和小蒂娜。而这一切都是你干的好事——都是你干的!"

"蒂娜还没死呢。"卡尔加里说道,"而且我在这儿还有一些不得不去做的事情。"

"你有什么必须要干的事啊?"柯尔斯顿仍旧站在那儿,挡住了他走向楼梯口的路。

"因我而起的事,我得让它结束。"卡尔加里说。

他很轻柔地把一只手放在她的肩膀上,迫使她稍稍往旁边挪了挪。他走上楼梯,赫斯特跟在他身后。他回过身来对柯尔斯顿说道:"你也来吧,林德斯特伦小姐,我想让你们都在场。"

书房中,利奥·阿盖尔坐在桌边的一把椅子上。格温达·沃恩跪在炉火前,眼睛凝望着里面的余烬。他们有些吃惊地抬起头看过来。

"很抱歉打扰你们了。"卡尔加里说,"不过就像我刚刚对这两位所说的,我是来了结这桩因我而起的事情的。"他环顾了一下四周,"达兰特太太还在这栋房子里吗?我想让她也来这儿。"

"她躺下了吧,我想。"利奥说道,"她……她心事太重,想不开。"

"即便如此我也想让她来这儿。"卡尔加里看着柯尔斯顿,"或许你能去一趟,找她来。"

"她也许不想来呢。"柯尔斯顿绷着脸说道。

"告诉她,"卡尔加里说,"有一些跟她丈夫的死有关的事情,她可能会想听一听。"

"哦,去吧,柯尔斯顿,"赫斯特说,"别这么多疑,这么护着我们大家。我不知道卡尔加里博士打算说些什么,不过我们应该都到这儿来。"

"随你喜欢。"柯尔斯顿说。她走出了房间。

"坐下吧。"利奥说，指了指壁炉另一边的一把椅子，卡尔加里在那里坐了下来。

"如果此时此刻我说，"利奥说道，"我真希望你当初从来就没来过这儿的话，卡尔加里博士，你必须得原谅我。"

"这不公平，"赫斯特很不客气地说道，"说这种话简直太不公平了。"

"我明白，你肯定会有这样的感受。"卡尔加里说，"设身处地想一想的话，我也会有同样的感觉。或许在很短的一段时间内我同意你的观点，不过在经过深思熟虑之后，我依然觉得这是我唯一该做的事情。"

柯尔斯顿再次回到房间里。"玛丽这就来。"她说。

他们在沉默中等待，没多久，玛丽就走进了房间。卡尔加里饶有兴趣地看着她，因为这是他第一次见她。她看上去沉着冷静，衣着整洁，头发一丝不乱。不过她的脸上毫无表情，仿佛戴着一张面具，给人感觉就像是个梦游中的女人。

利奥给他们做了引见。她微微点了点头。

"你能来真是太好了，达兰特夫人，"卡尔加里说道，"我想你应该听听我要说的话。"

"悉听尊便。"玛丽说，"只不过无论你说什么，或者别人说什么，菲利普都没法起死回生了。"

她走到离开他们有点儿距离的地方，在窗边的一把椅子坐了下来。卡尔加里环视了一下周围。

"我先这么说吧：当我第一次来到这里的时候，当我告诉你们我能够洗刷杰奎的罪名的时候，你们对于我带来的消息所做出的反应让我大惑不解。现在我明白了。但是给我留下印象最深的却是这个孩子。"他看着赫斯特，"她在我临走之时对我说过一句话。她说真正要紧的不是公道，而是发生在无辜者身上的事。在最新版翻译的《约伯记》中有这么一种说法，正好可以用来描述这种情况，叫无辜者的灾难。我的消息所带来的结果就是让你们大家都遭受折磨。无辜之人不应该遭受折磨，也绝不能遭受折磨，我现在来这里，把我该说的话说出来，就是为了终止无辜者所承受的痛苦。"

他停顿了片刻，但是没有人说话。亚瑟·卡尔加里以他平静而学究式的嗓音继续说道："正如我所想的那样，第一次造访的时候，我给你们带来的消息并没有被你们看作天大的好消息。你们大家都已经接受了杰奎所犯下的罪行。如果我可以这么说的话，你们全都对此感到很满意。对于阿盖尔太太之死这桩谋杀案来说，这可能是最好的答案。"

"你这么说不觉得有点难听吗？"利奥问道。

"不，"卡尔加里说，"这是事实。既然不可能是外人干的，那么杰奎是罪犯对你们所有人来说是皆大欢喜。因为就杰奎而言，你们可以找到他是凶手的理由。他很不幸，他脑子有毛病，不能为自己的行为负责，是个有问题的小伙子，或者索性就是个少年犯！我们如今都可以高高兴兴地用这些词来给罪行开脱。你说过，阿盖尔先生，你不会责怪他。你说他的母亲，也就是受害者，也不会责怪他。只有一个人怪罪他了。"他看着柯尔斯顿·林德斯特伦，"你怪罪了他。你光明正大地公然说他很缺德。你用的就是这个词儿。'杰奎很缺德。'你是这么说的。"

"或许吧，"柯尔斯顿·林德斯特伦说，"或许……对，或许我这么说过。这是事实。"

"没错，这是事实。他很缺德。如果他不是这么缺德的话，这些事情没有一件会发生。然而你非常清楚，"卡尔加里说，"我的证词洗清了他的罪名。"

柯尔斯顿说:"人不能总是相信证词。你得了脑震荡,我太了解脑震荡会对人造成什么影响了,回忆起的事情都不太清楚,模棱两可。"

"这么说你还是认定了那种解释?"卡尔加里说,"你觉得实际上就是杰奎杀了人,然后他又通过某种方法给自己伪造了一个不在现场的证明?我说得对吗?"

"我不知道具体的细节。没错,八九不离十吧。我依然认为是他干的。发生在这里的所有苦难,还有死亡。是的,这些可怕的死亡事件,这些都是他干的好事。全都是杰奎干的!"

赫斯特叫道:"可是柯尔斯顿,你一直都是很向着杰奎的啊。"

"也许吧,"柯尔斯顿说,"是的,也许。但我还是会说他很缺德。"

"这一点我想你是对的。"卡尔加里说,"不过从另一个方面来看,你又错了。不管有没有得过脑震荡,我的记忆都是无比清晰的。在阿盖尔太太被害的那天晚上,我在我所说的那个时间让杰奎搭了车。杰奎·阿盖尔绝无可能——这几个字我要着重强调一下——绝无可能在那天晚上杀害他的养母。他的不在场证明颠扑不破。"

利奥略显不安地挪了挪身子。卡尔加里继续说道:"你们觉得我这是在把同一件事翻来覆去地说,对吗?也不全是。这里还有几个问题需要加以考虑。其中之一就是我从休伊什警司那里听到的说法,他说杰奎在提供不在场证明的时候伶牙俐齿、胸有成竹。他那一番话说起来头头是道、张口就来,有时间,有地点,几乎就像是他早已知道这有可能会派上用场一样。这就跟我与麦克马斯特医生之间关于他的那场谈话相吻合了,医生对于这种临界的青少年犯罪案例有着极其丰富的经验。他说他对于杰奎的内心深处埋藏着杀人的种子这一点并不觉得惊讶,却对他实际实施了一桩谋杀感到十分诧异。他说在他的预期之中,应该是杰奎怂恿别人去实施犯罪才对。于是想到这里我就问我自己:杰奎知道那天晚上将会发生一桩谋杀案吗?他是知道他可能会需要一个不在场证明,并且故意给自己准备了一个吗?如果真是这样,杀害阿盖尔太太的就另有其人了,不过杰奎知道她将会被人杀害,而你也完全可以说他就是这桩凶案的煽动者。"

他冲着柯尔斯顿·林德斯特伦说道:"你就是这样认为的,不是吗?你依然这么认为,还是说你想要这么认为呢?你觉得就是杰奎杀了她,而不是你……你觉得你是在他的命令以及他的影响之下才干了那件事的。因此你想让所有的罪过都归咎于他身上!"

"我?"柯尔斯顿·林德斯特伦说,"我?你在说什么啊?"

"我在说的是,"卡尔加里说道,"无论从哪个方面来看,这栋房子里都只有一个人符合成为杰奎·阿盖尔的共犯的条件。而这个人就是你,林德斯特伦小姐。在杰奎身上是有这种记录的,那就是他有本事激发中年妇女的情欲。他别有用心地利用了这种能力。他拥有让别人相信他的天赋。"他倾身向前,"他向你求过爱,对不对?"他柔声说道,"他让你相信他喜欢你,相信他想要娶你。等这件事情过去,他对他母亲的钱得到了更多的控制权之后,你们就可以结婚,然后远走高飞了。我说得没错,对不对?"

柯尔斯顿凝视着卡尔加里,没有开口说话,看上去就像是瘫痪了一样。

"这件事情做得残忍无情、处心积虑。"亚瑟·卡尔加里说，"他那天晚上来到这儿，被可能会被逮捕和判刑的阴影笼罩着，不顾一切地想要些钱。阿盖尔太太拒绝给他钱。而当他被她拒绝之后，就来求你了。"

"你认为，"柯尔斯顿·林德斯特伦说，"你觉得我会拿阿盖尔太太的钱给他，而不是拿我自己的钱吗？"

"不，"卡尔加里说，"假如你有钱的话，你会把你自己的钱给他的。不过我觉得你没有……阿盖尔太太给你买了一份年金保险，这让你能够从中得到一笔不错的收入，但我认为杰奎已经把你那点钱榨干了。所以那天晚上他非常绝望，当阿盖尔太太上楼去书房找她丈夫的时候，你出去到房子外面，到他等你的地方，他告诉了你非做不可的事情。首先你必须把钱给他，随后，在失窃的事情被发现之前，阿盖尔太太得被干掉。因为对于失窃之事她不会遮遮掩掩。他说这件事易如反掌，你只要把抽屉拽出来，让现场看起来像是有小偷光顾过的模样，同时还要击打她的后脑。不会有什么痛苦的，他说。她什么都感觉不到。他自己则会去制造一个不在场证明，因此你做这件事情的时候必须要小心谨慎，要在正确的时间范围之内，就在七点到七点半之间。"

"这不是真的。"柯尔斯顿说，她已经开始颤抖起来，"你竟说出这样的话来，真是疯了。"

然而她的声音中却并没带着愤慨。奇怪的是，声音里充满了呆板和疲惫。

"就算你说的是真的，"她说，"你觉得我会让他受到谋杀罪的指控吗？"

"哦，会吧。"卡尔加里说，"归根结底，他告诉过你他有不在场证明。也许，你料想到他会被逮捕，然后再去证明自己的清白。这些都是计划的一部分。"

"可是当他无法证明自己的清白的时候,"柯尔斯顿说道,"我会见死不救吗?"

"或许吧,"卡尔加里说,"或许不会……要不是因为又发生了这样一件事,那就是在谋杀发生后的第二天早晨,杰奎的妻子找上门来了。你并不知道他已经结婚了。那姑娘不得不重申了两三次你才相信了她的话。在那一瞬间,你的整个世界崩塌了。你看清了杰奎的本来面目——残酷无情,诡计多端,对你其实连一丁点儿爱都没有。你意识到他都利用你干了些什么。"

突然之间,柯尔斯顿·林德斯特伦开口说话了。她的话语无伦次,冲口而出。

"我爱他……我全心全意地爱着他。我就是个傻瓜,一个因为轻信而百依百顺的中年傻瓜。他让我这么觉得——他让我相信。他说他从来就不喜欢年轻姑娘。他说……我没法告诉你们他说的所有那些话。我爱他。我告诉你们我爱他。而接着那个蠢了吧唧、只会傻笑的孩子就到这儿来了,那个粗俗的小东西。我明白了所有这一切都是谎言,都是邪恶、邪恶……是他的邪恶,不是我的。"

"我到这儿来的那天晚上,"卡尔加里说,"你害怕了,对不对?你对将要发生的事情感到害怕了。你对其他人感到害怕了。你爱着的赫斯特,你喜欢的利奥。或许,对于这件事会给他们带来什么你也想到了一点点。不过你主要还是为你自己感到担心,而你也看到了恐惧会把你引向何方……如今你手上又多了两条人命。"

"你在说是我杀害了蒂娜和菲利普?"

"当然是你杀了他们,"卡尔加里说,"不过蒂娜已经苏醒过来了。"

柯尔斯顿的双肩绝望地耷拉下来。

"这么说她已经告诉你是我捅了她了。我真没想到她知道。当然，我疯了。我那个时候是疯了，害怕得发疯。恐惧近在眼前了……就在眼前。"

"我能告诉你蒂娜醒过来以后说了些什么吗？"卡尔加里说，"她说'杯子是空的'，我明白那是什么意思。你假装正要给菲利普·达兰特端一杯咖啡上去，但实际上听到蒂娜上来的时候你已经捅死了菲利普，刚从房间里出来。于是你又转过身去，装作正要端着托盘进去。后来，尽管她被菲利普的死吓得几乎晕过去了，她还是下意识地注意到掉在地板上的咖啡杯是空的，旁边连一点儿洒出来的咖啡痕迹都没有。"

赫斯特高声说道："可是柯尔斯顿不可能捅她一刀啊！蒂娜是走下楼到外面去找米基的，她那个时候好着呢。"

"我亲爱的孩子，"卡尔加里说，"有些被捅了刀子的人能走出去一条街的距离还不知道是怎么回事儿呢！蒂娜在那种震惊的状态下几乎是感觉不到什么的。或许就像是被针扎了一下，稍微有一点儿疼吧。"他再次看向柯尔斯顿。"而后来呢，"他说，"你又暗中把那把刀塞进了米基的口袋里，那才是整件事情里最卑鄙的一招。"

柯尔斯顿祈求般地伸出双手。

"我实在没办法……我实在没办法了……事情马上就要……他们全都要发现真相了。菲利普就要发现了，而蒂娜……我觉得蒂娜肯定无意中听见了那天晚上杰奎在厨房外面和我说的话。他们全都要知道了……我想要自保。我想要……人永远都不会安全的！"她的手放了下来，"我没想要杀死蒂娜。至于菲利普……"

玛丽·达兰特站了起来。她缓步穿过房间，却带着愈发强烈的意图。

"你杀了菲利普？"她说，"是你杀了菲利普。"

突然间，她就像只母老虎一般扑向那个女人。格温达反应机敏，一下子跳起来抓住了她。卡尔加里也冲上前去，两个人一起阻止住了她。

"你……你！"玛丽·达兰特大喊道。

柯尔斯顿·林德斯特伦看着她。

"这件事跟他有什么关系？"她问道，"他为什么又是四处打探、又是问问题的？他从来都没有受到过威胁。对他来说，这也从来都不是个生死攸关的问题。这只是……只是个乐子。"柯尔斯顿·林德斯特伦转过身去，缓缓地走向房门，看都没看他们一眼，就走了出去。

"拦住她！"赫斯特叫道，"哦，我们必须拦住她。"

利奥·阿盖尔说："让她走吧，赫斯特。"

"可是……她会自杀的。"

"我倒对此表示怀疑。"卡尔加里说。

"那么久了，她一直是我们忠实的朋友，"利奥说，"值得信赖，全心全意——而现在竟成了这样！"

"你觉得她会去……投案自首吗？"格温达说。

"更大的可能是，"卡尔加里说，"她会去最近的车站，坐火车去伦敦。不过当然了，她是没法逍遥法外的，她会被追踪，然后被找到。"

"我们亲爱的柯尔斯顿。"利奥再次说道，他的声音有些颤抖，"那么忠实，对我们大家都那么好。"

格温达抓着他的胳膊摇了摇。

"你怎么能这么说，利奥，你怎么能这么说呢？想想她都对我们大家做了什么……她让我们经受了怎样的折磨啊！"

"我明白。"利奥说，"不过你要知道，她自己也备受煎熬。我想我们在这栋房子里感受到的其实就是她的痛苦吧。"

格温达说："我们本来可能会永远这样痛苦下去的！要不是因为有了卡尔加里博士。"她满怀感激之情地转向他。

"所以说，"卡尔加里说，"我还算是帮了些忙的，尽管有点晚了。"

"太晚了！"玛丽痛苦地说道，"太晚了！哦，我们为什么不知道……我们为什么不去猜一猜啊？"她责备地冲着赫斯特说道，"我以为是你干的呢。我一直以为是你干的。"

"他不这么想。"赫斯特说，看着卡尔加里。

玛丽·达兰特轻声地说道："我真希望我死了。"

"亲爱的孩子，"利奥说，"我多希望我能帮帮你啊。"

"没人能帮我，"玛丽说，"这全是菲利普自己造的孽，非要待在这儿，非要掺和这件事儿，结果送了命。"她环顾了一下他们，"你们谁都不明白。"说完就走出了房间。

卡尔加里和赫斯特紧随其后。他们走出房门的时候，卡尔加里回头看了看，看见利奥搂住了格温达的肩膀。

"你知道吗，她警告过我了。"赫斯特说，她的眼睛睁得大大的，眼神中带着恐惧，"她一开始就告诉我不要信任她，让我要像害怕其他人一样害怕她……"

"忘了这些吧，亲爱的，"卡尔加里说，"这是你现在非做不可的事情。忘记。你们现在全都自由了，无辜的人再也不用生活在罪恶的阴影之下了。"

"那蒂娜呢？她会好起来吗？她不会死了吧？"

"我认为她是不会死的,"卡尔加里说,"她爱上米基了,不是吗?"

"我猜她可能是。"赫斯特说,声音中透着惊讶,"我从来没往那儿想过。当然了,他们一直是兄妹啊,不过并不是亲兄妹。"

"顺便问一句,赫斯特,蒂娜说的那句'鸽子在桅杆上',你知不知道是什么含义?"

"鸽子在桅杆上?"赫斯特皱起了眉头,"等一下,听上去太熟悉了。鸽子在桅杆上,我们飞速前航,忧伤啊忧伤啊忧伤。是这个吗?"

"有可能。"卡尔加里说。

"这是首歌。"赫斯特说,"一首摇篮曲之类的歌。柯尔斯顿以前经常给我们唱。我只能记起一点点了。'我的心上人他站在我的右边',然后是什么什么什么。'哦,最亲爱的姑娘啊,我不在这里。我无家可归,无处可去,无论大海还是岸边,都没有我的栖身之地,我只住在你心底。'"

"我明白了。"卡尔加里说,"是的,没错,我懂了……"

"等蒂娜康复了以后,"赫斯特说,"他们也许会结婚的,然后她就可以跟他一起去伊朗了。蒂娜一直都想去个暖和的地方。波斯湾就特别暖和,对不对?"

"要问我的话,我得说太暖和了。"卡尔加里说。

"对蒂娜来说没有什么是太暖和的。"赫斯特向他保证道。

"而现在你也该高兴了,亲爱的。"卡尔加里握住了赫斯特的手说道,并努力挤出了一个微笑,"你会跟你的年轻医生结婚,然后你会安定下来,再也不会有这些胡思乱想和极度的绝望了。"

"嫁给唐?"赫斯特用一种吃惊的口吻说道,"我当然不打算嫁给唐了。"

"但你爱他啊。"

"不，我想我并不爱他，真的……我以前只是觉得我爱他。但他不相信我。他不知道我是无辜的，他本应该知道的。"她看着卡尔加里，"你知道吗！我觉得我想嫁给你。"

"可是，赫斯特，我的岁数比你大得太多了。你不会真的……"

"如果你想娶我的话……"赫斯特突然有些扭捏不安。

"哦，我想娶你！"亚瑟·卡尔加里说。

Ordeal by Innocence
Copyright © 1958 Agatha Christie Limited. All rights reserved.
© 2013 Letter for Chinese Reader, New Star Edition by Mathew Prichard.
www.agathachristie.com
AGATHA CHRISTIE, *Agatha Christie®* and the AC Monogram Logo are registered trade marks of Agatha Christie Limited in the UK and elsewhere. All rights reserved.
Published by agreement with ACL.
Simplified Chinese edition copyright: 2022 New Star Press Co., Ltd.

图书在版编目（CIP）数据

奉命谋杀 /（英）阿加莎·克里斯蒂著；周力译．——2 版．——北京：新星出版社，2022.8
ISBN 978-7-5133-3939-1

Ⅰ．①奉⋯ Ⅱ．①阿⋯ ②周⋯ Ⅲ．①侦探小说－英国－现代 Ⅳ．① I561.45

中国版本图书馆 CIP 数据核字（2022）第 091871 号

午夜文库
谢刚 主持

奉命谋杀

[英] 阿加莎·克里斯蒂 著；周力 译

责任编辑：赵笑笑	统筹编辑：王　欢
责任校对：刘　义	责任印制：李珊珊
封面插图：宣　和	装帧设计：周伟伟

出版发行：新星出版社
出 版 人：马汝军
社　　址：北京市西城区车公庄大街丙3号楼　100044
网　　址：www.newstarpress.com
电　　话：010-88310888
传　　真：010-65270449
法律顾问：北京市岳成律师事务所

读者服务：010-88310800　service@newstarpress.com
邮购地址：北京市西城区车公庄大街丙 3 号楼　100044

印　　刷：三河兴达印务有限公司
开　　本：910mm×1230mm　1/32
印　　张：8.875
字　　数：132千字
版　　次：2022年8月第二版　2022年8月第一次印刷
书　　号：ISBN 978-7-5133-3939-1
定　　价：42.00元

版权专有，侵权必究；如有质量问题，请与出版社联系调换。